U0919955

所有深爱的，都是秘密

沐清雨 作品

中国華僑出版社

图书在版编目（CIP）数据

所有深爱的，都是秘密 / 沐清雨著. — 北京 : 中国华侨出版社，2014.5

ISBN 978-7-5113-4596-7

Ⅰ. ①所… Ⅱ. ①沐… Ⅲ. ①长篇小说—中国—当代 Ⅳ. ①I247.5

中国版本图书馆CIP数据核字(2014)第094776号

所有深爱的，都是秘密

著　　者：沐清雨
出 版 人：方　鸣
责任编辑：沛　芊
装帧设计：所以设计馆
排版制作：张　玲
封面绘图：蘑菇君
经　　销：新华书店
开　　本：635mm×965mm　1/16　印张：18　字数：258千字
印　　刷：三河市祥达印刷包装有限公司
版　　次：2014年8月第1版　2014年8月第1次印刷
书　　号：ISBN 978-7-5113-4596-7
定　　价：32.80元

中国华侨出版社 北京市朝阳区静安里26号通成达大厦3层 邮编：100028
法律顾问：陈鹰律师事务所
发 行 部：(010) 82068999 传真：(010) 82069000
网　　址：www.oveaschin.com
E-mail：oveaschin@sina.com

如发现图书质量问题，可联系调换。质量投诉电话：010-82069336

目 录

CONTENTS

目 录
CONTENTS

序

第三次从東河古镇寂静的深巷走过，是在离开云南的半个月前。歌声过耳，是侃侃那首《滴答》。不是初次听，只觉得那时听在耳里别有一番味道。

木吉他的沙哑沧桑，词曲中淡淡的情愁，不似吟唱，更似诉说。

那个瞬间，我只想和自己相处。

青石路上留下的脚印，被风的力量奏响东巴吉祥铃的清脆之音，再饮一杯音乐火塘的苦酒，往事或许就可以这样被时光沉淀下来，生活安稳，岁月无恙。

说到丽江，自然忘不了旧作《许谁天荒地老》。那个故事的起源亦是古城。郗颜是幸运的，可以随性自在地停歇在那里，可她又太过忧伤，浓重到有人猜测那根本就是属于我的故事。

如果我有那样的忧伤，定是个有故事的人。

可惜，我的人生没那么煽情，我身边更没有一个为爱执着了一辈子的温行远。

遗憾。

朋友说我所写的故事里她最喜欢温行远和郗颜。

他们共撑一把伞，于细雨连绵的夏夜步行在古镇幽深的小巷，那一幕感动了她。

回想彼时：雨点打在伞面上，再滑落到地上，溅起的雨滴打湿了彼此的鞋面。温行远轻揽过郗颜的肩膀，把伞移向她一边。未熄的灯火透过窗子照着昏暗的小巷，拉长他们叠成一抹的背影——

你说温暖浪漫，我说深情不悔。

爱情，就该是这样美好和值得期待，一如温行远对郗颜，15年，不离不弃，静然守候。我一直是相信爱的，即便我曾以为会天长地久的感情以背道而驰收场，我也希望通过文字的力量传递爱的美好。

所以，讲一个发生在丽江古城，以最平常的遇见为开始，以最圆满的“在一起”为结局的故事，用一个女孩子在爱情面前表现出的勇敢作为青春的纪念，成了自己的一个小小心愿。于是，就有了这部小说。

萧语珩，一个倔强坚韧的女孩子，在如花似锦的年华遇见她的晋骁哥哥，然后以飞蛾扑火之势为爱奋不顾身，而她所许诺的“无论我长多大，都会像现在一样喜欢你，直到永远”，笃定到让人不得不相信那被世人视为奢望的“永远”真实存在。

可是，世界那么大，古城那么远，她还那么小，能够遇见已经是很不可思议的事情了，又能一起走多远？冯晋骁迟疑了。

然后就是6年。

在经历过分离后，当萧语珩像没受过伤一样站在冯晋骁身旁，告诉他“如果最后不是你，如同没有经历过爱情”时，冯晋骁终于知道：这世上，唯有这个对他深情以待的女子，不可辜负。

感谢老天眷顾这一场不期而遇，让他们有幸把平凡的遇见堕落成爱情，让故事以美好的结局落幕。

感谢那些在我写作时给予我帮助、鼓励、支持的人，你们所给予我的，我都视若珍宝。过去的5年有你们，我希望以后的岁月，即便我不再写，依然有幸与你们彼此陪伴，哪怕不曾相见，哪怕相距千里。

愿和我分享这个故事的你们，得遇良缘，相伴安好。

愿自己，梦想成真。

楔子

黄昏残余的温暖融化了记忆，树影下的男人握住她手腕，声音有着隐忍的力道："无论我之前做错过什么，都原谅我一次，看在我喜欢你的分儿上。"

"喜欢"这样的字眼，哪怕是两人感情好时，他也从未说过。

萧语珩身体僵直地背对着他，妆容精致的面孔被迷茫的神情笼罩。她没有转身，也没有像先前那样试图挣脱，只是微微仰起了头，似乎是在以无声的沉默拒绝。

却不被允许。

男人扳正她的肩膀，以沉静的姿态凝视："我说，我喜欢你。"

1秒钟，10秒钟，1分钟，5分钟——

3年的坚持，就这样败给了5分钟的等待。

在他的视线压力下，萧语珩终于直视他。面前的男人神情间的踌躇满志还在，可从他眼睛里透出的沉稳隐忍，却酸涩得让她的眼眶都泛疼。

心酸欲泣。

时隔多年，日薄西山，他终于肯放下身段，用近乎恳求的语气说："如果现在，你还没遇到另一个发誓会永远喜欢你的人，就再给我一次机会。"

那样的誓言，一辈子只能许诺一次。

然而，萧语珩忽然不确定面前这个曾让她慌不择路的男人，还是不是自己的内心向往。

男人自以为读懂了她的强自压抑，手上轻巧一拽，萧语珩整个人就跌进他怀里。用力抱紧，他温热的唇贴着她微凉的耳边："重新开始吧。"

5个字，他说得坚定有力。

可是，谈何容易……

CHAPTER 1 有所坚持，有所期待

既然重新在一起，至少证明年少时许下的诺言和决心战胜了时间和分离。冯晋骁有理由相信，萧语珩和他一样：对于这段感情，有所坚持，有所期待。

黎明时分，古城还被笼罩在夜色里。清冷的路灯投射出昏黄的光，暗淡地打在斑驳的路面上，朦胧得像是在诉说悠远古老的故事。

警车就在这样的静谧无声中驶来，减速停在古城监狱门口。前车的车门打开，4名被素黑包裹的警务人员持枪下来，呈战术队形站好，高度戒备。

随后，后车的车门打开，率先下来的是如武夫般利落的陆成远，接着探出一个戴着黑色头套、体格健壮的男人，而陆成远的左手和他的右手被同一副手铐铐在一起。

陆成远站定后，见那男人动作迟缓，他似有不耐，手上施力拽了那男人一下，语有不善："动作快点儿！"

那男人踉跄一步让开车门，紧随其后下车的冯晋骁眼睛微抬，一股熟悉的压迫感扑面而来，陆成远几乎是立刻解释："这小子一路都不老实。"

有几秒的静默，冯晋骁的视线掠过他，一言不发地向监狱门口走去，步伐坚实有力。

监狱长陈疾步迎上来，目光同步打量渐近的年轻人。

冯晋骁理了短短的平头，轮廓分明的面孔俊朗中透出静寂的味道，双眸黑亮、目光锐利。初夏的早晨有些许凉意，他上身却只着黑色T恤，隐约显露出紧实的线条轮廓，下身是同色作战裤配军靴，手上戴着半指战术手套。磊落的姿势，挺拔的身形，在晨光中形成流畅的剪影。

迎面而立，陈文先行警礼，随即伸出双手："冯队辛苦。"语气真切恭敬。

沉静的面孔没有显露丝毫情绪，冯晋骁低沉的嗓音在安静的早晨显得格外清晰有力："陈狱长客气。"话音落，伸出手去与陈文握住。

很快办理完交接手续，犯人被监狱方面接走。押解任务顺利完成，特警K城支队的警员松了口气。再看陆成远，高大的身体倚车而立，神情淡淡地活动着手腕，仿佛之前和他铐在一起的不是重犯，此时他也只是在为被手铐伺候了几个小时的手腕委屈。至于一路基本没开口说话的“冯队”，除了凝肃，依旧没有多余的表情。

陈文事先接到通知，清楚他们并不在古城停留，以惋惜的口吻说：“本想请冯队给我们的同志指点指点，没想到这就要回去了，实在可惜。”

冯晋骁神色坦然：“有机会相互学习。”

站在不远处等待的陆成远闻言忍不住腹诽：人家和我们相互学习，如同小白兔与狮子对峙。人性吗？老大你随口一谦虚，让人家情何以堪啊。

不只是他，陈文听了冯晋骁的话也顿时觉得被羞辱了。虽说两人是初次相见，可冯晋骁的能力和作为他还是略知一二的。尤其上头打电话交代任务时特意嘱咐：“冯队是省厅从G市请来的，此次扫黑行动的总指挥。客气点儿，别怠慢了。”

上级领导都如此恭谦，他陈文怎么也要用自认为聪明的脑袋衡量一下轻重啊。现下这位神一样的人物居然面不改色地和他说“相互学习”，学习如何刷新自尊心承受极限吗？冯队你说话不这么婉转会怎么样啊？陈文内心交战，表面却是不动声色：“要不冯队先休息一下，稍后我送你们去机场？”

冯晋骁对此表示感谢：“就不麻烦陈狱长了。”

这时，特警K城支队肖姓队长接口道：“我会送冯队过去。”

陈文于是笑眯眯眯地说：“好，那再会了。”

冯晋骁不再多言，向陈文点头表示告辞，就和陆成远上了先前的车，肖队则从原来的头车换到他们那车的副驾驶位置，剩余警员迅速收枪上前车。

发动机的轰鸣声响起，很快，警车消失在雾霭中。

周围回归寂静，陈文身旁的年轻狱警才想起询问“冯队”的来路。

陈文摘下帽子，摸摸额前过于稀薄的头发："不该问的别问。"

小狱警不甘心："这么官方的回答，是在暗示您也不知道吧？"

我不知道？公安部最高领导钦点，亲手组建了一支精锐警队的冯晋骁，我会不知道？

不过，那是一支高度保密的警队，公安系统内部也只有高层知道它的"底细"，外界的了解可想而知。陈文之所以略有耳闻，只是因为这支警队有特权在全国范围内选拔队员。至于其他实质性的消息，他就没牛可吹了。

克制了下，陈文别有深意地提醒了句："你不是有个特警兄弟对G市特别行动队新队员选拔跃跃欲试吗？有空儿可以和他交流交流。"

"啊，啊？交流什么？"小狱警一时没反应过来，直到后来哥们儿通过严格残酷的选拔成为冯晋骁的手下，两人说起这事时，他才知道负责押解任务的冯队就是传说中的冯晋骁。震惊过后便是懊恼，他因没让偶像签名深表遗憾。

对于手下的脑抽状态，陈文当时是恨铁不成钢地说了句"丢人"，就背着手走了。

去往机场的高速路上，性能良好稳定的警车在刹那间飘了一下，尽管并不明显，还被车技一流的司机迅速扳正，但依然令后座闭目养神的冯晋骁警觉地睁眼，眸中精光内蕴。

副驾驶位置上的肖队没觉察出异样，还在和上级领导通电话，直到超车成功的高级轿车距离警车越来越远，他的通话才结束，转过身说："冯队，休息一下吧，半小时后到达机场。"

冯晋骁点头，却只是把披在陆成远身上的外套拉了拉，视线从窗外急速倒退的风景掠过。

兼有"水乡之容，山城之貌"的古城，冯晋骁不是第一次来。他还记得那年有人指着客栈房间顶部的观景窗问他："下雨怎么办，会不会漏呀？"那时候她的表情可真是傻气。

原本K城的任务结束，他该直接回G市，怎么就临时起意来了这里？

冯晋骁收回目光靠向后座，手掌遮上眼睫，几不可闻地叹了口气。

一路沉默。

临近机场，冯晋骁交代停车，和肖队道别后，与陆成远步行一段距离过去航站楼。

路上补了眠，陆成远的精神头恢复了，他边走边就先前呵斥犯人的举动加以说明："那小子一路都盯着手铐，要不是我眼神犀利在气势上震住了他，保不准他会有其他动作。"

"他不老实，你就收拾。"俊挺的眉微挑，冯晋骁平静地吐出4个字，"客气什么。"

"你是这个意思？"陆成远是个暴脾气，执行任务时对犯人动手的记录实在不少，因此被冯晋骁"收拾"的次数也不是以他的数学水平能计算得出的，所以先前冯晋骁就那么随便的一个眼神，他自动理解成了警告，现在明显有点儿后悔，"没理解上去，遗憾。"

冯晋骁语气淡淡："默契差了点儿。"

办好登机手续，冯晋骁和陆成远通过安检去往候机厅。两个外形出众、气场强大的男人并肩而行，引得旁人侧目。陆成远双手插在裤兜里，一边自认英俊潇洒地往前走，一边得意扬扬地说："现在的女的，可真不含蓄。"

冯晋骁曼声道："正中你下怀。"

陆成远摸着下巴邪笑："我那么堕落吗？"

回应他的是气定神闲的揶揄："有过之而无不及。"

飞机准时起飞，古城到G市，空中飞行时间3小时40分钟。飞机进入平飞阶段，空姐们为旅客送上早餐。冯晋骁闭目养神，没有用餐。陆成远则心安理得地享受空姐的细心服务，还不忘把握时机和人家神侃几句，三言两语就把对方逗得眉开眼笑不说，美女的手机号码也到手了。绝对是旅途愉快。

飞机落地，冯晋骁起身时瞥了他一眼："你就不能控制一下情感？"

陆成远笑容不改：“我不习惯让自己处于感情萧条期，搞得和你一样，天天像失恋。”

冯晋骁像是被戳到痛处，出手就是一拳，速度快到陆成远还没意识到他的非人类动作，侧腹部便被结结实实地击中。

陆成远退后一步，险些当众出丑，回身和差点儿被他踩到的人道完歉才抱怨：“就算我不小心说出了真相，老大你也善待我行吗？”

某人不仅不善待他还雪上加霜，连声音都是冷的：“反应比生孩子还慢，你该回炉了。”

“你生过啊？你知道有多慢？老大你可真是，一句一霹雳。”

陆成远落后他几步，嘴里无声地抱怨。

到了出口，陆成远的心情立即多云转晴，他风骚地朝接机的高挑美女吹了声口哨：“这什么打扮，好挑逗啊。”

“会比你四处撩闲挑逗吗？陆情圣。”赫饶无非就是换了身便装，被他夸张得像是多有伤风化。

“好歹咱们也是战友，这样自相残杀有劲吗？”陆成远咧开嘴笑了，似乎很满意赫饶赐的“情圣”封号，揽臂欲搭她的肩，“穿这么漂亮是为了我吗？”

赫饶倏然侧身，没让他得逞，敛去眸内的警色，半认真半玩笑地说：“别跟女同志动手动脚，揍你的话可就不顾念战友情了。”转向冯晋骁，叫了声“师父”。

陆成远却只能拿眼睛横她：“男人中的女人，女人中的汉子！”

赫饶回身就是一脚，陆成远利落地跳开。

冯晋骁眼底有笑意沉淀。

赫饶也笑，温暖的笑容里似是有种无声的默契涌动。

到停车场提了车，照旧是陆成远开，赫饶坐副驾驶位置。冯晋骁站在外面打电话，被提示对方已关机，他发了条短信“开机打给我”才坐上后座，回去的路上，听赫饶汇报近期的工作。

直到深夜，冯晋骁也没接到他等的那通电话。

回家他先到主卧看了看，发现床头柜上的东西没有了。他出差期间她来过，沉抑的眸色柔和了几分，冯晋骁站在窗前，在万家灯火中拿起手机调出一个号码。

电话响了很多声才接通，听筒里传来冷冷淡淡的称呼：“冯晋骁。”

“是我。”冯晋骁合上双眸，再睁开时嗓音清朗地问，“在哪儿？”

“宿舍。”

“过来吗？我去接你。”

“我明天早班。”

这是明显拒绝的意思。手机贴在耳边，冯晋骁停顿了几秒：“没事了，挂吧，早点儿睡。”

听筒里静默无声，又没有谁率先挂断。这样的无言以对，让人分辨不出是灵犀默契，还是无话可说。良久，冯晋骁听见那端冷静地说：“如果你有人了，我就腾地儿，不用为难。”

为难？这话从何说起？他的人，不一直是她吗？

窗外雨势渐大，雨滴打在玻璃上的声响让人心情烦躁，即便是眼前这个骨子里透出稳操胜券的傲然和自信的男人，也在这样的阴霾天气里被激怒了。

冯晋骁眸色如豹，声音冷寒似冰：“萧语珩，你永远不知道见——好——就——收！”

城市的另一端，萧语珩关门落锁。由于天气和流量原因航班延误，原本该5点落地的她，被滞留在外场整整6小时，刚刚才回来。

累极。

她躺在沙发上，闭上了眼睛。

一夜都睡得极不安稳。不知道是雨夜的清冷耗尽了身体的暖意让心觉得冷，还是外面像是谁的手轻敲键盘般的雨水落地的声音扰得她不能成眠。外面的雨是什么时候停的？那通电话是不是真的？梦境中挣扎的她，难以回答。

纷乱的思绪持续到天边亮起微光，萧语珩终于被轻微的震动从梦境中拯救出来，她睁开眼睛的第一件事就是拿过手机翻看通话记录：子夜12点和他的通话，确实有。

没错，他说她不知见好就收来着。

确实，她从来就不是那种不动声色的人，一如现在，依然学不会从容面对他。

可他所谓的“好”指什么？她一时糊涂起来。

晃神很久，萧语珩才意识到自己竟然在沙发上睡到了天亮，身上的制服也没脱。起身时莫名地感到浑身脱力，她伸手摸了摸额头，感觉有些发热。

应该是着凉了。活动了下僵直的腰，萧语珩进了浴室。再出来时整个人比先前清爽不少，但身体的不适感却更明显。想到完成今天的飞行任务可以连休三天，她放弃了请假的念头。

轻雾笼罩的早晨，空气中弥漫着茉莉淡淡的芬芳，清幽四溢。收拾妥当的萧语珩就在这样濡湿柔和的天气里赶到机场。拖着拉杆箱走进航站楼，她直奔值机柜台而去。由于急切，高挑纤瘦的背影给人凛凛生风的感觉。

此时，16号值机柜台前站着一位身形矮胖的男人，正在叫嚣：“为什么不给我办手续？耽误了我的时间你负得起责任吗？叫你们领导来！”

值机楼意琳耐着性子解释：“对不起先生，不是我不给您办手续，而是您乘坐的航班已经起飞了。”转头看向左边，她抬手示意，“请您上4楼办理转签手续。”

不顾后面排队等待的旅客的催促，男人拔高了音量：“我还没登机怎么能飞？你们是干什么吃的，机票卖出去就不管了吗？”

“对不起先生，现在距离飞机起飞的时间已经超过了40分钟，您——”

男人抬手就把证件拍在柜台上：“我是头等舱！”

拉杆箱拖地的声音戛然而止，正压在对方的尾音上：“头等舱也飞了！”

男人应声转身，入目的是一张肤质细嫩、妆容淡雅的面孔。

但是，飞机没等他，他很生气：“我是VIP！信不信我投诉你？”

身穿空乘制服的萧语珩拿出随身携带的登机证："你请便。不过，请别耽误后面的旅客办理登机手续，可以吗，VIP先生？"

"中南航空，萧语行？"男人抢过登机证看了一眼，又不屑地甩到她身上："我要让你下岗！"

抬眼迎上他的目光，萧语珩纠正："萧语珩，不是行。谢谢。"

男人当即被噎得脸红："你——"

机场地服人员及时赶来。在旅客的指责声中，男子被"请"走，值机柜台恢复正常。

见楼意琳忙着，萧语珩探身从柜台后面取出一个包装精美的盒子："是这个？我落地就开手机，让他打给我。"

有同事接班，楼意琳跟过来嘱咐："酒店地址发你手机上了，你直接给他送去吧。"

"还要送货上门？你这恋爱谈的，连我都要跟着进入状态。"

"这不是想给他个惊喜嘛。"

"搞得这么隆重。出个短差而已，回来再送不行？"萧语珩向来不欣赏她的小情小调，"建议你知会他一声，免得被我抓个现场。"

"你就是对他有偏见。"楼意琳不以为意，反而甜蜜地说，"他说我的出现对他具有转折性的历史意义，会为我修身养性。"

"只怕他对每个成为他老皇历的女人都说过同样的话，尤其我怎么看他一表人渣的样子，都不像是对爱情郑重以待的人。"萧语珩对楼意琳在这场恋爱中投入的精力和筹码感到担心，可见她一脸死不悔改的纯情，只好说，"多嘴早晚会成为你暗杀我的理由之一。"算是结束了这个话题。

楼意琳笑得明媚无比："你果然是最深得我心的女人。"一手接过拉杆箱，一手挽上她的胳膊，"反正你今天要在外场过夜，要是没什么事，顺便陪他吃个饭吧。"

萧语珩眼角眉梢都是不满："不怕我趁酒劲把他一团和气了？"

楼意琳慷慨表态："姐妹如手足，男人如衣服。咱俩谁跟谁啊，你喜欢的话尽管拿去穿。"

“你的衣服穿给我看没问题，我摸的话，要被剁手的。”萧语珩接过拉杆箱，“还有别的吩咐吗，祖宗？千万别再让我帮你讨个kiss一解相思之苦，逼急了，我真不客气。”

楼意琳撒娇似的说：“好啊！”注意到她的黑眼圈，皱眉，“你怎么了？一脸的睡眠不足。冯晋骁不是人间蒸发了吗？现身了？小别胜新婚，你们，持久战啊？”末了，笑得贼贼的。

“你的逻辑思维里就不能有正常一点儿的男女关系？”萧语珩拿眼前这个说话百无禁忌的闺密没办法，“连班，昨天航班又延误。你是不是中南航空的员工？公司航班情况都不清楚？”

楼意琳懒得反驳，直接开始训她：“是我逻辑思维不正常，还是你们不正常？也对，你们两个哪怕有一个不是神经病，早修成正果了。”

萧语珩不乐意了：“你才神经病！”

“我是女神。”清楚她最近心情不美丽，楼意琳没在这个话题上多纠缠，“落地你就抓紧时间休息吧，东西我让苏溢去取。”

“别假客气了。冲你对他情深一往的分儿上，我也得把这‘赏赐’亲自给他送去。你想想怎么报答我就行。”言语间，萧语珩就要走。

楼意琳手欠地拍了她的翘臀一下：“以身相许你看怎么样？”

萧语珩也不恼，边走边放言：“等我回来的，剁你手！”然后加快脚步前往飞行准备室。

准备会上，了解完执飞航班信息，开始做飞行前的准备工作。8点整，乘务组搭乘摆渡车进场，8点30分，萧语珩把工作状态调整到最佳，站在舱门前迎接登机客人：“早上好，欢迎登机，欢迎您乘坐中南航空的班机，早上好……”

直到视线内出现一张不算陌生的蛮横面孔，她眉头轻蹙。

男人显然也有些惊讶，只是眼底的那抹意外很快就被得意取代了。

堪堪停在萧语珩面前，他以威胁的口吻说：“萧什么来着？我记住你了。”

冤家路窄。居然是值机柜台前闹事的屌丝男。

很快地，所有旅客落座，舱门关闭，飞机即将开始滑行。

这时，有手机铃声在机舱内响起，紧接着就听屌丝男对着手机嚷：“长途加漫游贵得很，你晓不晓得？什么？你是猪脑子啊，这种事还用问我……”

他坐的位置恰好由萧语珩负责，她赶紧过去提醒：“先生，飞机马上就要起飞了，请您尽快结束通话关闭手机。”

屌丝男充耳不闻，继续吵吵嚷嚷地骂。萧语珩只好又重复一遍，就听他不耐烦地说：“为什么要关机，那么多事情怎么关机？你们航空公司不仅事多，服务还差！我明明是头等舱，却给我弄到经济舱来。退钱就行了吗？我是差钱的人吗？”

萧语珩控制着脾气：“先生，在飞机上使用中的手机会干扰飞机的通信、导航以及操纵系统，会威胁到飞行安全。乘坐民航班机必须全程保持关机，这是我国《民航法》的规定。因此给您带来的不便，请谅解。”

屌丝男油盐不进：“以为我没坐过飞机吗，还威胁安全，唬谁呢？我就是不关机，我有大生意要谈，耽误了你赔得起吗？”

什么样的客人都遇到过，这样无理取闹的却不多。萧语珩语气微沉：“您的生意不在我管辖范围，身为机组人员，我只对乘机客人的安全负责。所以，关机或下机，请您二选一。”

她态度和缓，语气却强硬不容反驳，屌丝男当即就被惹火了，叫嚣着让整个机组下岗，甚至情绪激动得连什么“旅客万岁”都喊出来了。

乘务长也制止不了他扭曲的疯狂，正要去向机长汇报，屌丝男后排一直默不作声的男人突然起身，一巴掌打在他后脑勺上：“丫的赶紧关机！坐个飞机看你嘚瑟的。脑残，全世界人民都看不起你！”

屌丝男被打得蒙了一下，等反应过来脸红脖子粗地瞪着他：“你谁啊？凭什么打我？”

“打你咋的，不服啊？再他妈叽叽歪歪打折你肋巴扇子！痛快关机！”身形高大的男人撸袖子，俨然一副要动手的架势。

“你！”屌丝男气得直喘粗气，但权衡了一下要仰头才能和人家直视的身高差异，熊熊燃烧的怒火又熄了。退一步海阔天空，可这样又好像太没面子：“别以为我怕你，我只是顾全大局！哼！”

前一秒还嚣张至极的人，忽然就软下来了。以屌丝男为中心，周围一片寂静。唯有清脆的童音喊着“爸爸”。萧语珩忍笑摸摸小男孩的脑袋，轻声提醒他妈妈：“我给您拿杯水来吧，起飞下降期间给孩子喝点，防止压耳。”

不及女人回答，那位操着一口地道东北话的汉子剽悍地说：“没事儿，都不用，我儿子抗造着呢。”

终于，机舱内响起了笑声。

飞机准时抵达A市。

由于这天要在外场过夜，通勤车把机组人员送到集团酒店。时间还早，同事们相约着出去逛街，唯独萧语珩留在房间休息。可能是身体不舒服，再加上连班太累，才一沾床就睡着了，被电话吵醒时天色已晚。

是乘务长叫她到餐厅用餐。想到楼意琳的惊喜，萧语珩简单收拾了下自己，带上礼物出了门。这个时间段出租车很难打，好不容易在路口拦了辆空车，萧语珩才拉开后座车门坐上去，副驾驶位置已坐进来一人，两人异口同声：“朝阳路，谷都酒店。”

男子抬眸，萧语珩与他的目光在后视镜中相遇。

一双深如幽潭的眼眸，冷意重重。

司机理所当然地认为两人是一起的，说了声“好嘞”，“啪”的一声把计价器一扣，启动车子。

萧语珩就没说话。

路上给苏溢拨了个电话，想确认他在酒店，竟然是个女人接的，声音媚得不像话。心中立即生出一种不好的预感，萧语珩以打错为由挂断。随后，她清晰地默了一瞬，然后又打了一通电话出去，才交代司机：“师傅再快点儿，我赶时间。”

萧语珩若有所思地盯着窗外，没发现前座的男子正透过后视镜打量她，许久。

20分钟后，出租车停在谷都酒店门口。

萧语珩看了眼计价器把钱递过去，男子却把她的手轻轻又不容反驳地推开："我来。"

司机笑笑："姑娘，和男士抢着付钱就是不给他面子哦。"话语间接过男子手中的钞票。

出租车在夕阳中驶去，萧语珩对男子说谢谢。

对方点头表示笑纳，径自向酒店大堂前台而去。

谷都经理林业接到萧语珩的电话就候在了门口，看见她和一名陌生男子从一辆出租车上下来，又没有同行的意思，心下奇怪，面上却没表现出丝毫异样，微微躬身道："二小姐。"寥寥一个称谓，十分恭谨。

萧语珩点头："给你添麻烦了，林经理。"

林业不敢当："二小姐说哪里话。"

萧语珩从他手中接过一张房卡，确认："人还在吗？"

"在。"挂了电话他就派人看着了，别说人，蚊子也没飞走一只。

萧语珩把手机摄像功能开启，递过去："等会儿进去你负责录。"

捉……奸？刺激！林业的表情终于松动，瞬间变幻莫测。出于安全考虑，他问了句："需要叫保安部的人吗？"

萧语珩说："不用。"便向电梯走去。

林业快步跟上，按下12楼。

萧语珩在1211房门外站定。片刻，她居然开始敲门。三下，一下重过一下。等确认里面的人应该听见了，她才用房卡打开了门。快步来到套房里间，看着床上来不及整理的苏溢和他身下妖娆的女人，萧语珩冷笑："我应该说什么？还是你需要先解释一下，我再下定论？"

与此同时，林业已经举起了手机。面对眼前香艳的一幕，他的手有些抖，不过还是聪明地把镜头拉近，360度无死角地录。

在女人的惊叫声中，苏溢反应了过来，手忙脚乱地跳下床裹浴巾："萧语珩你干什么？"

萧语珩忽然上前，照着他的脸甩手就是一耳光："干什么？教训你！

天还没黑呢，苏溢，你可真是急不可耐啊。”

苏溢被打得偏过脸去，顿时就恼了，风度尽失地抬手就要向萧语珩打来。

机警的林业一个闪身挡在萧语珩身前，稳稳截住苏溢的手腕，沉声警告：“先生，奉劝你控制下情绪。”

“奉劝？这是威胁！”苏溢目光阴冷地向林业发难，“随意进出客人房间，这就是你们酒店的规矩？没有合理解释，我们法庭上见。”

法庭上见？我们萧氏的律师团能吓死你！乱搞男女关系还有脸吆喝？分分钟砍死你！林业心里想着，白了他一眼，懒得理会，静待萧语珩发话。

萧语珩以冰冷的声音说：“我郑重提醒你别把琳琳作为风情艳史的一笔。你要游戏人生随你，别招惹她。否则，你试试看会不会身败名裂。苏溢，我这才是威胁。”

苏溢怒不可遏：“威胁？就凭你一个小小的CC？萧语珩，你嚣张了。”

“你有胆量试的话，我绝不介意让你见识一下小CC的嚣张。”萧语珩说完转身就走，经过1206房间时，门口站着先前同乘一辆出租车来的男子。

男子此时换了件黑色短袖衬衫，正准备出去的模样。

萧语珩脚步一顿，随即越过他。男子落后她两步，一前一后走进电梯。

到达一楼，男子倒是很绅士，以手势示意萧语珩先行。

萧语珩的视线无意中略过他抬起的右手，内腕有一处明显的疤痕。像是，烫伤。

抬头时男子已往餐厅方向去了，萧语珩说：“那位先生刚刚帮我付了车钱。”

林业微微一笑：“知道了，二小姐。”

“谢谢。”

林业接到萧语珩的电话时就拿了顶楼不对外开放的套房门卡，显然是以备她在谷都住下。萧语珩却还是决定回机场酒店住。林业不敢怠慢，立即吩咐餐厅留位置。

萧语珩早起就不舒服，此时胃里空空，很难受，根本吃不下什么，只喝了半杯热牛奶就准备回去休息。可她起身快了，忽然一阵头晕，脚下立步不稳。

在身体不受控制向后跌倒时，出于本能，萧语珩伸手去抓椅背。然而下一秒，她的手肘却被一只刚劲有力的手托住，与此同时，她的腰也被人稳稳扶住。

缓了几秒才恢复，发现面前的人竟然是黑色衬衫男，萧语珩说："谢谢，我没事了。"

男子收手，看着她略显苍白的面孔："需要送你回房间吗？"

萧语珩以手掌撑住桌面，拒绝："我自己可以，谢谢。"

男子没急着说话，只低头看被牛奶打湿的西裤。

萧语珩才意识到自己刚刚不小心打翻了杯子，她喝剩下的牛奶悉数洒在了男子的西裤上："很抱歉弄脏了你的裤子，等会儿我让客房部给你清洗一下，或者……"

不待萧语珩说完，男子的目光再次回到她脸上，坦然笑纳了她的歉意："那就有劳了。"

一小时后，林业亲自来到1206房间取西裤。房门打开，他根据在前台查询的该男子登记的入住信息称呼道："林先生。"

林姓男子神情冷淡，眼眸里有警惕之意，听明林业的来意之后，他说："其实不必麻烦，只是那位小姐似乎不太舒服，就没过多推辞，也好让她早点儿回去休息。"

二小姐的脸色确实不太好。林业一面腹诽，一面已经对这位冷面热心的本家林先生有了几分好感，有点儿没心没肺地说："我们二小姐是空姐，工作确实比较辛苦。"

林姓男子稍显惊讶："二小姐？她是……"

林业毫不设防地说明："我们老板的妹妹，萧语珩。"

果然是她。林姓男子微微一笑。

楼意琳的诉苦电话在意料之中，但比萧语珩的预期快。

苏溢不是什么痴情种子，在被萧语珩抓了个现行后，自知无法与楼意琳继续，原形毕露的他为了保全在司法界混出的一席之地，主动提出分手是必然的结果。

不知道他是不是拿世界通用的“性格不合”这样的分手理由刺激了楼意琳，总之，她很气愤。电话接通后，连喘气的机会都不给萧语珩，楼意琳就连珠炮似的骂：“言情小说里的狗血剧情根本就是他的教科书，台词都懒得改就直接拿来向我授课了。他就是，就是始乱终弃、背信弃义、信口雌黄的一坨屎！”

萧语珩听得想笑，真想提醒她：屎还能当肥料，苏溢是纯垃圾。结果前一刻还骂得热血沸腾的姑娘“哇”的一声就哭了。

楼意琳的哭哭啼啼比大姨妈还让萧语珩头疼。然而失恋的人最大，只能任由她发泄。萧语珩闭上眼睛，左手举着手机，右手搭在有些烫的额头上，静静地陪她。

楼意琳哭够了，拿哑得不像话的嗓音问：“东西你没给他吧？”

“没有。我扔楼下游泳池了。”

“啊？白金袖扣啊，姐姐，你居然扔了？”

“那你是准备送给他当分手礼物吗？”

“我可以送给下任啊。”

“看来你是没事了，洗洗睡吧。”

萧语珩正准备挂电话，就听向来不知愁滋味的楼意琳沉沉叹了口气，莫名其妙地感慨：“其实冯晋骁挺好的。”

萧语珩一愣，不明白话题怎么扯到那个人身上。

楼意琳也不需要她的回应，径自说：“至少他除了你没别的女人。”

没别的女人？萧语珩本能地反驳：“你怎么知道他没有？”

楼意琳俨然一副冯晋骁代言人的口吻：“他是谁啊，忙得像机器人，维持生命的那点儿可怜的休息时间恐怕都拿来陪你睡觉了，他怎么有？”

这话歧义太大，太引人遐思了。萧语珩忍耐地说：“我有卸你一条胳膊的冲动。”

“这种体力活儿就得交给你家骁爷了。”提到某人，楼意琳的语气忽然正经了几分，“你不爱提，我也不愿惹你不高兴，毕竟感情这种事是冷暖自知的。不过你可能没发现，自从你们在一起，你就变得患得患失。是因为冯晋骁没给你安全感吗？我觉得他挺在乎你的啊。”

在乎？萧语珩犹豫了一下：“你怎么觉得出的？”

楼意琳几乎是用鄙视的语气回答：“他看你的眼神，叫你名字时的语气，都和对我不同，你难道没发现？萧语珩，你二得脑袋有回声了吧？”

哪里不同呢？明明是连和她说话都没好气。否则昨晚也不会因为她拒绝去他那边，就翻脸说她不知见好就收吧。她反驳：“你才见过他几面，懂他多少？”

楼意琳切一声：“你都和他睡了，也不见得懂多少。”

萧语珩微恼：“你是不是找事？”

“我是替你着急。”楼意琳颇有些感慨地叹气，“现在的社会，遇上个着调的男人谈场靠谱的恋爱多难啊。好马不吃回头草是谬论，破镜重圆才更该珍惜。你可千万别矫情。”

萧语珩有几秒的迟疑，第一次对好友承认：“我怕失望。”

“可你更舍不得！否则也不会在害怕的同时和他继续。遇上一个让你甘之如饴为之冒险的人，才是爱情。”楼意琳笑了笑，笑声里有几许落寞，“我真羡慕你。羡慕你正在经历一段真正的爱情，哪怕最终的结局未必是圆满地在一起。”

这样的伤感不适合楼意琳，就在萧语珩组织语言准备安慰她几句的时候，她又自愈了，诅咒发誓似的说：“天涯何处无破草，想要多少有多少。我要迅速开展一段恋情，气死那混蛋！”说完，径自把电话切断。

萧语珩头晕眼花地消化她的话，呆坐片刻钻进被子里准备休息。结果她刚要睡着，楼意琳又把电话打过来，然后又反悔了似的说：“算了，不和你说了。”又挂了。

萧语珩是真想杀了她。

之后是什么时候睡着的，萧语珩也不知道。只是半睡半醒间她感觉喉咙疼得厉害，到后来浑身酸疼得连翻个身的力气都没有了。她强迫自己继续睡，以为一觉醒来能好些，可身上发冷的感觉越来越重，她终于想起打电话求助。

根本就是潜意识，她连眼睛都睁不开，却在摸索中拨了快捷键。

电话响了两声就被接起，然后是简短的询问：“怎么？”语气冰冷，怒气未消。

怎么就打给他了？熟悉的男声让萧语珩顿时失去了语言功能，她好半天没说话。

等了片刻没有回音，那边又甩过来两个字：“说话。”

萧语珩用尽所有力气依旧细弱蚊声：“冯晋骁，来接我去医院。”

那边明显一愣，语气从冰冷转为急切：“你在哪儿？怎么了？”

“我在……”大脑恢复运转，萧语珩反应过来她在A市，他从G市赶过来的话需要两个多小时的飞机，再加上往返机场的时间，还要考虑航班因素以及现在他们低迷的双边关系……再想下去都有点儿绝望了。她费力地回了一声：“算了。”就挂了。

把手机压在枕下，萧语珩艰难地翻了个身。朦胧间隐约听见手机持续响了好久，紧接着又是敲门声，可她怎么都醒不过来。半睡半醒间，整个人被零散的片段淹没——

空旷的房间似有回声——

一双美丽却充满敌意的眼睛盯着她：“就凭你，拿什么乞求到他的爱情？萧语珩，你不过就是一个影子！我的影子。”

她的眼泪掉下来，哽咽：“我，不是！”

刺耳的救护车鸣笛声持续不断——

一双温暖干燥的手握住她，低沉的嗓音在一片嘈杂声中有着安抚人心的力量：“珩珩别怕，我在这儿。”

她却连回握的力气都没有，气若游丝：“我，疼——”

如鼓的雷雨声中——

熟悉的声音，怒极的语气："萧语珩，你最好见好就收，我不是非你不可！"

身体还在隐隐地疼，她却在微笑："是吗，那正好啊，分手吧。"

明明是梦，又真实得让她觉得身体的每个细胞都疼痛难忍。

然后，意识渐渐混沌。

再次醒来时已是次日午后，她身在素白一片的病房里。

当一个男人的轮廓清晰地呈现在视线里时，萧语珩很意外："什么风把你吹回来了？"

她音量不高，底气不足，但还是把趴在床边浅睡的萧熠惊醒了。

他坐起来，探身摸摸她的额头，确认烧退了才没好气地答："阴风。"想到她昨夜高烧，再开口时语气中不是没有责备之意，"也不怕烧傻了嫁不出去。多大的人了，还不懂得照顾自己。这是我回来了，否则看谁管你。"

这样家常的唠叨，本不该出现在眼前这个一身精英味的男人身上。然而，因为他们是亲人，这样的关怀又显得那么自然和温暖。萧语珩因生病变得略有些哑的声音里都不自觉带有一丝嗔意："说得我好像生来就只是为了嫁人一样。"

"就算不是人生目标，也是早晚的事。"萧熠到底没办法对她疾言厉色，语气回暖，"要不怎么说女大不中留。"

"男大也是愁。"虚弱让萧语珩的语速比平时慢，却丝毫不影响她调侃兄长的心情，"三十好几的人了，还是光棍儿，可不可耻？那些夸你'钻石王老五'的话，不是恭维而是捧杀。"

还是那么没大没小。看着小妹眼中的浅浅笑意，萧熠的心里软软的，他开玩笑地道："跑到我地盘上捉奸，啊？林业给我打电话，吓得我以为是冯晋骁。"

萧语珩像是没发现话题中的主角是谁："挂星的酒店啊，好歹对入住的人过滤一下吧，也不怕警察找你喝茶！"

这样的刻意回避，仿佛是在暗示和冯晋骁划清了壁垒界限。那又是谁，在烧得几乎神志不清的情况下给那人打电话？算了，女人有权利口是心非。萧熠也不揭穿她，顺着她的思路继续："总不能遇见同进同出的男女，就查人家结婚证吧？我是商人，不是警察。"

"别是奸商。"萧语珩看看天色，估摸着原本该她执飞的航班应该落地了，"看来我这个月的奖金是没有了。"

"居然还有心思想这个。"萧熠失笑，"公司那边给你打过招呼了。"

"回国也不说一声，搞什么神秘！"萧语珩忽然想到什么，"去看过你的那个她了吗？"

萧语珩口中的"她"，是萧熠的禁忌。果然，他的笑容瞬间苦涩了几分："这么一针见血地往人痛处戳，能交到朋友吗？"那个已经属于别人的女人，太久没有成为他的话题，有些不知从何说起。

"朋友和男人一样，不贵多，贵精。真正懂我的，不会因为我有多尖锐弃我而去，心里没我的，再温柔也是负累。"

萧熠蹙眉："你这丫头什么时候变得这么刚了？"

"我以前就是太柔，才会被你欺负。"

萧熠在她脑门儿拍一下："那可得趁着变成小病猫时多欺负两下，免得白担了恶人的虚名。"

萧语珩不再和他抬杠，抬手指指桌上的水："照顾下病号，渴了。"

萧熠顺势轻轻托住她掌心，避免滚针，又摇高了床，才侧过身给她端过一杯水："和冯晋骁一个德性，使唤我都不用打草稿。知道你病在这边，三更半夜打电话限我10分钟之内赶过来。那语气，比呵斥手下还严厉。"话外之意是说把他吹来的那阵阴风是冯晋骁。

其实，即便他什么都不说，萧语珩也已猜到。

可他，终究是没来。

保持端杯子的动作，她说："他和你是交情，我和你是兄妹，没有可比性。"

萧熠是何等精明的人，从她的轻描淡写中，立即明白她瞬间的心理活动。

可是——

你把你们和我的关系定位得很明确，怎么独独忽略了你们的关系？

不过，爱怎么样就怎么样吧。不折腾，算哪门子的爱情。

揽臂搂过她纤细的肩膀，萧熠随口开着玩笑：“你发没发现，我变得特别爱助人为乐了？”

“何止助人为乐，简直雪中送炭。”算不上高招儿的话题转移，但兄长的这份体贴却令萧语珩神情一软，“有个妹妹挺麻烦的吧？”

谁让我们有着世上永不能被割断的血缘之亲。换作别人，与我何干？这样的话萧熠不会宣之于口，只是笑着搂紧她，以漫不经心的口吻回应：“还行。要不我这无限爱心也没有用武之地，浪费了可惜。”

久违的亲情令人心生温暖，萧语珩偏头靠在他怀里。

萧语珩是免疫力下降引起的发烧，不需要住院。下午的点滴打完，萧熠取了药，带她回公寓休息，准备明天一起回G市。

深夜，等萧语珩睡下，萧熠的手机响了。他接通后也没废话，把第二天的航班号直接告诉了那边，末了忍不住问：“你们现在什么状态？怎么她好像对你没了期待？”

冯晋骁听到这话眼神沉了沉：“她和你说的？”

萧熠思量了几秒：“关于你，她似乎无话可说。”停顿了下，他又说，“破镜重圆之后该更珍惜和亲密，否则不如各自安好，互不相扰。晋骁你记住，我这个人护短，她是我妹妹，你们好时，你是我兄弟，你们不好时，别怪我翻脸。”

既然重新在一起，至少证明年少时许下的诺言和决心战胜了时间和分离。冯晋骁有理由相信，萧语珩和他一样，对于这段感情有所坚持，有所期待。

可如萧熠所言，她怎么好像对我没了期待？

G市浓重的夜色里，冯晋骁坐在车里，久久都没动一下。

次日清晨。

雨后的空气格外湿润，冯晋骁的手臂随意地搭在阳台的栏杆上。晨光下，这男人眉宇疏朗，短发清爽。白色背心下的麦色皮肤泛出弹性的光泽，衬得绕过肩胛处的纱布十分醒目。微风中，他眸色静谧，似在思考。

手机铃声打断了思绪，他分开窗帘走进卧室，接起：“哥。没事，小伤，好得差不多了。别让爷爷知道。今天恐怕不行，她？要看有没有飞行任务，再说。好，挂了。”

过了一会儿，冯晋骁换了衣服出门。此时时间尚早，体育场上到处是晨练的人。他在这个小区住了三年，虽说平时工作忙，倒也有很多熟识的邻居，大家看见他，都热情地打招呼。有人奇怪他怎么好多天没晨练了；也有人约他周末打球；还有一位头发花白的老太太笑眯眯地问：“小冯，上次那个空姐是你对象吧？姑娘模样可真好，性子也好，总笑。”

没错，她是喜欢笑的，从前。

阳光正好，暖洋洋地照在运动场上，冯晋骁在明亮绚烂的光影里淡然自若地答：“是我女朋友。”

来到办公室还不到7点，冯晋骁开始处理桌上积压的文件。回来后他就在省厅，还没到过队里。关于新队员的选拔，集训方案赫饶已经拟好，并向他汇报过，但他还需要再过目一遍。

10点，陆成远和赫饶过来开碰头会。

赫饶翻看由她执笔的方案，此时上面已经多了冯晋骁的批注，笔锋刚正，顿挫有度。

他们警队自组建以来，队里的每个人，包括唯一的女队员赫饶在内，都是由冯晋骁亲自选拔、亲手训练出来的。但这次——

“今年的集训我不亲自抓了，成远整体负责，老队员的季度考核同步进行。赫饶你辛苦一下，协助成远。”得到两人的回应后，他继续，“下周是我们的首轮选拔，名单出来了吗？”

赫饶把刚刚整理好的全国各警队通过本地选拔的名单递过来，陆成远瞥一眼上面密密麻麻的名字，有些意外：“去年刷新了纪录，上百名学员，在三个月的入警培训中全员被淘汰，我以为今年不会有人来了。”

赫饶指指那些被加黑加粗的名字：“这些是去年被淘汰的。”

卷土重来？勇气可嘉。

陆成远就笑："有点儿意思。看来我有必要看看他们是否有精神分裂方面的病了。"

冯晋骁不动声色地看完，飞速运笔，补充了一个名字——柴宇，K城特警队，也就是古城小狱警的兄弟："中午之前，让他见到邀请函。"年年如此，总有警队舍不得放人，想方设法地要捂在手里。

冯晋骁接着说："第二件事，关于丁成民案，搜山结果显示，他突破了警方的包围圈。"

陆成远还有心情开玩笑："这下有人要被撤职了。"

"这是一个必破案。"冯晋骁拿起一份资料，"办不好，下一个被撤职的就是我。"

陆成远当然清楚事情的严重性，可他有些想不通，于是道："丁成民犯的事儿充其量不过是死缓，如今这么一越狱，就是死刑。他当官当傻了，拎不清吗？"

"死刑死缓都不是关键，就怕在我们找到他之前，"冯晋骁把手上的资料推给他，才说完整句，"他已经被打靶了。"

与赫饶对视一眼，陆成远接过文件翻看。

他们去K城期间，这件案子是由赫饶负责跟进的，来龙去脉她更清楚。赫饶道："外围已布控完毕，所有入城路口全部设了暗卡，只是……"

冯晋骁神色不动，抬头时目光中似有什么掠过："怎么？"

赫饶如实说："刘副局在暗中跟进这个案子。"

"刘同？"见赫饶不回答，冯晋骁又是一脸的不动声色，陆成远有点儿火起："他不是还想指挥吧？那何必让我们接这个烫手山芋？据说上次行动他判断失误，险些搞得刑警队的弟兄体验了残疾人的生活，这回又来害我们啊！"

"害我们不是目的。当然，能害一害最好。他担心的是丁成民一旦落在我们手里，"冯晋骁眸底波澜不惊，说出的话却掀起千层浪，"会让他把牢底坐穿！"

陆成远、赫饶倏地看向冯晋骁。

“随他。当不知道。”冯晋骁却没再多说，简短地指示过后，开始过问第三件事，“省厅的资料过来了？”

赫饶点头，把之前影印好的资料分给他们：“6年前云南思茅市、大理白族自治州、德宏州、临沧市等地相继发生多起涉嫌走私、贩卖、运输、制造毒品案。经查明，沈俊、罗永有重大作案嫌疑。案发后，两人畏罪潜逃。这是当时公安部下发的通缉令。”

通缉令上的沈俊是光头，五官轮廓分明，目光锐利。

罗永则梳着中分，戴近视眼镜，一副文质彬彬的样子。

陆成远立即收敛了神色：“如果我没记错，当时省厅针对这个案子成立了专案组。”他看向冯晋骁，“你也被抽调去了。”

冯晋骁没急着接话，目光在沈俊的身体标记处停顿下来：身高178cm，体形较瘦，皮肤白净，背部有“龙”形文身，右腕有一处明显疤痕。云南楚雄人，讲普通话。

隔了一会儿，他才回应陆成远：“我得到一个匪夷所思的消息，外貌特征疑似罗永的男子出现在了A市。”

“罗永？他不是……”陆成远肃然一惊，职业的敏感让他猜测，“这个节骨眼上，难道……”

冯晋骁眸色深沉：“不排除丁成民案和沈俊案有联系的可能。”

难怪他没精力管新队员选拔的事，最近的案子都很棘手。赫饶不免有些忧心：“我们的人手怕是不足。”

冯晋骁就看陆成远。

陆成远顿感压力山大：“那些雏儿怎么也得半年才能断奶吧？”

冯晋骁没什么表情地接口：“三个月，就给他们开荤。”

陆成远连叫苦的心情都没有了。

公事谈完，冯晋骁让赫饶通知大家中午他请吃饭。因为准备去接萧语珩他不能不到场，陆成远交代手下：“选个贵地儿。”那群生龙活虎的特警队员立即原地一蹦老高。

去往机场的路上，冯晋骁接了一个电话，接听过程中神色有细微的变化，挂断后打给陆成远，低沉的嗓音透出凝肃：“和赫饶带一组人到机场来，现在就出发，30分钟。”

那边的陆成远原本正在翻看菜牌，闻言立即起身，收线的同时招呼道：“赫饶，突击一组，跟我走。其他人继续用餐。”

5分钟后，警笛声中，特警防暴车开道，陆成远与赫饶同乘的越野车紧随其后，风驰电掣地行驶在机场高速上。途中，在了解案件的基本情况后，赫饶遵照冯晋骁的指示，与机场方面以及市局取得联系，确保到达后顺利展开工作。

冯晋骁先一步到达机场，按照航班动态显示，萧家兄妹乘坐的班机还有20分钟落地。此时机场内已经有警察、消防进进出出，由于安检暂停，安检口处滞留的旅客排成了长龙。尽管地面工作人员在极力安抚，可他们惊恐、焦灼的神情都在传递一种危险的讯息，致使场面有些混乱。

冯晋骁已从之前的电话中了解到：从A市飞来的中南航空2933次航班上出现一名疑似通缉犯的乘客。机组与地面取得联系，市局接到报案后通过查阅乘客资料获悉，该名叫“沈俊”的男子外貌特征与在逃6年的A级通缉犯罗永极为相似。

无论是沈俊，还是罗永，都是警方正全力缉拿的要犯。重大警情处置预案当即启动，各方力量迅速到位，市局在机场成立现场指挥部，并向特警总队求援，省厅这才把电话打到了冯晋骁这里。

那时AS2933次航班已经完成三分之二的航程，机组根据塔台指示按计划航线继续飞往G市。直到现在，班机表面上没有任何异常，除了报案的乘客显得异常紧张和害怕。

冯晋骁在最短的时间内找到现场指挥部的最高领导——市局副局长刘同。没有多一句的寒暄，他几乎是以命令的口吻说：“让你的人5分钟之内全部撤出来。”

刘同不是第一次和冯晋骁打交道，深知以他为首的“特别突击队”是特警的老大，隶属省厅垂直管理。除了年纪比较大，在冯晋骁面前，他没有任何资本反驳，可他还是带着几分火气地说："飞机上有A级通缉犯，很有可能——"

没等他说完，就被冯晋骁打断了："只要不惊动他，不会演变成劫机事件。"

"可是——"

"出了问题我负责。"冯晋骁相信自己的判断。

"要的就是冯队这句话。"刘同刻意把"冯队"二字咬得极重，转头叫来刑警队队长李明："我们的人全部撤出。"

"撤出？"李明看向冯晋骁，那目光中的不容反驳让他只能说："是。"

与此同时，中南航空的副总章程正在塔台指挥部，当他知道乘务部的萧语珩在2933次航班上，顿时一个头两个大："通知顾总了吗？"

管制员回答说已经联系了顾总的助理，但两人现在还在纽约，原本计划的返程时间是明天。章程看表，此时距离AS2933到达本场只剩18分钟。

"章总，警方的人到了。"

在工作人员引领下，冯晋骁走进塔台指挥室，他自我介绍："特警总队，冯晋骁。"

"冯队你可来了。我是中南航空章程，罪犯分子在我们公司的航班上。"章程的情绪在听到"特警总队"4个字时显得有些激动，可见到冯晋骁身侧只跟着身穿便装的刘同和李明，又犹豫了，"这——"目光探向他身后，在寻找什么。

洞悉他的想法，冯晋骁说："我的人马上到。"

章程点头，像是被冯晋骁的冷静感染，他也平静下来："现在我们要做什么？"

"我需要一张机场平面图。然后通知你的地面工作人员，恢复安检，让旅客正常到候机厅候机。但在AS2933安全落地之前，航班不要放行。现在，让我和机组通话。"思路清晰，言简意赅。

章程立即安排，三项工作同时进行。

塔台："AS2933听到请回答，塔台呼叫。"

片刻的沉默过后，观察员回应："AS2933收到，请讲。"

塔台："针对机上的突发情况，警方负责人要和你们通话。"

紧接着："我是AS2933机长程潇，请讲。"居然是位女飞。

冯晋骁说："机长同志，你需要做的就是让飞机安全降落，包括机上广播，竭力保证一切如常。其他事情，交给警方。"

那边静默了两秒："明白。"

机场平面图送到冯晋骁手里时，陆成远和赫饶正好赶到，他开始作战前部署："飞机落地，'沈俊'可能出现的三种反应，假设他有所察觉……"多套处置方案，应对可能出现的各种危急情形，思维缜密，毫无漏洞。

李明心生佩服，刘同的目光则是复杂难明。

最后冯晋骁交代："重中之重是保证旅客安全。"

参与行动的警员齐声应："是。"

一声令下："行动。"

消防车撤入停车场，刑警队员被安排到停机坪、联络通道等处，每处都有特别突击队警员带队，冯晋骁则分别和陆成远、赫饶守在距离行李提取处较近的三个出口。所有人员到位，人来人往的机场航站楼，表面如常。

广播通知AS2933次航班落地，冯晋骁就开始陆续接到各处警员的报告，已有乘客下机，无异常。他开始拨萧熠的号码，萧熠还没开机，再换萧语珩的号码打过去，是同样的提示。同一航班的乘客纷纷出来，他直接从出口进入，没走出几步，远远就见他们兄妹二人并肩走向行李领取处。

身为空姐，萧语珩的身材本就高挑纤瘦，此时她穿着白色的高腰雪纺连衣裙，更显得身形修长。随意披散的长发柔和了清冷的气质，步履间显露出一种精致的优雅。不知萧熠说了什么，她偏头一笑，娇俏的模样犹如午后暖暖的阳光，令人怦然心动。

眼前笑靥如花的女子才是记忆中的样子。冯晋骁觉得这一刻的萧语珩，很美。

没时间思考更多，冯晋骁继续搜索“沈俊”的身影。然而如同有心电感应，前一刻才成为他眼中风景的萧语珩忽然抬眸望过来，视线在半空中相遇，隔着些许距离，她眼底浮现的意外惊喜之意清晰可见。

喜悦是因为他？掩去眼底闪动的情绪，冯晋骁正欲拿眼神示意她别过来，赫然看见萧熠身后出现的一名黑衣男子。就在冯晋骁一眼锁定他时，对方显然也看见了他。几乎是同时的，两人的眼神陡然变冷。

快步迎上去，冯晋骁对着耳麦沉声说：“一号出口发现目标。”话音未落，就见那人忽然有了动作。

冯晋骁迅如疾风般朝萧语珩冲过去，厉声喝道：“小心后面！”

萧语珩爹然止步，结果不等她回头，脖子就被一只结实有力的手臂勒住，身体更是被一股蛮力向后拖。

“啊——”惊叫声四起。

当萧语珩清晰地感觉到冰冷的尖锐物抵在她颈间的肌肤上时，她意识到自己被挟持了。不是第一次遭遇这样的险境，却还是让萧语珩心头一凛。然而，当她抬头，目光跌进一双深沉如海的眼眸里时，仿佛瞬间被注入一股力量，令她迅速镇定下来。她甚至还能思考，抵在颈间的东西应该不是尖刀或手枪，毕竟这是机场，有严密的安全检查措施。

接收到冯晋骁的提示，萧熠的第一反应是护住身侧的萧语珩。可就在他回身的瞬间，左后方的男人已动作迅速地控制了萧语珩，令他扑了个空不说，肩膀还结结实实地挨了一拳。幸好他反应够快，中招后立即矮下身，有惊无险地避开对方的第二次进攻，随即和另外一人缠斗起来。

变故发生得突然，周围的旅客都被眼前的一幕吓傻了。就在他们惊慌失措地向四周退去时，冯晋骁已至近前。一丝迟疑犹豫都没有，伸出的左手探向萧语珩颈侧时，右脚一记侧踹正中黑衣男子肩胛。速度之快，令围观的人都没看清楚他的动作，对方就已中招儿。

男子本以为自己有人质在手，冯晋骁会有所顾忌，完全没料到对方居然会采用如此冒险激进的正面进攻方式，让他连开口提条件的机会都没有，而且动作快到他完全来不及反应，无防备之下手臂就被震麻了。

他手劲一松，萧语珩的身体顿时就失去了平衡，高跟鞋一崴之下，冯晋骁的手没能如预期稳妥地护住她整个颈部，尖锐物狠划过他的手背，轻擦过她的一处肌肤。萧语珩倾身后仰之时感觉到颈侧微痛，下一秒，冯晋骁有力的手臂将她一搂，抱进怀里。

萧语珩本能地伸手去环他的腰，却在一阵天旋地转间被推入另一个怀抱。当她稳住身形抬眼看去，就见冯晋骁冲过去一个跪腿，直接向男子的肩膀压去。冯晋骁实战经验丰富，暂且不说他用了几分力，单单是气势已经够让人胆寒。

对方也不是等闲之辈，生死之际自然也是以命相搏，在没躲过这一击之后居然还有力气还击。冯晋骁奉陪到底，在他挥拳过来时一把扣住他手腕，左移步后一脚踢中对方小腹，紧接着转身一个过肩摔——

在此之前，赫饶已经赶过来，直奔萧熠而去。

萧熠毕竟没受过专业训练，格斗功夫相比冯晋骁差了些，现下又遇上个练家子，几个回合下来已渐渐处于下风。

赫饶的速度惊人地快，动作更是迅捷利落，在萧熠下一秒就要被击中腰腹时，她一脚踢在匪徒手腕处，随即右手一展，把萧熠推向一边，再次提右脚朝匪徒的膝盖踢去，又在对方防护之时，右脚继续向上狠狠朝他的腰际招呼过去。匪徒连忙退后想要护腰，赫饶紧追不放，收腿后再次冲上前，送出去的腿直踢向匪徒的脑袋。

漂亮的赫三腿。

接下来，冯晋骁正好以过肩摔把黑衣男摔过来，将被赫饶踢得犯晕的家伙一同压倒在地。

师徒间的配合，默契而完美。

出口在短短几分钟之内恢复正常。受到惊扰的旅客们被随后赶到的刑警队迅速疏散，犯罪嫌疑人也被特警队员提起来铐住。等冯晋骁走过来，陆成远笑得满面春风，将怀中的萧语珩交给他：“完璧归赵。”

冯晋骁握住她冰凉的手，往自己怀里拉了一下，萧语珩就贴在他胸口最温暖的地方。她抬头，眼前眉目俊朗的男子，投射过来的目光如深夜星光，璀璨豁亮。

距离上次见面快一个月了吧，加之前两天的通话也是不欢而散，萧语珩似乎不太适应这样的亲昵，又像是在思考拿什么样的表情面对他最恰当，索性沉默。

相比她瞬间的百转千回，冯晋骁的心思很简单。他视线微转，落在萧语珩纤细的脖子上。随即，在她还没有从惊吓或者说冥想中回过神来时，他微带薄茧的手就覆了上来，在她颈侧摸了摸："有点儿划伤，等会儿让赫饶带你处理一下。"

换作别的女子被绑架又获救必然要哭得梨花带雨，可萧语珩反应过来后的第一件事是追问刚刚的微痛感从何而来："是什么？"

冯晋骁在她的伤处轻轻揉了揉："刀尖钢笔。"

萧语珩皱了下眉，盯着他的眼："你是来办案的？"

冯晋骁意识到这是一个不需要回答的疑问句，看着那双清澈没有温度的眼睛，不解释。

果然，萧语珩问完就退开了一步，转而去捡掉落在地上的手包。

冯晋骁的手僵在半空数秒后缓慢收回。

她的失望，是因为对他还有期待？可她的姿态，更像是随时准备转身就走。

冯晋骁思考得头疼，兀自扒了扒精短的发，心里已经原谅了萧语珩对自己的拒绝。

转脸见队员正在等待指令，冯晋骁才意识到自己走神了。快速收敛外露太多的情绪，他示意队员押解犯罪嫌疑人上警车。结果黑衣男经过他身边时，居然挣扎着要停下来。

特别突击队的队员警觉性是何等地高，迅速对他的不规矩行为做出反应，要予以制伏。冯晋骁抬手阻止，年轻警员立即收手，但仍不放松地控制着他，不给他反抗的机会。

视线在萧语珩的背影上停留几秒，再转向冯晋骁，那人低声说："你女人，很正点。”一张文质彬彬的面孔，浮现出异常诡异的神情，不怀好意的赞美冷得足以凝冻周围的一切。

果然不是巧合。冯晋骁的眸色陡然一变，眼底瞬间沉淀出极为明显的危险信号。可不等他动手，陆成远已跨步上前揪住男子衣领，把人提起来：“让你说话了吗？再嘴欠，”右手在男子嘴上狠抽了一下，他冷声警告，“就让它成为摆设。”

冯晋骁没让陆成远继续下去，拍拍他肩膀示意他松手、退后，走进黑衣男视线范围内，岿然不动地说：“我的女人，要你评判？！”话音落下，他以迅雷不及掩耳之速拔出腰际配枪，在黑衣男腹部用枪托狠力一击。

那人疼得蹲下身去。

不急不缓地收起配枪，冯晋骁掩去眼底骤然涌起的肃杀之意，沉声：“带走！”

陆成远挑了下一侧的眉毛：“威武。”随即若无其事地转过身，抄手一站，就见赫饶头也不回地走出航站楼，步伐略快，背影决绝。

这又是什么情况？连个过程都没有，直接结局？尽管符合平日里赫饶爽利的风格，但在这样的场合，不是失礼，也不是失职，而是失常。

特警的敏感让陆成远意识到情况不同寻常，他转向萧熠，试图从这位在商业帝国影响力非凡的男人身上寻找答案。

萧熠也是始料未及。瞥一眼消失在出口的纤瘦背影，他揉着肩膀走向冯晋骁，不动声色地调侃起对方来：“英雄救美之后不是该得个拥吻之类的奖励吗？怎么，你没这待遇？”

冯晋骁目光沉沉地看过来：“看来你是打算这样回报赫饶对你的搭救之恩。”

对于及时出手的赫饶，萧熠确实有感谢之意。可是，他抬手捏了捏眉心：“她是警察，不需要我报答。”

“她先是女人，才是警察，萧哥你不要忽略人家的性别。”陆成远笑看萧熠，带着试探意味着问，“怎么样，被我们美女组长搭救的感觉如何？”

“你路过的啊，不帮忙？”萧熠理了下袖扣，似真似假地说，“不太有面子。”

陆成远心安理得地忽略萧熠的不满，只回应后一句：“身在福中不知福。谁规定只能英雄救美？那只能说明英雄没福气。”眼眉微微抬，意思是看看那个有面子的，不也没落着好脸色，随后又凑过来低声说：“明明是专程来接机的，午饭都没顾上吃，结果半路杀出个程咬金，变公事了。浑身是嘴都说不清，冤不冤？”

冯晋骁正好有电话进来，没搭理他的多嘴。

接下来还要进行排查工作，陆成远留下来带队。萧熠有专车来接，却拒绝送萧语珩：“我回公司开会，不顺路。”然后吩咐司机开车。车窗落下前，他看见不远处的赫饶站在警车前，和一名特警队员在说着什么。像是感应到他的注视，她转头望过来。

他们的目光在半空中相遇。

距离，让彼此看不清对方眼底的情绪。

然后，几乎是不约而同地，他们又各自移开了视线。

不明所以。又或者，心知肚明。

见萧语珩往出租车通道去，冯晋骁有点儿按捺不住了。他从后面拽过她的拉杆箱，有力的手臂往她腰际一搂，面无表情地把她带往自己的座驾，霸道得犹如绑架。

萧语珩哪里敌得过他的力气，挣扎了几下，没成功：“你干什么？”

什么都想干！又什么都不能干！冯晋骁用力把她搂得更紧，在心里补了一句。

萧语珩双手都挣脱不了他一只手的钳制，恼怒地直呼他全名：“冯晋骁！”

来到大切面前，冯晋骁把她的拉杆箱随手放上后座，双手撑在她身体两侧，把她控在身体和车身之间，微微俯身向她，目光沉沉：“去哪儿？

我送你。”

冯晋骁并不是好亲近的人，但其实也不轻易发脾气。萧语珩知道他现在压着火，故意往上浇油：“当然是回家。”

回家？顾南亭的家？冯晋骁抿了抿唇，眸色渐深下去。腾出一只手，扣住她下颌，让那双蕴含恼怒却依然清澈漂亮的眼睛对上他的，带些冷意地掀动薄唇：“回哪里？”语气极重，明显的提醒意味。

萧语珩直视他的眼睛，那里面阴郁的情绪纤毫毕现，可她不仅没有收敛，反而针锋相对：“你五官不是很敏锐吗？这会儿又听不见了啊？我说回——”

冯晋骁倏地欺身过来，低沉略带沙哑的嗓音划过她耳畔：“男人的占有欲是没有道理可言的，如同女人的无理取闹。所以萧语珩，你给我想清楚再说。”

冯晋骁是个骨子里具备攻击性的男人，此时极力地压抑克制，尤其显得性感、迷人。而他该死的还身陷在温暖的阳光里，更在无形中散发出强大的磁场。感受到衬衫下他肌肉绷紧的变化。萧语珩的反应慢了半拍：“这是提醒我适可而止吗？冯队怎么忘了，你面前站的是个不懂见好就收的女人。”

冯晋骁的手机在这时响了。

幸好。否则这样死磕下去，冯晋骁不确定他有没有足够的耐心“哄”她上车。瞥一眼屏幕上萧熠的名字，他接听电话：“还有事？”

萧语珩这才看见他手背上那道触目惊心的划痕，上面有凝固的血渍。不知道那边说了什么，冯晋骁原本已经收回的目光重新投射到她脸上，盯着她说了句：“我没忘。”随即挂断。

这通电话来得很是时候，适时提醒冯晋骁，眼前这个女人还病着。回想前晚电话中她的气若游丝，他压了压火气：“非得较劲吗？如果你是因为上次的事生气，我可以道歉。不过——”

“不过什么？”萧语珩打断他，“冯晋骁，你能尊重一下我吗？”

“尊重？”冯晋骁觉得她太小题大做：“你认为我那是不尊重？萧语

珩，需要我强调一下我们的关系吗？怎么，身为男朋友，我连碰你一下的权利都没有？你的抗拒，没有道理。”

“你那是用强！”萧语珩猛地甩脱他的手，拔高了音量质问，“什么叫没有道理？你问过我愿不愿意了吗？别说我们只是情侣，即便是夫妻，我不愿意，你也不能勉强！”

“你的意思是，你不愿意？”冯晋骁扣住她手腕把人拽到胸前，黑沉的眼眸牢牢盯着她，一字一句，“萧语珩，为什么？”

为什么明明复合了，还要拒绝我？

为什么好不容易在一起，却不信任我？

为什么不能像从前那样，叫我一声……反而口口声声地称冯队？

“究竟是哪里出了问题？”冯晋骁低头，看见萧语珩的长睫毛轻轻地抖动，他的神色看着平静，实际眉头紧锁，“我自认给了你足够的时间适应，可到现在，我连吻你一下你都在抗拒。我不给你打电话，你无论下机多晚，都不找我接你。我要送你来机场，你说不如坐顾南亭的车方便。你自己说，这么长时间，我们见过几面？我没记错的话，一百多天里，你就昨天凌晨给我打过那一个电话。你打算这么冷着我到什么时候？”他腾出右手抬高她的下巴，不容她躲闪，“多久？给我个期限。”

期限？他们之间，是时间问题吗？萧语珩无从回答。她唯一能确定的是，心里惶惑于自己在他生活里缺席了一千多个昼夜。那一段算不上长，又十分漫长的三年，让她对他，对他们的未来，失去了信心。

可是，别问她为什么舍不得。

半晌，萧语珩把脸转向了别处：“我没有故意冷落谁。我只是，耗光了热情。”

幸好不是耗光了对他的爱情。

金色阳光照射下，女孩子的侧脸线条温柔娇俏，长长的睫毛低垂着，衬得整张脸有种静谧的美。或许是这份安静缓解了冯晋骁的怒气，也可能是不自知的思念让他不舍得再说重话：“你想怎么样就怎么样吧。只是，别再说些不着边的话。我要是有了别人，就用不上赶着受你这份冷落了。”

“是我的话不着边，还是你的人不着边？”萧语珩转身推他，目光里有明显的指责意味，“我是没主动给你打电话，可你一声不响人间蒸发也是事实。所以别说我冷落你，明明你也在和我冷战。”

本以为他会否认，然而，冯晋骁欺身上前，轻笑：“对，我是在和你冷战。我就想看看，你能坚持多久对我不闻不问。”

还敢理直气壮地质问她？萧语珩挥手朝他的俊脸招呼过来。

冯晋骁稳稳格开她的手，俯在她耳边低语：“结果，我没你狠心。”然后快速在她脸颊上亲了一下。

就这么，不按常理出牌。

萧语珩骂他：“你有病！”

冯晋骁没有接话，他大手一挪，掌心就贴上了萧语珩的大腿外侧。

萧语珩吓一跳，侧身要躲。

冯晋骁膀手捞过她的腰，五指收拢按住她两边的腰线，低声喝道：“裙子！”

萧语珩这才意识到她的雪纺裙子随风飘动，他伸手帮她捂住才避免春光外泄。她顿时噎住，尴尬地撩了撩头发。

“你以为我能在大庭广众之下干什么？”柔软的发尾扫过他的脸，冯晋骁的视线停留在那张泛起微红的脸，“下次别穿这么薄。还有，再长点儿。”

“封建！”萧语珩打开他的手就要走，一步都没迈出去又被拉回来。

“那你也得受着。”冯晋骁俯身吻住她。他的唇很烫，像是火焰在烧，灼得萧语珩的唇瓣都发疼。他却还不满足，单手托住她后颈迫使她迎向他，任由他肆意碾轧，却连退路都没有，只能承受。

明明还在生气，气他不顾她的意愿强行留她过夜，气他大半个月来的杳无音信，气他好不容易打个电话却连一句解释都没有，气他不懂温柔以待地甩过来的那句斥责她不知见好就收的话。只是，这些抱怨、委屈、难过，统统在冯晋骁温热的唇吻上她被划伤的颈侧时消失。

萧语珩伸手抱住了他劲瘦的腰。

见她态度缓和下来，冯晋骁自动理解为和好。一吻过后，他把人抱上了车。

这一次，萧语珩没有拒绝。

冯晋骁伸手探探她的额头，确认是否还有发烧的症状："等会儿让赫饶陪你去医院处理下伤口，我还得回队里。"

萧语珩有点儿负气地说："我能照顾自己，不用麻烦人家。"

"能照顾好还病在了外面。"冯晋骁给她把安全带系上，捏捏她尖尖的下巴，"嘴硬！"

大切下了机场高速，赫饶已等在那里。以为萧语珩睡着了，冯晋骁没叫她就下车了，交代赫饶："陪她去医院处理下脖子上的伤，顺便量一下体温，再把她送到我那儿。"

"睡醒"的萧语珩因为他的啰唆瞪了他背影一眼。

冯晋骁全然不知，动作利落地上了警车，走掉。

赫饶坐上驾驶座，微微带笑："师父有令，我不敢不从。"

虽然和冯晋骁闹别扭并未注意赫饶出手救下萧熠后的反应，却也能够想象她的心理波动，此时面对这样的云淡风轻，萧语珩只能说："我们的心要是能像脸一样用镜子照出来就好了，我就更能理解口是心非的含义。"

赫饶本也无意在萧语珩面前隐藏心事，她边启动车子边提议："去喝酒啊？"

"我可是又受伤又生病的，你约我喝酒？"

"你那点儿伤都伤在师父手上了，他都没怎么样，你就别在我面前演伤员了。至于你那点儿病，无非就是相思病，你男人不是给你治愈了吗？"

萧语珩失笑："你都这么说了，我再不喝就矫情了。"

这边冯晋骁和萧语珩兵分两路回了市区，机场那边陆成远正带领手下排除安全隐患。他才命人在5号登机口处拉起警戒线，一个人影竟然要从登机口上廊桥，横冲直撞的样子像要劫机似的。

陆成远抬手一指，喝道："谁啊那是？马上退到警戒线外！"一个眼神递过去，身旁的警员已身形一转，朝着来人过去。

楼意琳心急萧语珩的安危，此时被警员拦住就恼了，不安分地边推搡边咒骂："我们公司的飞机，我上去看看怎么就碍着你们了？罪犯抓不着，欺负小老百姓倒来劲了。一群吃干饭的，早干吗去了？"

不待警员有所动作，行至近前的陆成远伸手把人拎到面前，浓眉拧紧，语有不善："什么吃干饭的，你给我注意措辞。"

楼意琳向来勇猛无惧，现下陆成远几乎是用警告的语气和她说话，她自然要翻脸了："你又是什么东西？他们的头儿吗？我告诉你赶紧让我进去，要是我姐们儿有个三长两短，我要你好看！"

"要我好看？"陆成远盯着面前这个有几分姿色却太过"放肆"的女人，咬牙切齿，"这辈子你是没机会了。"言语间，像抓一只小猫小狗一样把楼意琳拽离登机口，扔离警戒线外5米处，指着她的鼻子警告，"别拿你的所谓个性挑战我的忍耐力，我不是个好脾气的人。再在这儿添乱，我这个吃干饭的连你一块儿抓了。"不着痕迹地瞥了眼她别在制服上的姓名牌，陆成远头也不回地走进了廊桥。

心急如焚的楼意琳被两名警员拦在警戒线外进不去，在咒骂了陆成远几句后又嚷嚷："你个莫名其妙的破警察至少告诉我萧语珩有没有危险啊？"

是萧语珩的同事？陆成远有谱了，一面暗自腹诽：急疯了吧，打个电话问一下不就知道了吗？笨蛋！一面没好气地扔过来4个字："比你安全！"

回警队的冯晋骁哪里知道萧语珩和赫饶居然不听他指挥跑去喝酒了，他坐在办公室里，将所有关于沈俊案的资料全部调出来，才准备要看，手机就响了。

是萧语珩的短信。她说：“你身上的勋章够多了，处理下手背上的。”

不冷着他了？眸中溢满温柔，冯晋骁直接把电话打过去。

果然，这次那边不再剑拔弩张地直呼他全名了，而是先“喂”了一声。

萧语珩的声音不似一般女孩子的娇嫩，反而有种似海一样的低沉，听上去沉稳舒服。

听到她问“有事啊”，冯晋骁心底最深处的情感似乎在瞬间被唤醒。他唤了一声“珩珩”就停住了，直到萧语珩“嗯”了一声，他才说：“伤口处理好了吗？记得让医生开外涂的药，再量下体温。吃过饭就回家休息，我争取——”抬腕看了下表，“8点前回来。”

“晚点儿也没关系。我和赫饶在外面逛逛，要是你有时间的话，来接我们吧。”

这样的温柔以待，除了说“好”，冯晋骁给不出第二种回答。

陆成远进门就见冯晋骁站在窗前抽烟：“不是戒了吗，怎么又抽上了？”

冯晋骁转过身把烟掐灭，“有点儿累，提提神。”

陆成远的目光从他的手移到肩膀：“伤口疼？之前的动作幅度不小，抻着了吧？”

冯晋骁试着活动了下胳膊：“应该没事。”

陆成远无奈：“嫂子还不知道吧？你这个人就是，什么事都自己扛，我就不信能瞒过今晚。换位思考，要是她有什么事瞒着你，你什么心情？”

“那不一样。”冯晋骁认为这样的换位思考不对，他是男人，保护萧语珩是理所当然，皱眉揉了揉肩胛，他坦言，“动手的时候没觉得，过后才有痛感。”

陆成远笑了：“当时你满心满眼都是嫂子，哪里还能顾得上疼。快拆线了，悠着点儿。”

冯晋骁点头，了解完机场的排查情况，指指桌上的文件：“回来得正好，看看这些。”

陆成远在他对面坐下来，翻看案件资料。两人研究到临近傍晚，才提审名为“沈俊”的黑衣男子。

10平方米的审讯室里，审讯椅上坐着的“沈俊”被束缚着手脚。他神色平静，脸上没有露出丝毫惊惧和慌张，五官眉眼与通缉令上的罗永犹如一人。

冯晋骁与陆成远一前一后走进审讯室，随行的警员在冯晋骁的示意下打开了“沈俊”的手铐。陆成远拉过一张椅子坐在他面前：“挺嚣张啊，还挟持人质。怎么样，是坦白从宽，还是需要我给你点儿提示？”

“沈俊”置若罔闻，只低头活动手腕，不回应。

陆成远毫不客气地“啪”一下打开他的手，屈起右手食指用力叩叩审讯椅扶手间的那块挡板，黑着脸提醒：“所有坐过这里的人，起初的反应都和你一样。但你记住，能被我们‘请’来的，他的未来，除了接受法律的制裁，没有其他可能性。”语毕，递了个眼色给警员，吩咐开设备。

“我们这地方，没人愿意来。”冯晋骁在“沈俊”正前方的椅子上坐下，双手随意地放在桌上，直视过去，语气平稳，“自投罗网的，你是第一个。”

“沈俊”动作一僵。

冯晋骁径自说下去：“暂且不说案子，我们先来说说罗永和沈俊的交情。”

冯晋骁刻意不说“你和罗永”而是说“罗永和沈俊”。“沈俊”听出来了，他的表情有细微的变化，不过很快恢复如常。尽管只是一瞬，但还是被冯晋骁捕捉到了。

“罗永和沈俊高考落榜后一起下了海。罗永喜欢上一个叫张莉的女人，结果张莉却成了沈俊的女朋友。后来沈俊开始接触毒品，从那个时候开始，他身边的女人就多了起来，直到张莉怀孕，沈俊终于决定娶她。遗憾的是，登记那天新郎没有出现在民政局，而是和另一个女人纠缠在张莉亲自挑选的婚床上。”

“为了阻止张莉嫁给沈俊，罗永也算费尽心机。可惜张莉并没有因此选择他，反而因为绝望，在怀孕5个月时，因吸食过量毒品死在了家里。”说到这里，冯晋骁停下来，旁观者一样看着脸色已经变得惨白的“沈俊”，直到他像是承受不住什么，把脸埋在双手之间，肩膀耸动，才继续，“罗永因张莉的死和沈俊大动干戈。也正是那次，沈俊的手被罗永烫伤。不过都说兄弟如手足，他们表面上看来并没有因为张莉这个他们视为衣服的女人翻脸。随后，罗永过了一段混乱不堪的生活，导致他在案发前染上了一种不太干净的病，逃亡过程中因无法坚持治疗，以至于反复感染，在三年前死了。”

原本低垂着头的男人听到这里猛地僵住。

冯晋骁递过去一个眼神，陆成远就从警员手中接过一沓照片，甩在“沈俊”面前：“你们哥俩真是一个模子刻出来的，不愧是双胞胎。不过罗强，你哥要是知道你冒充沈俊自投罗网，估计得气得活过来。至于张莉所怀的孩子，你要还是个爷们的话，就别否认。”

半晌，罗强慢慢抬起头来，目光停留在照片中一对孪生兄弟身上，表情木然。

冯晋骁示意警员把一盒烟放在他面前。

罗强抽出一支点上，打火时手有些抖，点了两次才成功。他狠狠吸了几口，在烟雾缭绕中问：“你们是怎么知道的？”因为父母离婚，他和罗永分别在两个再婚家庭长大，连沈俊都不知道他的存在，所以他才能假冒罗永，甚至以罗永的名义和张莉发生了关系。

冯晋骁回答：“沈俊做事向来谨慎，6年前险些被捕，正是罗永暗中为警方提供了线索。你认为罪魁祸首是沈俊，可是6年了，你还是没想通，依沈俊的精明怎么就中了罗永的圈套，在登记当天出了那么大的差池被张莉捉奸在床？因为他知道孩子不是他的，为了惩罚张莉的不忠，他才将计就计。说到底，张莉的死，沈俊和罗永的决裂，罗强，你功不可没。”

罗强抬脸看他，面前的男人依旧是6年前英俊清减的模样，只是那双历经岁月打磨和洗礼的眼睛愈发锐利，仿佛能洞察人心。

“冯晋骁，我低估你了。”

冯晋骁神色不变，硬朗的侧脸线条在灯光的映衬下显得刚正、纯粹。

接下来的审讯就很顺利了，对于6年前在古城沈俊指使罗永抓萧语珩的动机，罗强的回答是：“他们应该在古城有过一面之缘，沈俊说萧语珩拥有一双会说话的眼睛。”

眼前闪现萧语珩笑得眉眼弯弯的面孔，冯晋骁的眸色沉了沉。

最后，罗强说：“沈俊他人，已经在A市了。”

“你犯下的事，罪不至死。不过依你的本事，出去就得被沈俊做掉。”冯晋骁起身走过来，双手撑在罗强面前的挡板上，俯视他，“我给你条活路。”

罗强的身体在他的注视下慢慢靠向椅背，眼底血红一片。

回到办公室已临近9点，冯晋骁发现手机上有三个未接来电，最后一个是在半个小时前，全部出自同一号码。他立刻回拨过去：“我现在过去接你，在哪儿？”那边回应的，却不是萧语珩。

10分钟后，冯晋骁来到G市一家高级会所。这里执行会员制，只接待VIP客人。

此时萧语珩和赫饶已被经理送到了豪华套房，冯晋骁推门进去时，两个喝醉的女人安静地躺在一张大床上，闭着眼睛，头挨着头，像孩子一样睡得正熟。

陆成远认识的赫饶是滴酒不沾的，见此情景，不免惊讶：“再也不相信女人了。”

身穿衬衫西裤的萧熠在这时走进来，看见冯晋骁，微微皱眉：“还没哄好？又闹了？”他直觉认为是萧语珩和冯晋骁还没和好。

冯晋骁走到萧语珩面前，把人扶起来披上他的外套，话里有话：“闹的不是我的这个。”

萧语珩被他一抱，倏地睁开眼睛，墨黑的瞳仁闪动着不安和惊惧，如同从噩梦中醒来的孩子，充满防备意味地看着他。

冯晋骁不明白萧语珩因何惊惧，还是停下动作，摸摸她的脸，放柔了声音：“是我。”

萧语珩定定地看着他，过了一会儿，才像小猫一样往他怀里蹭。冯晋骁展臂拥她入怀，轻拍她的背。很快地，怀里的女人呼吸均匀地睡去，唯有双手紧紧抓着他衬衫一角。

冯晋骁抱起萧语珩往外走，经过萧熠身边又停下，短暂的沉默像是在斟酌措辞，又像在考虑要不要说，最后：“两年前你走的那天，她向我请了一天假。她在我身边三年，除了一次病到昏迷不醒住院三天外，那是唯一一次请假。我想，她是去A市送你。”

萧熠自然明白冯晋骁口中的她是指赫饶。

可那天去机场送行的人里，没有她。

陆成远是个人精，还有什么不明白的，见冯晋骁走了，立刻跟上去：“我去开车。”愉快地决定不管赫饶了。

CHAPTER 2 以风之力，鸣响幸福

女孩子的欢声笑语与吉祥铃的清脆之音交织在一起，形成幸福的旋律，跨越千山万水，被风的力量鸣响，扑面而来。冯晋骁矜持地笑，无声而温柔地答：“我很好，我的小姑娘。”

到家的时候萧语珩还在睡。冯晋骁把她安置在主卧的大床上，去浴室放热水。再出来时就见原本披在萧语珩身上的外套被扯落在地，床上侧身而睡的女人，胸前曲线被勾勒得十分立体，连衣裙向上卷起，隐约露出不盈一握的纤腰，深色的被单衬得她裸露在空气中的长腿愈发匀称白皙。

一室静谧，只余她轻浅的呼吸。

晚风吹动窗帘，冯晋骁回神，倾身展开被单，在不惊醒她的情况下盖至腰际。

萧语珩翻了个身，修剪成美好弧度的眉毛轻皱着。

冯晋骁不动声色地看她，用手指将她乱了的长发拨到耳后，注视眼前这张年轻的脸。在他眼里，她一直是美丽的。17岁时天真烂漫，23岁时妩媚明艳。

他的身体在不知不觉间俯低，一点点缩减和她的距离，直到与她的唇只差寸许，感觉她的气息拂在脸上，他浅浅啄了一下她的额头，微微嗔道："喜欢你才那么对你，怎么就成了不尊重？傻姑娘。"然后抬手轻轻按着萧语珩的太阳穴，缓解她的酒后不适之感。

深夜。

梦中有种被紧箍的感觉，萧语珩慢慢撑开眼帘，意识完全清醒后，发现身后熟睡的男人是冯晋骁。此时她身上套着他的T恤，他的一只胳膊被她枕在头下，另一只手从T恤的下摆钻进去搂在她的腰上，结实的长腿半压着她的，肌肤相贴，形成一种极亲密的姿势。

萧语珩静静躺了一会儿，等适应了房间昏暗的视线，她轻轻翻了个身，和他面对面。冯晋骁没有醒，只是原本搂在她腰上的手自然而然地移到她背上安抚地拍了拍。

萧语珩像个听话的孩子偏头靠在他颈窝，被单下的手攀上他的肩背，想要回抱他，却在他肌肉紧实的上身摸出异样。适应了卧室的昏暗，她掀开被单，入目的是他自胸口斜着绕过整个肩胛骨的一圈白色纱布。

萧语珩其实没有喝太多，在给冯晋骁打最后一通电话前，她还是清醒的，因为今晚需要借酒倾诉的不是她，而是赫饶。

以前萧语珩觉得自己的爱情举步维艰，可发现赫饶的心思之后才意识到，自己比她幸运太多。至少现在，她还和冯晋骁在一起，那和他恋爱的滋味，让她觉得，即便最终的结局不能如她所愿，曾经拥有的回忆也足够取暖。

赫饶却一无所有。

身为特别突击队唯一的女性，她丝毫不逊色于那些与她并肩作战的男性队友；身为突击二组组长，她是冯晋骁最欣赏、器重的徒弟。她受过伤，流过血，萧语珩却从未见她掉过一滴眼泪。除了两年前A市一宗贩毒案收网时，萧熠为了救那个他心爱的人，以身迎向子弹那一天。

那份以命换命的孤勇，彻底地伤了赫饶。

她右手成拳按在自己胸口，因为太过用力，指节都已泛白："那颗子弹如果是射向我，都不会比现在疼。"

那语气中的绝望，让萧语珩忍不住掉下泪来。心里的疼，与和冯晋骁决裂时相比，竟是不差分毫。那一刻，她甚至有点儿恨自己的哥哥，他怎么就能对这样一个情深的女子置之不理？他知不知道，当得知他冒着生命危险在贩毒集团卧底，有个女人拼了命地通过了特别突击队的选拔，只为有朝一日有能力助他一臂之力。

能让一个女人如此奋不顾身，萧熠何其幸运。可他却一走了之，全然不知，有一个人被他的视而不见伤得体无完肤。

萧语珩赶去送机，看见赫饶站在机场大厅的角落里，循着她的目光看过去：是安检处，萧熠与贺熹相拥的身影。

为了赫饶，萧语珩没送萧熠。

赫饶显得那么平静地转身，缓慢却坚决地一步一步走出航站楼。萧语珩跟着她来到停车场，她就那么站在那儿，保持仰头的姿势，许久……

萧语珩不确定赫饶当时是强忍着不哭，还是在目送高空中的萧熠，只是感同身受着那一刻她心里的疼。

在爱情面前，卑微的永远是女人！

萧语珩把手轻轻覆在冯晋骁包着纱布的肩胛，一点点、一寸寸地抚摸。这样异常的温柔，连她自己都忘了，有多久没给过他。这个男人啊，和他相识6年，有一半的时间，分不清是爱，还是恨。

居然都6年了。

萧语珩心中泛起酸涩之意，把脸颊贴在冯晋骁胸口，胳膊搭在他肋间，轻轻抱住了他放松下来的身体。伴着冯晋骁沉稳有力的心跳声，她的记忆被拉回6年前——

那一天阳光正好，笼罩着小桥流水缠绕的大研镇，把街头喧嚣、深巷宁静的古城浸染在一片金色里，令每一处角落都充满了温暖的味道。

独自旅行的萧语珩在一家名为“留步”的特色小店的角落里欣赏东巴吉祥铃。那是挂在最高处的一串吉祥铃，她要踮起脚才能触碰到铃舌。她就那么歪歪扭扭地站着，一只手扶住玻璃柜台，一只手伸出去轻轻晃动着铃舌，嘴里自言自语地念叨着：“清风徐来，铃音吉祥……”然后，她听见一道男声在身后问：“有什么特别？”

因为太专注于那串吉祥铃了，萧语珩被突如其来的声音吓了一跳。身后的人像是早有准备，伸手就把立步不稳的她扶住了，手臂稳妥有力。

萧语珩转过头来。

冯晋骁视线之内就呈现出一张精致漂亮的小脸，眼睛很大，瞳孔黑亮，透出一股狡黠的灵气。那个瞬间，他忘了松手。

只一眼，足够成就生命中的无尽可能。

可惜当时，他们虽不期而遇，却没料到结局。

咫尺的距离忽然出现一个男人，萧语珩也愣了一下，随即微红着小脸挣开他的手："你问我吗？"

冯晋骁收回手，点头："你看它半天了。"

萧语珩挠了挠脸蛋："我就是不知道才看嘛。"

冯晋骁缓缓勾起了唇角。

萧语珩被他笑得不好意思，尴尬地进一步解释："店主说这是镇店之宝。"

冯晋骁抬手把吉祥铃摘下来递到她面前。萧语珩偏头看了他一眼，在他的眼神鼓励下就着他的手盯着吉祥铃看起来。

"这个应该是白海螺。"

"那是什么？"

"纳西八宝之一。铃声很特别，象征东巴蛙神。"

"蛙神？"

"寓意繁衍万物……你怎么连这个都不知道？旅行之前都不做功课的吗？"

冯晋骁决定换个话题："听说这些铃有很多种含义？"

萧语珩的注意力果然被转移了："送朋友的话，代表希望对方由风铃的清脆之声想起你，风的吹动，铃的心系，彼此有心电感应。情侣之间相送的话，就代表恋情和想念……"

冯晋骁看她样子，知道她很喜欢东巴吉祥铃，也颇有研究："那你是准备买这串？"

萧语珩扭头看了看忙碌的店主，凑近他低声说："我准备把它偷走。"

世上除了17岁的萧语珩，再难找出一个能把"偷"字说得面不改色、波澜不惊的人了。

冯晋骁的震惊清晰地写在脸上，他怀疑自己听错了。

萧语珩悄声说她的钱包丢了，然后拽拽他的衣袖："你说我藏在帽子里会被发现吗？要不你帮我掩护吧？"

临时被抽调加入专案组的冯晋骁在来到古城的第一天就遭遇了这样有趣的状况。身为警察，面前站着一个企图请他打掩护的"小偷"，还是个漂亮的女孩子，而她眼睛里的期待，真诚得让人不忍拒绝。

可真是令人为难啊。冯晋骁思考了下，提示：“以非法占有为目的盗取公私财物的行为，视为偷盗。知道量刑幅度吗？”

少女萧语珩看看风铃，又看看他严肃的脸，摇头。

冯晋骁好脾气地解释：“简单说，偷东西不对，犯法。”

“我问过老板，这串吉祥铃卖100块，我很会砍价，这样的话，最多60块，我就可以买走它。”在他颇为冷淡的注视下，萧语珩表情认真地询问，“偷这个价位的东西，会判刑吗？”

“这个价位当然——不会。”

“那不就得了。”萧语珩顿时松了口气。

“钱包丢了？”见她眨着大眼睛重重点头，冯晋骁沉住气，“那么喜欢的话，就买下来，我可以借钱给你。”

“你是要学雷锋助人为乐吗？”萧语珩瞥了一眼店主，一副生怕两人的密谋被发现的样子，声音压得低低的，“可我乐不起来。我已经丢了钱包，损失了很多钱，还要还钱给你，损失就更大了，你说是不是？”

冯晋骁忍耐：“那就不还了。”

“送给我吗？”她还是觉得不妥，“那我就欠你一份人情，比钱还难还清，哪比得上偷干脆呢，一了百了。”

这都是些什么逻辑？面对如此诡辩，又让人生不起气来的小姑娘，冯晋骁哭笑不得。就在他开始认真思考要如何处理这件事时，她又说话了：“看样子你是不打算帮我了。那你别举报我行吗？反正也不是你的，你没有损失嘛。如果你不想看着我偷，那你就先走，不过走前你不要把它挂回去啊，我个子不够高偷起来好麻烦的。”

怎么那么多话。盯着女孩清澈如泉水一样的眼睛，冯晋骁在心里无奈妥协。他把吉祥铃挂回原处，向店主走去。谁知，还没等交涉完，就听身后传来玻璃破碎和女孩的惊叫声。

冯晋骁倏地回头，就看见萧语珩跪倒在破裂的玻璃柜台前，泪眼婆娑。

那娇娇弱弱的样子，看得人心疼。

然后，就听她带着哭腔地唤："哥哥——"

冯晋骁跑着折返回去，弯身抱起她就往外走。

医生给萧语珩处理伤口时，小丫头疼得哇哇直叫。冯晋骁被她拉着手，感觉她的指甲都要掐进他肌肤里了，然而面对一张哭得梨花带雨的小脸，只能柔声哄："忍忍，马上就好了。"

之后还要为她善后："一切损失我负责，你看需要多少钱？"

店主人还不错，虽然冯晋骁对玻璃柜台的行情一概不知，但听他报的价钱也知道他并未多要。赔了钱，还要道歉："非常抱歉，我妹妹太调皮。"

店主摆摆手表示不介意，用一口丽江腔普通话说："胖金妹没事就好啦。我看她好像很喜欢吉祥铃，在我店里看了很久。"

纳西族以胖为美，以黑为贵，在他们看来越胖越黑的人越是老实，所以就称呼没有出嫁的姑娘为胖金妹，男子则称胖金哥。虽然没做过功课，这些冯晋骁还是知道的。闻言就说："确实很喜欢，就惦记胖金哥的镇店之宝呢。"

店主哪里听得出他的话外之音，笑眯眯地说把那串吉祥铃送给胖金妹。

可事后冯晋骁却告诉萧语珩："你不只把人家的柜台砸了，还把风铃扯坏了，我只好用高价买回来。记住了，你不只欠我医药费，还有赔柜台和买风铃的钱也要还。"

萧语珩小嘴一扁，看看包得粽子一样的膝盖，眼泪又下来了："会不会留疤变得很丑啊。"

冯晋骁见她可怜巴巴的样子，忍笑："谁让你那么淘的。老老实实地别再闯祸，否则把你抓起来。"然后掏出自己的证件给她，"看见没，警察叔叔。"

萧语珩接过警察证，看看上面的照片，又看看冯晋骁："和真的一模一样呢。"

冯晋骁本想赏她一巴掌，可见小丫头笑靥如花的模样，着实下不去手。

为了感谢他的搭救之恩，萧语珩慷慨表示晚上请他喝酒。

冯晋骁好笑地看着她一瘸一拐的样子：“你有钱？”

萧语珩一脸“这你就不知道了吧”的表情，得意地拍了拍小胸脯，“我喝酒是不用花钱的，看在我欠你钱的分儿上，破例带你见识见识。”见冯晋骁笑而不语，她又窘窘地说，“不过，你能不能先请我吃个饭啊？我有点儿饿了。”

冯晋骁从来都不知道自己竟然是个如此好脾气的大好人。送她去医院，到风铃店善后，陪她打点滴，一点儿嫌她麻烦的意思都没有，甚至是此时面对她让请吃饭的“无理要求”，也不生气，只觉有趣。

服了自己。

看着她被淘气的风吹得竖起来的小刘海儿，冯晋骁毫不客气地揉乱她的头发：“你个小丫头片子，吃定我人好是不是？”

“哎呀，别弄乱我发型呀。”萧语珩嫌弃地打开他作恶的大手，振振有词地数落：“谁让你不帮我偷风铃了，现在好了，人财两空啊。对了，还有，别叫我小丫头，告诉过你我叫萧语珩，今年17岁。”

“你有17岁？”冯晋骁怎么看她都像十四五，完全发育不成熟。

萧语珩最讨厌别人拿她当小孩看待：“千真万确的17，大姑娘了哦，所以不要对我动手动脚，被我哥哥知道的话，揍你的。”

按年龄算的话，确实不算小。可是，冯晋骁打量她一番，得出的结论是：明明就是哪里都小：“行，大姑娘，告诉我怎么联系你的家人，我好通知他们来接你，我还有事，没时间料理你。”

“你就是想让他们赔你钱。”萧语珩把脸扭到一边去，气鼓鼓的小样子让人特别想欺负她一顿。

冯晋骁被噎了个哑口无言，又不得不安慰自己：大度一点儿，不和她一个小丫头片子计较。

最后还是一起吃了晚饭，冯晋骁埋单。对此他并不介意，让他觉得心有不甘的是，身为一名审讯过无数犯人的警察，他居然对付不了一个小姑娘，除了问出她和自己一样是G市人以及独自一人来旅行外，她的家庭住址、家人联系方式等信息，他一概问不出来。

“你是怕我赖账才急着找我家人来赎我吗？”萧语珩一面解释她的难处，一面宽他的心，“可他们都在国外啊，你现在联系他们的话，他们就会因为担心我马上赶回来，会耽误很多重要的事，我多过意不去啊。你放心，等我回家就把钱还给你，这几天你就先照顾我一下呗，我还能给你解闷呢。”

如此轻信于人，冯晋骁不知该说什么好。权衡之后，他掏出皮夹，数也没数地把里面的现金都拿出来递给萧语珩：“我的建议是：明天就买机票回家。当然，你也可以选择继续旅行，不过再出意外的话，可就没人管你了。”

看着他手里的钱，萧语珩的第一反应是：“你也太容易相信人了吧，就这样把钱给我了？万一我是骗子，你可就亏大了。”

冯晋骁深呼吸了一次，给她下最后通牒：“要么向我借钱，要么自己想办法，你选一个。”

见他似乎是生气了，萧语珩鼓着腮帮子认真思考了下，乞讨一般向他伸出小手：“那还是借给我吧，要不我该露宿街头了。女孩子流浪的话，不太好。”

冯晋骁被气笑了。

由于要到专案组报到，成功地把钱借给她之后，冯晋骁不得不走了。离开前架不住她软磨硬泡地跟了半条街只好留下手机号码，方便她回家后还债。

一周后，冯晋骁带着任务来到一家清静的火塘酒吧，就在他准备听流浪歌手低吟几曲时，意外发现歌手竟然是萧语珩。

她上身穿了一件纯白T恤，下身配了条彩色长裙，头上戴着一顶粉色草编帽，隔着些许距离，冯晋骁不太确定她是不是还化了妆，只觉得远远看上去，那张小脸比初次见面时还要精致俏丽几分。

木吉他的沙哑沧桑声中，他悄然落座。

酒吧里流淌着萧语珩版的《滴答》，那独特的音色吟唱出词曲中淡淡的情愁，如同诉说一段悠长唯美的故事，令人沉醉其中。而她整个人被一股浓郁的异域风情笼罩着，终于有点儿大姑娘的样子了。

一曲之后，萧语珩眼尖地发现了他，惊喜地站起身来，隔着好几桌客人，挥着手大声喊他："冯晋骁。"

紧接着，无数道目光投向角落里的他。

就这样成为众人的焦点，冯晋骁无奈。

当她脸颊绯红地抱怨："哎呀，怎么办，搞得像我暗恋你一样。"这个坚持请她喝酒的小姑娘，已经醉了。

酒吧老板也不清楚萧语珩住在哪家客栈。冯晋骁虽不情愿，但又狠不下心置之不理，只好在任务结束时把睡得香甜的小丫头抱回古城客栈，他的房间。

次日清晨，冯晋骁提了早餐回来时，萧语珩粉色的小手机持续不断地响。等手机不响了，隔壁又响起了敲门声，然后，冯晋骁听见客栈服务员在外面扬声问："语珩，你醒了没有？小语珩——"

冯晋骁明显沉默了一瞬，确认对方是叫萧语珩没错。他起身走过去，打开了自己房间的门："找萧语珩？"

服务员是位20岁左右的纳西族小姑娘，闻言以不太标准的普通话回答："她家里来电话找她。"又指指房门，"可是叫不醒小语珩。或许，她整晚没回来？"

居然这么巧，他们住在同一间客栈，还是隔壁房间。

早知如此，他何必睡沙发？

"她回来了。"冯晋骁回身看了房间一眼，"在我床上。"

纳西姑娘明显一愣。冯晋骁才意识到自己的话歧义太大，却无心对一个不相干的外人解释，只是确认："她住隔壁房间？"

纳西姑娘望着男人没什么表情的英俊面孔，如实回答："住了10天了。"

用向他借来的钱，住古城最好的客栈，她倒是会享受。

"把她家人的电话号码给我。"

纳西姑娘用眼角余光向房间里望，可惜看不到卧室的床，遗憾之余又有些犹豫："你是语珩的男朋友？"

冯晋骁既不承认也不否认，只略微把房门关上了些，生怕别人看见什么似的。这样一个细微又显暧昧的举动，理所当然地让纳西姑娘误会了。她一脸“我知道了”的表情，随即下楼拿号码。

萧语珩的手机铃声再次响起，屏幕上显示的号码和纳西姑娘抄来的一样。冯晋骁把唱个不停的手机递到萧语珩近前，道：“接不接？”

小丫头闭着眼睛，嫌弃地嘟哝：“吵死了，快别唱了呀——”本能地伸手推开他的手。

冯晋骁就把电话接通了，然后就听手机那端的男人训斥道：“萧语珩你皮子紧了欠抽啊，我不在家你就作上天了是不是？一个人跑到古城去干什么？你给我马上滚回家！晚上我打家里电话，你敢不在的话，明天我就飞过去抓你！”

冯晋骁眉心微蹙，没接话。

那端等了片刻没得到回应，以命令的口吻说：“装什么哑巴，听见没有？”

冯晋骁语气平稳地回答：“听见了，等她睡醒，我会一字不漏地转告。”

短暂的沉默后，对方沉声问：“你是谁？珩珩呢？”语气冰冷，与刚刚训斥萧语珩时截然不同，多了几分敌意和戒备。

“她没事，你大可以放心。不过，要她回话的话，你可能要等一等。”与对待萧语珩时的耐心、隐忍也不同，冯晋骁冷冷淡淡地补充，“她在睡觉。”

萧语珩临近中午才醒，迷迷瞪瞪的，还以为在自己房间里，半眯着眼睛往浴室去，洗完了澡裹了浴巾出来才发现房间格局不对。

“咦？”顶着湿漉漉的头发，她仰着小脑袋望向房顶的观景窗：“什么时候多出来的？”

“本来就有。”

“不会啊，我住进来的时候明明没……”萧语珩猛地回身，动作幅度大得险些撞到冯晋骁身上，在怔忡了几秒后，她尖叫一声，“啊！”

冯晋骁仿佛早就料到她会有所举动，伸手捂住她的嘴，盯着她黑亮的大眼睛，好心提醒：“不想全客栈的人知道你睡在一个男人房里就闭嘴。”

尖叫戛然而止。

闭嘴的同时，萧语珩不客气地打开冯晋骁的手：“冯晋骁你个大流氓，敢欺负我！”边气鼓鼓地骂边往床边后退，或许是太心急了，在伸手扯被单试图遮住自己时，不知怎么就弄松了浴巾。结果就是，人虽然跳到床上去了，被单却没盖好，而浴巾，竟然掉了。

“啊——”再一次的尖叫声中，冯晋骁无奈地转过身去：“小姑奶奶，房盖都要被你掀了。”没听到身后有动静，他忍笑说，“我什么都没看见，真的。”

半晌没有得到回应，冯晋骁以为她哭了：“需要我出去吗？”等了几秒见萧语珩还是没反应，他只好半真半假地威胁：“再不说话，我可就转过来了。”

扮演小鸵鸟的萧语珩闻言立即说：“你敢！冯晋骁，你别想得逞。”

我得逞什么啊。冯晋骁自觉冤枉，又不好再惹她：“衣服在浴室吗？我帮你拿？”

“无事献殷勤，非奸即盗！”萧语珩拒绝得很干脆，“不用你假好心！”

既然如此，冯晋骁就准备先出去，让小丫头把衣服穿上，免得彼此都尴尬。结果他才走了两步，床上那一小堆就探出个小脑袋来，没好气地问：“这是哪里啊？”

停在房门口，冯晋骁提示：“床头柜上有客栈简介。”

当萧语珩搞清楚身在何处时，勒令某人立即出去。然后动作迅速地换上丢在浴室里的衣裙，逃难似的回到了自己的房间，关门落锁前还不忘警告冯晋骁：“等会儿再和你算账。”

10分钟后，穿戴整齐的萧语珩再次出现在冯晋骁房间里。她连敲门都省了，横冲直撞闯进来，一阵风似的冲到冯晋骁面前，双手叉腰：“怎么我都不知道你住在这儿？为什么不送我回自己的房间？你是什么意思啊？”

相比她的暴跳如雷，24岁的冯晋骁就显得十分有风度了。慢条斯理地享用冷掉的早餐，他抬头问：“吃吗？”说话的同时，夹了一个包子递向萧语珩。

那似笑非笑的表情和看似随意的举筷动作，像是在喂一只小狗。换作6年后的萧语珩，肯定要当场掀桌子，可当时她的反应是：劈手抢过来塞进嘴里，边嚼边口齿不清地问：“在哪儿买的呀，还挺好吃的呢。”

冯晋骁也不答，只把手边的豆浆递给她：“不算太冷，喝吧。”

萧语珩嗯嗯地点头表示感谢，端起来一口气喝了大半杯。似乎忘了先前的尴尬，她在餐桌前坐下来，心安理得地享用肉包子。直到把最后一个包子吃掉撑得饱饱的，才笑眯眯地问冯晋骁：“你没吃饱吧？嘿嘿，我是故意的。”

视线停留在她小狐狸一样狡黠的笑脸上，确实没吃饱的冯晋骁都气笑了：“身为姑娘家，萧语珩，你食量有点儿大。”

萧语珩还想气他两句，就听他说：“先前你哥哥来电话了，叫不醒你，我就接了。他说晚上打家里电话，要是你没回去的话，要亲自来抓你。”

“什么？”萧语珩一下子蹦到冯晋骁面前，揪住他的衬衫领口，“你接了我哥哥打来的电话？你想害死我呀？被他知道我和一个男人在一起，他肯定会卸了我的！冯晋骁你就是故意的！我决定不还你钱了！”

冯晋骁无所谓地挑了挑眉毛：“想想怎么向你哥哥解释吧，小丫头片子。”

萧语珩咬牙切齿地瞪了他一会儿，出人意料地说：“我就告诉他，是你绑架了我！”

然后，堂堂冯队被豆浆呛到了。

最终她是怎么向家人解释的，忙于案件的冯晋骁没有过问。然而，在妙名其妙地闯进冯晋骁的世界后，萧语珩就没再消失过。而且通过走光事件，尽管她面上还是有些挂不住，但内心其实认定了冯晋骁是好人。于是，小小的萧语珩就赖上了隔壁的晋骁哥哥。用她的话说就是：你警察的身份，值得信任啊。

洗过澡准备休息的冯晋骁身体舒展地半靠在沙发上，闭着眼睛问她：“你不是怀疑我的证件是假的吗？”

萧语珩笑嘻嘻的：“我就是随口说的，你不要当真啊。再说了，你长得明明就是一脸正气的样子，怎么看都是如假包换的真警察。”

冯晋骁很累，如果不是看她孤身一人有点儿小可怜，早就把人拎着扔出去了。揉了揉太阳穴，他下逐客令：“是不是有事？还是又动什么脑筋了？我可是要睡觉了。”

萧语珩一副“你知道啦”的表情，凑到他跟前，盘腿坐在长毛地毯上，直奔主题：“你房间好大好漂亮，让我住一晚呗？”

住一晚？冯晋骁顿时睡意全消，他倏地睁眼：“萧语珩，我五官很敏锐，别说我听错了。你对一个陌生男人说要在他房间住一晚，是吗？”

萧语珩用她亮晶晶的大眼睛盯着冯晋骁不太晴朗的面孔：“怎么是陌生的呢？我们是朋友了啊，你不要那么小气嘛。我的房间虽然没有你的大，可是很温馨哦。要是你舍不得这个房间，打地铺或是睡沙发也行啊，我不介意的！”

“我介意。”冯晋骁盯着她，“你哥哥没教你，不要随便相信别人吗？”

萧语珩很是无辜：“我哥哥只教我，别吃垃圾食品。”

冯晋骁对顾南亭的印象更差了。

依小萧语珩撒娇耍赖的小个性，当然是成功地留在冯晋骁房间了。可就在冯晋骁准备把房间腾给她而去隔壁休息时，萧语珩指着天花板处的观景窗道出自己的小烦恼：“下雨怎么办，会不会漏呀？我可不想在床上游泳。”

冯晋骁被她傻气的表情搞得很无语，以略显不耐烦的语气回答：“再啰嗦，就把你扔出去。睡觉！”

萧语珩也不计较他的凶巴巴，乐颠颠地爬上他的床：“晚安哦，晋骁哥哥。”

随后几日，冯晋骁和萧语珩每天都会在音乐火塘碰面。萧语珩误以为冯晋骁是去捧她的场，待他温柔了些。当然，萧语珩式的温柔，就是不再为了让冯晋骁吃不饱勉强自己吃太撑。

不知是哪个环节出了问题，冯晋骁连续在音乐火塘蹲点儿，始终一无所获，直到那晚——

准时来到音乐火塘，舞台中央的萧语珩正在唱一首名为《一瞬间》的歌。安静的嗓音，干净的曲调，让人的心绪被轻轻撩动。冯晋骁一如平常在角落悄然坐下。触到萧语珩投射过来的目光，他微微点头。萧语珩的笑容顿时明艳了几分。

她本就是漂亮的女孩子，歌又唱得好，受到异性关注是很平常的事，尤其那晚整个酒吧的客人都显得极为热情和兴奋，所以被吹口哨和送花，根本不足为奇。

引起冯晋骁注意的是，那个花天价拍下红玫瑰送她的男人。当时萧语珩已经唱完向冯晋骁的方向走过来，中途被拦住了。那个被称呼为李哥的男人甩出一沓钱，嚣张至极地说："小妹儿，在这卖唱能挣几个钱，把哥哥侍候舒服了，这些都是你的。"

萧语珩紧皱眉头仰脸看了看面前这个30多岁、身形魁梧、长相平平的男人，清亮的眼眸里浮现出不屑。不客气地推开他的手，萧语珩以讽刺的语气说："钱多的话可以去济贫，我嫌你太老了，大叔。"

李哥没料到一个在酒吧驻唱的小姑娘竟然如此牙尖嘴利，闻言抓住萧语珩的手腕，用蛮力硬把人拽坐在自己的座位上，色眯眯地盯着她的胸口："可大叔就喜欢你嫩，吃起来够味。"

对方的碰触和不规矩的目光，都令萧语珩生厌，她挣脱了几下，没成功："这么多人，你想干什么？"倒有几分输人不输阵的气势。

李哥轻蔑一笑："人多怎么了，你看他们敢管老子的闲事吗？"

萧语珩顺着他的目光看过去，就见满座的酒吧竟无人理会她这边，像是真的没看见，甚至是冯晋骁，都原位坐着不动。但是，17岁的萧语珩内心有一种笃定，冯晋骁一定不会不管她，所以，她显得很镇定："我就不信这里没有一个路见不平的人。"

"路见不平？谁敢！"李哥笑得无赖又狰狞，肮脏的手就要探向萧语珩的纤腰。

萧语珩恶心得都要吐了，想也没想，用尽力气抽出被控的一只手，"啪"的一声抽向那张丑恶的脸："我警告你赶紧放开我！"

李哥无防备之下结结实实地挨了一巴掌，恶狠狠地盯着萧语珩："小婊子，敢打我！不识抬举。"话音未落，大手就要探向萧语珩胸口，竟要当众羞辱她。

然而，令人意外的是，在4个保镖护在身侧的情况下，李哥只觉得眼前一黑，来不及做出任何反应就被一股大力甩出去，形象全无地扑倒在地，连同撞翻了旁边的一张桌子。

“大哥！”

“老大你没事吧？”

李哥被反应过来的手下扶起来，看向逆光而立的冯晋骁。至于前一秒他想非礼的小姑娘，正紧紧地依偎着他。

李哥表情凶狠，手指无礼地戳向冯晋骁：“你他妈不要命了，知道我是谁吗？”

冯晋骁劈手打开在他眼前挥舞的手，声音沉冷：“谁都不能太放肆。”话语间，已展臂环住萧语珩瘦弱的肩膀，安抚般用力搂了搂。

“老子就他妈放肆一把给你开开眼。”李哥说着举起手边的酒瓶就朝冯晋骁砸过来。

冯晋骁反手抄起身旁侍者手中的托盘，撞碎李哥手中的酒瓶，扇打在他脸颊上，将他的动作生生截断：“给我开眼，你还不够资格。”

然后，双方在音乐火塘里大动干戈。

整个打斗过程中，冯晋骁始终把萧语珩稳妥地护在身侧。萧语珩却完全跟得上他的节奏，尖叫声中，只觉得一个接一个的人被打倒在地，而自己的手，一直没有脱离冯晋骁的掌控。甚至最后被警察带到了派出所，还被冯晋骁紧握。

派出所里，高个子警察扬声喊：“小姑娘，跟我进来做笔录。”

萧语珩从冯晋骁身后探出个小脑袋看他，又仰脸望冯晋骁：“你和我一起吗？”

冯晋骁拍拍她的小脑袋：“我在外面等你，完事了一起回去。”

萧语珩眨巴着大眼睛想了想，垂下小脑袋，低声说：“不。”拒绝的同时，用两只小手抓住了他的大手，紧得像是一松手他就会消失一样。

她委屈的模样可爱又可怜，冯晋骁清晰地感应到自己心跳加快的频率，下意识地把她两只小手反握住，开口时语气更是前所未有的温柔：

“你乖乖地配合他们做个笔录，我需要打个电话处理一下，然后我们才可以走，这样最快。听我的，好不好？”

萧语珩权衡了一下，抬头：“你会不会把我扔下不管了？”

“怎么会！”冯晋骁弯唇，“我架都打了，人也被带来这了，你还担心什么？我保证一步都不走远，你出来就能看见我，嗯？”

萧语珩这才点头，松开他的手和年轻小警察去了笔录室。

冯晋骁则在另一名警员的引领下进了所长办公室。

20分钟后，萧语珩从笔录室出来时，冯晋骁就站在门口。她眉眼弯弯地跑过去，抱住他胳膊。从派出所出来，冯晋骁自然而然地牵住她的手，萧语珩竟也像是习惯了似的，任由他牵着，时而和他并肩而行，时而蹦到他面前，边拽着他的手倒退走边孩子气地说：“晋骁哥哥，你好厉害啊，比我哥哥还厉害。”然后比画着学他打架时的动作，末了说，“你打架的样子真帅！”

凝视她灿烂的笑脸，冯晋骁微笑而不自知。

正是深夜最寂静的时分，盛夏的晚风扑面的凉爽。月光朗朗，两人被昏黄的路灯拉长的背影以及一高一低、一柔一沉的对话之音，如同流动的风景，轻描淡写地在古城留下痕迹。

当晚，冯晋骁和上级领导通电话，针对为救萧语珩令他险些暴露了身份一事，他受到处分，上级领导要求：“等案件结束，你上交一份检查。”

冯晋骁对此没有异议，但他反问：“这几天我所听到的那些关于萧语珩是我女朋友的传闻是你们故意放出去的，是吗？”

对于他近乎质问的语气，上级领导心平气和地回答：“没错，你带着女朋友来古城度假，比孤身一人更具说服力，更不易让人起疑。”

“她还没成年，这样对她来说太危险。”

“你会保护她不是吗？”

“那是自然。”回想酒吧里混乱的场面，冯晋骁又说，“如果她是在知情的情况下，心甘情愿地协助警方，我或许可以接受。现在的问题是，我不认为自己需要一个小姑娘的帮忙。”

“晋骁。”电话那端的男人语重心长地叫了一声他的名字，然后说，“据线报显示，沈俊在音乐火塘见过萧语珩一面，对她很有兴趣。这就说明，即便没有我们，萧语珩也已经成了沈俊的目标。只是不知道他被什么事绊住，或者听到了什么风声，才暂时没有动作。”

“之所以把你安排在那里，是我能想到的对萧语珩而言最周全的保护。今晚的事情是意外，先前阻止你，只是想进一步确认那个李哥是不是沈俊的手下。当然，我没有料到对方会那么放肆，竟然想当众羞辱萧语珩。对此，我表示抱歉。”

“至于说没有打算告诉萧语珩实情，正是考虑到她年纪太轻，心理素质不足以承受这样的压力。而且我相信，有你在，她可以安然无恙。当然，如果你认为有必要告诉她，我尊重你的意见。”

冯晋骁沉默了几秒：“从今晚的事件来看，音乐火塘的老板和李哥应该是旧识，林所长方面会配合我们以做笔录为由接触该人，从他入手查李哥，进而证实李哥和沈俊的关系。至于萧语珩，我的意见是：安排她离开，越快越好。”

上级领导答应：“就照你的意思办。”

结束了通话，冯晋骁仰躺在大床上，透过观景台看向遥远的天际，回想和萧语珩相识相处的点滴，当脑海中的画面定格在和她相牵的手上时，他像是明白了什么，笑着自语：“想什么呢，人家才多大。”

最终也没理出头绪，就在冯晋骁准备关了床头灯睡觉的时候，忽然听到阳台上有动静。双眸在瞬间睁开，他翻身下床分开窗帘，就见穿着睡衣的萧语珩摔倒在他的阳台上——

冯晋骁一愣，随即眉头就拧了起来：“这是干什么？”

萧语珩摔得疼死了，她慢吞吞地爬起来，猫着腰揉膝盖：“我以为你睡了怕吵到你，所以就想悄悄溜过来睡沙发。”

她腿上的扎伤还没好利索，冯晋骁见状拉过她检查了下，确认伤口结痂了没有裂开，他黑着脸训道：“你有床不睡跑到我房间睡什么沙发？还爬阳台，这是二楼知不知道？你胆子怎么这么大，嗯？”

萧语珩难得没有顶嘴，怯怯地抬头看他，大眼睛里雾气氤氲。

就这一眼，冯晋骁有种心脏紧缩的感觉。再听到萧语珩以带着哭腔的声音说：“晋骁哥哥，我害怕。”他的双臂像是有自己的意识一样，本能地把她搂进怀里，语气瞬间回暖：“怕什么？我就在隔壁，有事喊一声，我分分钟就过去了。别哭了，这么个大姑娘了还哭鼻子，丢不丢人？”

原本小声抽泣的小姑娘闻言立马抱紧他的腰，放开了嗓子大哭起来，还含糊不清地说：“那个大坏蛋骂得好难听，我又不是去卖唱的，说得我好像要卖、卖身一样，我只是觉得好玩呀，大坏蛋，你怎么不多打他几下替我报仇……”

深更半夜的，她在阳台上这么号啕大哭，不知道的还以为他干了什么。冯晋骁把人横抱进屋里，安置在她喜欢“游来游去”的大床上。

任由她把鼻涕眼泪都蹭到自己身上，冯晋骁逗她：“我已经把他打得连他妈都认不出来了，还不算替你报仇啊？而且你不也踢了他好几脚吗，你今天表现得很勇敢。还有，你的鞋可真厉害，跟儿细得能把人手指踩断。”

在冯晋骁和李哥他们几人动手时，萧语珩一点儿也没有惊慌失措，反而在李哥被打倒在地的时候，冲过去狠踩了他几下，狠狠跺脚的同时还凶巴巴地说：“大坏蛋，敢骂我，踩死你！”如果不是冯晋骁拉着她的手把人扯回来，估计她是要把对方踩扁。

萧语珩破涕为笑，吸了吸鼻子：“你胡说，我明明穿的是平底鞋，哪来的鞋跟呀。”

冯晋骁爱怜地刮了一下她哭得红红的小鼻头：“是吗？那太可惜了，下次换双细高跟。”

萧语珩挥起小拳头捶他：“你怎么那么坏，还有下次呀？我要不要那么倒霉啊。”

冯晋骁自觉失言，赔笑道：“是是是，我也是坏蛋，让坏人把我们胆小鬼姑娘吓到了。再没下次了，好吗？”

萧语珩顶着乱蓬蓬的长头发，小疯子一样追着他打：“你才是胆小鬼！”

等把萧语珩哄睡着了，冯晋骁取过她的小手机，轻手轻脚地走到阳台，从通讯录中翻出“哥哥”的号码打过去。

顾南亭那时在国外，陪同中南航空新进的飞行员在接受培训，见到是萧语珩的号码，他立即停止了会议，起身到外面接听：“珩珩？你回家没有？”

“我是冯晋骁。”电话这端的男人言简意赅。

顾南亭明显停顿了一下，再开口时语气不复先前温和：“冯警官有什么事？是珩珩又闯祸了吗？”

看来萧语珩已经把他“介绍”给顾南亭了，这样就简单多了。

冯晋骁如实回答：“她人没事，就是受了点儿惊吓。”

“惊吓？”顾南亭的情绪瞬间绷紧，反应极快地质问，“怎么回事？冯晋骁你不要告诉我，她被扯进你们的案子中了。”

冯晋骁很佩服顾南亭的快速反应能力，没有隐瞒地把事情的经过简单地说明了一遍，最后说：“她说你答应暑假带她来古城，却失约了三年，这次过来，要玩个够本才回去。我说服不了她离开，所以想请你过来接她。”

顾南亭抬腕看表：“我15个小时之内赶到。在此期间，冯警官，请你确保她的人身安全。”

从不轻许承诺的冯晋骁淡声说：“放心。”

然而，事与愿违。身为中南航空年轻的掌舵人，顾南亭虽能调来专机，有心从加拿大直接飞赴丽江古城，却无力改变恶劣的天气状况，被困在温哥华国际机场一天一夜。等他不眠不休地赶到古城，距离与冯晋骁通话已经将近48小时。

正值深夜，萧语珩的手机提示关机很正常，可顾南亭却有不祥的预感，一面吩咐司机提速直奔古城客栈，一面不停地拨打冯晋骁通着却始终无人接听的手机。

萧语珩就在这样紧张的氛围下，在冯晋骁临时给她调换的客栈唯一一间家庭房里，香甜酣睡。

月光朗朗，女孩精致的眉眼愈发显得柔和妩媚。前来绑架她的罗强都不禁被眼前的女孩子惊艳到。如果不是同来的手下提示：“强哥，是不是动手？”他几乎忘了前来的目的。

艰难地把视线从萧语珩面孔上移开，他低声咒骂了句：“他妈的，难怪死到临头还念念不忘，确实有几分姿色。”然后欲掀开熟睡女孩子身上的被单。

这时，房间的门被人从外面打开，昏暗的壁灯下，神情冷然的冯晋骁急步而来。罗强意识到中了埋伏，有些慌不择路地挥刀就向萧语珩刺去。可是，就在刀尖距离床上浑然未觉的女孩脖子寸许处，被一只手硬生生截住。

他下刀的力度很大，瞬间就有血从冯晋骁手背上沁出来，“啪”的一下滴在萧语珩颈间。那是一种温热又令人毛骨悚然的感觉，令原本熟睡的女孩倏地睁开了眼睛。

许是惊吓过度，萧语珩忘了尖叫，只是瞪着大眼睛盯着近在咫尺的两个男人。冯晋骁见她醒了，左手按住她肩膀避免她忽然坐起来被刺伤，右手则用力一转，甩开罗强手腕的同时，一记侧踢招呼过来。力道之大，连惊惧的萧语珩都隐隐听到骨骼断裂的声音。

这时，又有几人攀上了二楼，罗强示意手下专攻萧语珩。如此一来，冯晋骁不得不把重心放在保护萧语珩上，颇受掣肘。

行动之前，冯晋骁就防范着沈俊对萧语珩不利，才临时给她换了房间安排到家庭房里掩人耳目，并安排了人在暗中保护，他则按原定计划随专案组埋伏在案发现场周围，准备抓捕沈俊。

出人意料的是，专案组虽然在古城警方协助下，将正在进行毒品交易的买卖双方全部抓获，甚至很顺利地端了沈俊的老巢，却独独没有发现沈俊和罗永的身影。为免他们金蝉脱壳，专案组最高领导立即调派全城警力，连夜搜山。

冯晋骁莫名地觉得哪里不对，他在第一时间赶回客栈，果然就和罗强遭遇了。如果自己未能及时赶回来，后果不堪设想。冯晋骁后怕的同时，边与杀手对峙边抓起沙发上自己的外套扔给萧语珩，喝道：“穿上！”

房间里一下子冒出来这么多男人，又都是黑衣黑裤地扭打在一起，萧语珩吓得眼睛都直了，可惊惧之下她倒还记得冯晋骁的手伤，爬起来披上他的衣服缩在床角，目光片刻不离地追随着他，还在他险些被偷袭时扬声喊：“小心后面呀——”

一番混战之后，冯晋骁在眨眼之间欺身过来，展臂将萧语珩抱起，几乎在同一秒，两名杀手挥刀砍向萧语珩先前所处之处。

冯晋骁把萧语珩推进无窗的浴室：“反锁，我不叫你不许出来！”

少了萧语珩的掣肘，冯晋骁就能够施展开了。可对方人数太多，身边的两名警员实战经验又实在匮乏，令他陷入被动。

顾南亭就在这个时间段赶到。

才推开车门下来，就见有人从二楼阳台跳下来。顾南亭立即意识到危险，抬脚就朝那人后腰踢去。牺牲多名兄弟，侥幸脱逃的罗强来不及闪躲，被踹倒在地。顾南亭还要进攻，却被从巷子里涌出来的杀手团团围住。直等古城刑警队赶到，才控制了局面。令人遗憾的是，被抓获的杀手里没有罗家兄弟和沈俊。

这样一个有惊无险的夜晚，冯晋骁与顾南亭终于在古城碰面。

深浓的夜色下，身装黑色作战服的冯警官与西裤配衬衫的顾总迎面而立。

月光透过树叶缝隙投射在两个男人脸上，都是两天两夜没睡，面孔上却找不到丝毫疲惫的痕迹。目光沉沉地打量着萧语珩口中特别好的警察哥哥，顾南亭确认：“是冯警官？”

冯晋骁神色不变，点头：“冯晋骁。”

顾南亭似乎是冷笑了下，随即霍然出招儿，一记重拳直逼冯晋骁面门。

冯晋骁不是全无防备。面对这样直接的进攻，他本能地后仰，身体轻巧地避开，然后在顾南亭欲以手掌劈他小臂时，迅速抽手后再次出招儿，扣住对方手腕，一记侧踢回敬过去。

顾南亭不轻不重地挨了一下。他怒从心起，拳头横扫向冯晋骁腰际，冯晋骁竟不闪躲，只在顾南亭的拳头接近自己时，一掌切在他小臂上，震得他使不上力。

顾南亭连吃两亏。他稳了稳情绪，身形一矮，一个出腿的假动作后，一脚踢在冯晋骁膝盖处，扳回一局。接着，在冯晋骁以手掌攻向他颈侧时，顾南亭看准机会，一拳砸在冯晋骁受了刀伤的手背上。

不太君子。但是，打架啊，不就是该寻找对手的弱点进攻，以求速战速决吗。

几番对峙下来，顾南亭是步步紧逼，冯晋骁是有所保留。见他没有收手的意思，冯晋骁边防守边寻找一招儿制胜的机会。然而，就在两人均以直拳向对方进攻，准备硬碰硬的时候，萧语珩忽然从客栈里跑了出来。

“你们在干什么呀？”话音未落，人已冲到了他们中间。

下一秒，冯晋骁与顾南亭同时收拳。有所不同的是，冯晋骁在收手时，用另一只手将萧语珩抱开一步，似乎是担心顾南亭收手不及伤到她。

这个保护姿态的举动以及萧语珩身上披着的男士外套，令顾南亭原本没有表情的面孔彻底冷下来。

两个男人之间的气氛骤然变得紧绷，唯有萧语珩浑然不觉：“你们在打架吗？”

冯晋骁松开她，又伸手为她拉了拉衣领：“不是告诉你等着吗，跑出来干什么？”

萧语珩觉得冯晋骁说话的语气和顾南亭真像，可现在她没心思理会其他，只关心：“我找客栈老板要来了医药箱，等你半天也不上来。哎呀，还在流血呢，还是去医院吧。”

手背上的刀口很深，经过先前的一番激烈运动，有点皮开肉绽的样子。冯晋骁却不以为意：“皮外伤，消消毒就行。”

萧语珩小心翼翼地托起他受伤的手，一脸担忧地问顾南亭：“哥哥你说，是不是应该去医院啊？”

多日未见，她没有丝毫喜悦的表现，只是在为别的男人担心。

顾南亭郁结难平，艰难地甩出两个字：“随便！”

随便的结果就是没去医院，由萧语珩为冯晋骁处理伤口。她没有一点儿经验，手上没轻没重，冯晋骁冷汗都流下来了，开始他还忍着不吭声，爷们嘛，理所当然地死扛，直到后来萧语珩一个不小心手劲又大了，他终于“嘶”地倒抽一口凉气。

顾南亭好心情地笑。

等把冯晋骁的手包成粽子，萧语珩双手托着下巴，笑眯眯地说：“晋骁哥哥，你伤的是右手啊，洗脸吃饭什么的干不了了怎么办？这回可得我照顾你了吧。放心哦，我不会抛弃你的。”

顾南亭冷哼：“你连自己都照顾不好。”

“我哪里照顾不好自己啦？”萧语珩不服气，极力在冯晋骁面前挽回面子，“爸爸妈妈和你都不在家，我还不是好好的。”一副我身体里住着一个“贤妻良母”的样子。

顾南亭没闲情和她争辩，拎起她往外走：“你该睡觉了，明天还要搭早班机回家。”

“谁说我明天要回去啊？”萧语珩挣脱不得，边被顾南亭拎着往门口去，边回身嘱咐冯晋骁：“晋骁哥哥你好好休息啊，等我睡醒了来找你吃早餐。”

这个没心没肺又可爱善良的小姑娘啊。躺在萧语珩睡过几晚的大床上，隐隐闻到枕头上残留的发香，冯晋骁闭上眼睛，不愿多做他想。

萧语珩再顽劣，终究不敢太过忤逆兄长。所以第二天，她还是跟顾南亭走了。去机场前，她坚持要见冯晋骁。顾南亭忍耐着：“给你3分钟。”

萧语珩小声抱怨：“告个别还要掐秒表，没人性！”然后一溜烟跑去敲隔壁的门。

10分钟后，冯晋骁送他们下楼，萧语珩不忘提醒：“别忘了给我打电话哦，否则欠你的钱就别指望我还啦。”

冯晋骁笑了笑：“好，知道了。”

走在前面的顾南亭冷声：“再磨蹭你就跑步去机场！”

萧语珩朝他的背影拳打脚踢了一番，朝冯晋骁做了个鬼脸，才小跑着追过去，像只小树袋熊一样黏住顾南亭。顾南亭把她拎开，她又黏上去，再拎，再黏，如此反复到两人坐上车。

萧语珩随顾南亭先一步回G市，三天后，冯晋骁也离开了古城。之后的一段时间里，萧语珩每隔几天就给冯晋骁打电话，起初是关心他的手伤，嘱咐他一些注意事项，后来直言不讳地说想他，要到他工作的A市看他，还一再保证绝对不打扰他的工作。

冯晋骁只当她是年少心性。说实话，没把她的这份想念当真。又不得不承认，被那样一个特别的女孩想念的滋味挺幸福。于是就答应她，等他休假回家探亲时，会去看她。

同年10月，冯晋骁休探亲假，准备回家参加大哥冯晋庭的婚礼。离开A市前，他主动给萧语珩打电话：“周末有空儿吗？”

萧语珩立即兴奋起来：“你要回来吗？我去机场接你。”

“周末要回G市参加一场婚礼，要是你没约的话，过来吃饭。”

萧语珩毫不犹豫地答：“你就是我的约啊。”

闻言，冯晋骁身心舒畅，逗她：“不用准备礼物，你人来了就行。”

萧语珩鬼灵精似的调侃回去：“你的意思是你送的就代表我送的，是吗，晋骁哥哥？”

回想她黏顾南亭的一幕，冯晋骁微微嗔道：“小无赖。”

那端的萧语珩在电光石火间难得地听出他语气中的宠爱之意，小姑娘兴奋地跳起来，伸手触摸悬挂在阳台上的风铃，欢声笑语透过话筒传过来，冯晋骁听见她轻喊：“终于要见面了，晋骁哥哥，你好吗？”

女孩子的欢声笑语与吉祥铃的清脆之音交织在一起，形成幸福的旋律，跨越万水千山，被风的力量鸣响，扑面而来。

冯晋骁矜持地笑，无声而温柔地答：“我很好，我的小姑娘。”

不念过往，静然安好

我们都已不再是当初的模样，可终究还在一起，又怎能辜负这场得来不易的久别重逢？就这样，不念过往，静然安好。可好？

如果重逢不是在那场婚礼上，结局会不会有所不同？

回忆被冯晋骁的一个搂抱动作打断，萧语珩在一声沉沉的叹息过后，小心地拿开环在她身上的大手。黑暗中，她赤着脚下床。

从客厅阳台的落地窗到他书房的抽屉，终于找到那串从古城带回来的东巴吉祥铃。萧语珩想去找工具，发现被她扯断的铃舌不知何时已修好，丝毫看不出破损的痕迹。

她蹲在地板上，把吉祥铃提起来看，觉得这东西相比市面上的各色风铃并不特别好看，如果不是蕴含着纳西文化和美好的寓意，不见得有多好的销路。

可她当年却非偷不可。

回想那年夏天干的蠢事，萧语珩都怀疑以她的智商是如何考上大学的。那么执着地非偷那串吉祥铃不可，像是中邪了一样。而那个行事向来有原则的男人，居然会为她叛逆又荒唐的行为收拾残局。

对一个人动心，总归是有理由的。或许，从那一刻起，她心里就埋下一粒爱情的种子。以至于时隔6年，回想起来依然清楚地记得冯晋骁每一个细微的表情。只是，这粒爱情的种子虽然生根发芽了，却终究没能如她所期望的那样，开花结果。

分开的三年里，这串从古城带回来的吉祥铃是不是一直挂在他窗前，还是在他们和好之后才挂上，萧语珩没有问过。但不久前，在机场等到深夜的冯晋骁把她接过来，看见它的第一眼，萧语珩险些落下泪来。

她几乎是转身就走。

冯晋骁却没给她走出去的机会。

有些粗暴地把人拽进屋里，沉默了一路的冯晋骁冷声质问：“为什么三番五次地拒绝见面？真那么忙还是根本不愿意见我？既然如此，何必在一起？”

何必在一起？何必！萧语珩按住泪腺，把眼里的湿意逼退：“因为每次见你，我就会想起，三年前，你是如何抛弃我的。”

那些过往实在不是一段愉快的经历。冯晋骁闻言陡然变了脸色：“要我说多少遍你才明白，那不是抛弃。而且我已经不止一次道歉，你还想怎么样？萧语珩，那是你姐姐，那一刻，她有生命危险，我只不过先送她去医院，就那么不可原谅吗？你能不能不要孩子气了！”

只不过！在他眼里，那些只是只不过。

轻描淡写到连她都要以为自己在无理取闹。

萧语珩胸口像是被利器戳了一下，疼得她站不稳，猛地推了冯晋骁一把。她呼吸不稳，声音哽咽：“我从来都是这么孩子气，你受不了的话大可以像三年前那样转身就走。”

冯晋骁立在原地未动，眼底冷意更甚：“是谁转身就走？是谁非分手不可？萧语珩，抛弃爱情的，从来都只是你。”

因为心里始终记着她的好，他从未想过接纳任何人。

因为心里怀有对她的爱情，他才甘愿放下身段去挽回她。

她却没有一点儿身为女朋友的自觉。对他不闻不问不说，即便见面，也是一副清清冷冷的样子，甚至都没有好好看他几眼，更别提像从前那样黏他，对他撒娇。

冯晋骁安慰自己，分开三年，她需要重新适应彼此的关系。可是，当萧语珩躲闪他情不自禁之下做出的亲密举动时，冯晋骁就沉不住气了。

所以他强行把萧语珩接过来，希望她看见窗前悬挂了三年的吉祥铃，能够明白他没有一天放下过她。甚至是分手时萧语珩退还的公寓钥匙，冯晋骁都找出来摆在了茶几上。原本并没有勉强她的意思，否则也不会事先收拾好了客房，准备自己住过去，把主卧留给她。

可她却说："是我吗？好啊，既然一直是我对爱情不负责任，想必你也不在乎再被我甩一次。"她说完快步走向阳台，摇摇晃晃地踩在躺椅上，伸手就把吉祥铃扯下来。

冯晋骁喝道："你干什么？"

"你说得对，何必在一起！"

她居然把那串风铃扔出了窗外。

这下冯晋骁是真生气了，他的眼神瞬间燃了起来，欺身上前，轻松扭了萧语珩的手，半拽半抱着她就往卧室里引，咬牙切齿地说："那也不是你说分开就分开！"

萧语珩恨不得把他也扔到楼下，可她拼尽全力对他又抓又挠，也摆脱不了他的钳制。一路缠斗到卧室，只守不攻的冯晋骁粗暴地把她压在门板上，望着她比朦胧的灯光要亮的眼睛："是分开久了觉得陌生了吗？或者，我们应该回忆一下古城一夜。"

萧语珩当然明白古城一夜代表了什么。她动脚踹他，冯晋骁发力，手一收，把她整个人牢牢控住，边扯她衣服边把人往床上抱。萧语珩急了，用力挣扎，结果还是被冯晋骁推倒在床上，然后他整个人扑上来。

起初只是亲吻，渐渐地，他的呼吸越来越急，抚摸的力度越来越大，最后，他终于控制不住，在她耳边低哑地唤："珩珩……"

仅有的最后一丝理智，全线崩塌。

没有初次的温柔怜惜，只剩蛮横霸道的占有。她越是倔强地一声不吭地抗拒，他越用力地弄她，直到她脱力，他才把人抱进怀里，一面用年轻有力的身体轻轻蹭她，一面情难自控地亲她纤细的肩膀，紧闭的眼睛，细嫩的颈窝，最后含住她微张的嘴，柔情四溢地吻住。

或许在冯晋骁看来，重拾了这样的亲密，两人冰封的关系就该解冻了。所以当萧语珩安静地背对他躺着，他心满意足地抱住她，轻轻抚上她细致敏感的肌肤，柔声哄她："我有点儿急，是不是不舒服了？抱你去泡个澡吧，能好一点儿。"

萧语珩的眼泪无声地落下来，她拉高薄被把自己裹起来，躲避他的碰触。

她的这一举动当然是再次惹恼了冯晋骁，否则他不会沉默了一瞬后套上衣服出去了。后来他是何时回房的，累极的萧语珩并不清楚，只是再睁开眼时，她在他怀里。

萧语珩轻手轻脚地起身，悄悄离开。她有所不知的是，冯晋骁其实早就醒了，之所以装睡，除了贪恋她睡时的温柔，也是怕她再说狠话。只是，当冯晋骁发现萧语珩并没有把他昨晚放进她包里的公寓钥匙带走时，他气得差点儿把半夜下楼捡回来修好的吉祥铃拆了。

萧语珩把吉祥铃重新挂回原处，抬手轻轻碰触了下铃舌。

叮当——

浓浓夜色里，她安静地站在12楼的窗前，微笑着倾听被风的力量奏响的清脆之音。

“怎么起来了？”男人的手伴随着低沉的声音而来，熨帖着她腰际的肌肤，就把踩在椅子上的她横抱起来，偏头看见再次被挂回高处的吉祥铃，眉峰微抑：“不是不想要了吗，还挂它干什么？”

皓腕环住他的脖颈，萧语珩很无辜：“你我还不想要了呢，也扔了吗？”

月光轻柔，女人的眼仁透亮，冯晋骁微眯着眼睛看她：“你敢！”

他的脸上漾着隐约的笑意，整个人在夜色下变得温柔。萧语珩很乖地把脸贴在他肩头，却顾及他的伤，不敢用力：“好困。”

重新回到床上，身体就被纳入强势的胸膛中，肌肤细密亲昵地接触，那种舒服的感觉，让萧语珩的身体开始冒汗，偏在这时，男人有力的心跳声还不肯放过地压向她胸口。

“伤——”萧语珩推拒着，把手按在他肩胛处低声提醒。

这份关心，足以让热情的男人心满意足。亲吻她眉心，他柔声安抚：“不碍事。”

这样一个温软绵柔的身体躺在怀里，自制力极强的冯晋骁也被瞬间瓦解。之前没吵醒她，是考虑明早只要先她一步起床，就能暂时瞒住受伤的事，才连吻她都不敢。况且她白天才指责他不尊重她，他哪里还敢胡来。

结果她没有像上次那样抗拒，冯晋骁还顾及什么伤？

带着男性特有的力量和味道，阳刚的身躯压过来，冯晋骁的手滑进T恤里，揉捏她背脊的肌肤，再绕到前端，不管不顾地焚烧想念已久的身体。而他的嘴唇把她的呼吸一并吮去，厮磨着吸取她口中的温暖。

他太用力，近乎蛮横，萧语珩觉得疼，又控制不住地意乱情迷。她略带羞涩地回应，修长光裸的腿慢慢缠上他腰身。

久违的亲密，让人把持不住。

衣服撕裂的声音以及那消弭在紧密贴合的嘴唇下她星星点点的吟哦声，令冯晋骁的理智不受管束，一手扣紧她的腰，没有丝毫迟疑地将灼热一点点推进，直到她最里面，让叫嚣的身体得到释放。

萧语珩微仰着头，除了迎合，无处可逃。渐渐加快的动作中，她的指甲掐进他宽厚的背脊里。那瞬间轻微的疼，伴随她温热湿滑的包裹，冯晋骁听到自己的喘息声——

淋漓尽致的纠缠，情难自已。

混乱激情的纠缠过后，累极的萧语珩蜷缩在冯晋骁怀里，睡得宁静而疲惫。

卧室的窗帘拉开了，月光流溢进来铺陈在床上，借着微弱的光线，冯晋骁看着女人柔顺的睡相，唇角越扬越高，倾身抱紧她，让彼此的身体曲线完美契合在一起。

这回总算是雨过天晴了吧。

一夜安睡。

早上冯晋骁先醒。孩子一样的女子曲着腿躺在他胸前，小脸埋在他臂弯中，睡姿恬静，透出一股香甜。黑眸中柔情满溢，冯晋骁凑近了，在她微翘的嘴角轻吻一下，没有打扰。

晨练回来发现她的手机震个不停，冯晋骁拿过来看，屏幕上的名字令他皱眉。本不想接，但对方的耐心显然比他好。当未接来电达到6个时，他按下接听键。

低沉紧绷的男声随即传过来：“在哪儿呢？什么时候回来？素姨担心你，一夜没睡，你能不能体谅一下她身为母亲的心？”语气隐含愠怒，声音低沉冰冷。

同样是萧语珩的兄长，冯晋骁可以和萧熠相处融洽，却连心平气和地和顾南亭说话都难。

冷静险些就不起作用，他强忍住摔电话的冲动：“她还没醒，晚点儿我会送她回去。”

那边静止三秒，挂断。

萧语珩过了9点才醒，床畔自然早已人去床空。本以为冯晋骁去警队了，等她洗了澡出了卧室门，却见他穿着衬衫坐在与客厅相连的书房里埋头看着什么。嘴角不经意就挂上了笑，她走进去，冯晋骁抬头，伸手等待她的亲昵。

萧语珩隔着桌子，歪头看看他面前的文件：“不用上班？”

冯晋骁只好伸长手臂拉她过来：“休息半天。”

“半天？”萧语珩就着他的手坐在他腿上，“你不会觉得很奢侈吧？”

冯晋骁摸摸她半湿的头发，笑而不语。

萧语珩伸手去解他衬衫的纽扣。

冯晋骁也不阻止，稍稍倾身，唇贴在她的耳翼轻笑：“大早上的，想干吗？”

萧语珩不言语，把他前倾的身体推正，跳下他的腿走出去，再回来时手里多了个小医药箱，打开，里面一应俱全。

她终究没有忘记这里的一切，还记得他曾为自己准备过这些。这样的认知，让冯晋骁心中一暖：“总算派上用场了。”话里竟然隐隐透出几分欣喜。

萧语珩瞪他一眼，把他的衬衫脱下来。

原本包着的纱布由于昨晚的剧烈运动松了些许，但显然他整理过，看上去不是太糟糕。萧语珩站在他两条长腿之间，小心地一圈圈拆下来，才知道他伤在左后肩胛，约手掌宽的一道伤口，缝了十几针。

受伤的部位，胳膊略微动一下都要牵动伤口，他昨天在机场却那么大幅度活动。萧语珩因心疼眉梢压得很低：“赫饶说你是去搞集训的，怎么受伤了？”

感觉到她柔韧的指尖落在伤处，轻得没有一丝力量，冯晋骁解释：“我让她那么说的，怕你担心。”

他的工作本来就属于高危职业，劝他当心是枉然，要他放弃更不可能，萧语珩索性不说话，沉默着为他换新纱布。她手法比医护人员还娴熟，像是操作过无数次。

冯晋骁笑：“进步不小，像是卫校毕业的。”

萧语珩当没听见。

冯晋骁配合她抬胳膊、前倾身体，在她包好后，用指腹温柔地摩挲着她冷冰冰的小脸：“听说我不在家，才回来把表取走的？”

上次被强留在他这儿，萧语珩又气又急，走时把手表落下了。此时听他问起，用力在他胳膊上掐了一把：“明明可以直接把手表交给赫饶转给我，偏偏把钥匙给她让我自己来取。冯晋骁，你可真无聊。”

“我自己送，难保你不和我较劲。让她转，搞不好你又以为我是要分手的意思。”想到除此之外自己的那点儿小心思，冯晋骁忍不住笑起来：“结果没把你等来，就出任务去了。”

“把床弄那么乱，还以为你和哪个女人……”萧语珩没好气，“我倒是忘了，冯队是内务标兵。扮单身汉装可怜，亏你想得出来。”

难怪莫名其妙地问他是不是有了别人，冯晋骁头一回尝到弄巧成拙的苦果。见萧语珩不搭理他，他一脸讨好地说：“拆线的时候陪我一起？”

那位有点儿负气地答：“如果我不飞的话。”

冯晋骁明白她这算是答应了，凑近蹭蹭她的鼻尖，亲昵异常。

随后两人一起吃早餐，冯晋骁在给她递牛奶时随口说：“顾南亭打过电话来。”

萧语珩接牛奶的手一顿。

冯晋骁面色不改地补充：“应该是萧姨知道了昨天机场的事担心你。”从他平静的神色看起来丝毫不认为接听了她的电话有何不妥。

萧语珩喝了口牛奶，起身去找电话，见她边拨号边往阳台走，冯晋骁的眉心一点点蹙起，直到听见她说“他不是明天回来吗？凌晨到的？我没事，你别担心，冯晋骁当时在机场”，他的脸色才缓和下来。

打给萧素之后，并未回拨给顾南亭，萧语珩重新坐回他身边继续吃早餐。冯晋骁给她夹了个包子：“今天有航段要飞吗？如果没有，晚上和我回家吃个饭。”

同一时间，赫饶从宿醉中醒来。

床上只有她一人，被单下的身上依旧穿着昨天的衣服，只有衬衫领口的纽扣多解开了两颗，应该是睡着时不小心扯的。她揉揉眉心偏过头去，看见床头柜上摆放着一套崭新的衣裤，是她平日里习惯穿的衬衫长裤。

回想昨晚和谁喝的酒，瞬间反应过来身在何处，赫饶不禁蹙紧了眉心。果然，等她快速整理好自己走出卧房，便见一个男人背对她坐在沙发上。如同昨天在机场，即便两年不见，她依然一眼就认出是萧熠。

职业习惯使然，她脚步放得很轻，可萧熠还是敏锐地察觉了。他放下手中的文件，目光在她身上停留一秒，起身：“我让他们把早餐送上来。”

外面阳光明媚，近前身穿白衬衫灰西裤的男人依旧是从前的平和温雅。可是，赫饶提醒自己，他的心，乃至他的命，都是属于别人的。

她很直接地拒绝：“不用了。已经很麻烦了，萧总。”

赫饶从前都是称呼他“萧哥”，此时的这声“萧总”，听在耳里，格外疏远。萧熠的动作明显停顿了一下，直看向她澄亮的眼睛，想说话，但忍住了。

这样的独处，换作以前是奢望，如今是片刻都不想停留。

赫饶回避了萧熠的目光：“谢谢。我还有事，先走了。”

萧熠没有出言挽留，只是用目光细细流连她的五官，直到她走过来与他擦肩而过，手都搭上门把，他才问：“那晚是你吗？”声音平和，近乎完美。

赫饶背脊一僵，随即旋开房门：“萧总说什么，我听不懂。”

当她的身影被房门阻隔，萧熠在原地驻足片刻，低眉思索了好一会儿，回身望向卧房，床头柜上他让人准备的衣服原封不动地摆在那里。

午后的客厅，萧语珩和冯晋骁陷在沙发里。他看近几年的悬案档案，她则捧着一本从书房随手拿的书看得津津有味。房间很静，唯有阳台挂着的风铃在叮叮当当地响，还有翻动书页的声音。

这样慵懒惬意的静谧时光，于冯晋骁和萧语珩而言难得得近乎奢侈。

原以为有了顾南亭的那通电话，她应该要回一趟顾家，冯晋骁甚至做好准备送她。可她既没给顾南亭打电话，也没提要回去，反而爽快地答应和他回冯家，似乎完全不明白顾南亭之所以连夜赶回来是为了什么，而和他回家又要面对谁。

感觉到萧语珩的身体重量越来越多地倚向自己，冯晋骁以为她睡着了，正准备放下手中的资料把她抱回卧房。萧语珩突然用手肘拐了他一下。

冯晋骁就没动："嗯？"

她问："要是有一天你发现我行为举止异于常人，会不会把我送去精神病院？"

冯晋骁侧身，手取过她手里的书，一本精神病人访谈手记。

几不可闻地叹气："这个不适合你。"

"挺深奥的。"

"所以才不适合。"

萧语珩挥拳捶他："等我看完了，就能告诉你这个世界究竟是什么样的。"

无论这个世界是怎么样的，我的世界都只是你。

冯晋骁搂了搂她的肩膀，强势有力的臂弯箍得她有点儿疼，带着宠溺意味地说："再胡闹，就把你关起来。去睡个午觉，免得晚上没精神。"

萧语珩正想反驳，手机就响了，是乘务长通知她回公司参加临时会议。

那位果然沉不住气了。

冯晋骁只是稍稍沉默，就把手中的资料放下："去换衣服，我送你。"

街上车不多，冯晋骁车速略快，但很稳。到了中南航空停车场时，距离开会时间还很充裕。他体贴地为萧语珩解安全带，之后保持着倾身的姿势半天没动。

看着他近在咫尺的英俊面孔，萧语珩不解："干吗？"

冯晋骁在她侧脸亲一下，在她耳边轻声说："搬过来吧。免得你一飞就多少天不见人影，搞得我天天像失恋。"

萧语珩心里排斥他的提议，又因他的说辞憋不住笑："你不就是个失恋的单身汉吗？"

"我才不是。择日不如撞日，今天就搬。"冯晋骁以微带薄茧的掌心覆在她手背上拍了拍，"开完会去宿舍收拾，我来接你。"

萧语珩推开他："改天再说。"

冯晋骁把人拽回来狠狠亲了一口："听话！"宠爱至极的语气。

萧语珩把脸埋在他颈窝，不回应。

中南航空总部大楼。

往会议室的一路，所有人都在议论萧语珩被挟持的事。除了关心她是否受伤外，更多的是好奇救她脱险和被美女搭救的两个男人是何许人。

这样的场合，萧语珩保持缄默。冯晋骁的身份不宜对外透露过多，至于萧熠，作为萧氏的掌舵人，他很快就会出现在财经杂志的封面上，不需她多言。

来到会议室，见楼意琳向她招手，萧语珩快步走过去。

她先是生病，再是被挟持，楼意琳吓得魂都快没了，昨天下午两人通电话，楼意琳就要请假过去看她，萧语珩顾及赫饶阻止了。现在见面，楼意琳恨不得脱了她的制服给她进行一次全身检查，以确保她没受伤。

萧语珩打开她乱摸的手："你干什么，大庭广众之下扒我衣服呀？"

楼意琳笑得特别贼，压低了声音说："我其实是想检查一下，有没有吻痕一类的东西。"

萧语珩简直无语："女流氓。"

楼意琳也不闹了，"昨天听说2933航班出了事故，我就去找你，结果碰上个莫名其妙的警察，赶我走不说，还对我动手动脚，气死我了。"

"应该是冯晋骁队里的。"

"那他惨了，等我向冯晋骁告状。"

萧语珩忽然想起什么："他是不是给你打电话了？我生病那晚。"

"谁？你家骁爷啊？可不是嘛，大半夜的对我严刑逼供，也不知道怎么查到我号码的。"回想那一晚的情形，楼意琳精神抖擞，"不过还算懂事，知道'有求于人，放低姿态'。我没管他大队长小队长的，给训了。"

萧语珩乐了："你训他什么啊？他又没得罪你。"

"以前你们怎么折腾我不知道，这回是他要复合的吧，还敢惹你不高兴，就是得罪我啊。我告诉他再把你弄丢了，就别想找回来了。追你的机长啊、总裁什么的，个个都是精英。"

"什么机长总裁的，造谣你最拿手了。"

"我这不是给他提个醒嘛。没情敌，就没危机感。"

难怪昨天在机场她说回顾家，他反应那么大，肯定是联想到顾南亭身上了。

萧语珩追问："他发没发火？"

楼意琳煞有介事地拍拍胸口："别提了，当时我越训越忐忑，你也不是不知道你家那尊神，我就那次他来接你时见过一面，他那副深沉严肃的样子，我还是怕的。不过他的反应倒是出乎我意料，只打断我说：'楼意琳你有什么不满随后我一定洗耳恭听，现在请你告诉我她在哪儿。她病了，需要我。'我才说你在A市，就听见那边车子发动的声音。我猜他去过机场。不过那个点儿没有去A市的航班啊——"

到底，他还是愿意在她需要他的时候，赶往她身边。

萧语珩把目光移向窗外，唇角微微上扬。

"小样儿，瞧把你美的。"楼意琳打趣道，"还说不稀罕人家，将就着在一起。我看，明明就是情根深种，等这个破镜重圆很多年啊。"楼意琳没说冯晋骁其实还打过一次电话给她。

然而这些信息，对萧语珩而言已足够，她含笑嗔道："琼瑶剧看多了吧你。"

没过多久，运营系统的飞行控制中心、地面保障中心以及乘务服务中心三位负责人相继走进来，依次落座后留出会议台中间的一个空位。

会议室瞬间安静下来。片刻，顾南亭带着助理走进会议室。浅蓝条纹衬衫，深色手工西装，一双透着睿智与冷漠的瞳孔，透出高高在上的疏离。视线触及萧语珩的身影，他淡然落座。

会议开始，第一项内容是针对昨天航班的突发事件进行分析，2933次航班全体机组人员得到表彰。作为中南航空唯一的女飞，机长程潇针对此次事件进行总结性发言。

接下来是从2933航班事件延伸过来的地面保障工作。针对有通缉犯通过了安检登机一事，中南航空后续将加强安全检查的力度，确保航班安全。

第三项内容与萧语珩有关，乘务服务中心宣布，由于她在外场发病，扰乱了机组的正常工作秩序，增加了同机组乘务人员的工作量，停飞三天。

这样的处理结果在空乘看来有些不近人情，毕竟生病这种事谁都无从预料。尤其萧语珩又是中南航空的红牌空姐，大boss对她的“偏爱”众所周知。一时间，大家窃窃私语。

这时，一直没开口的顾南亭说话了，低沉的嗓音有种无形的威慑力：“乘务服务中心的职责主要是维护飞行安全，处理偶发的机上紧急事件，其次是照料乘客。每一个班机我们都配有规定数量的乘务员，如果其中有人因个人原因无法正常开展工作，又没给公司时间进行调配，就会加重机组其他人的工作量，导致航班服务质量受到影响。”他傲然睨视众人，“所以我希望在座各位，以此次萧语珩外场发病事件为戒，齐心协力，确保中南航空的空中服务质量。”

楼意琳凑过来，用仅两人能听到的音量说：“我怎么有种大boss放你假的错觉？”

萧语珩沉默。

散会后，顾南亭的助理走到萧语珩面前，微笑：“语珩，顾总让你去他办公室。”

总裁办公室在22楼，萧语珩敲门，得到回应后，推开了那道沉重的木门。

顾南亭此时脱掉了西装外套，上身仅着一件衬衫，没有打领带，远远地坐在宽大的办公桌后面，低头签批文件。窗外投射进来的光影打在他身上，烘托出他身为上位者的威严。

顾南亭没有抬头，也没停笔，只用左手食指轻叩了下桌面，示意萧语珩坐过来。

5分钟后，他合上文件，抬头，面色一如往常的冷峻："基地管理中心新的人事编排已经在进行，你是准备留在这边，还是调去古城基地？"

中南航空总部设在G市，在国内辖有6个基地，每年总部的基地管理中心会进行人事调整，全面调换直接面对乘客的乘务人员，确保各个基地都有新鲜血液注入。这种调整，多少还是会考虑到员工的家庭所在地以及个人意愿。当然，不可能百分之百地照顾周全。

萧语珩大学没读完就已进入航空业，至今工作已将近三年。起初两年，她主动申请调离总部，这样一来，每年就有大概七八个月的时间是被外派出去。直到一年前萧素的身体出了状况，顾南亭才把她调回来。

结果就是，她又回到冯晋骁身边。

不想干涉的，偏偏心情如同"他的女人跟别人睡了，他却不得不原谅她"一样窝火。尤其面对冯晋骁冷然又骄傲的姿态，顾南亭想不动怒都不行。

本来这种正常的人事变动，他大可不必征求一个小CC的意见。可他要看看，萧语珩是不是真的不撞南墙不回头。

顾南亭的独断专行，萧语珩太了解，所以当他以总裁的身份轻飘飘地把这道选择题丢过来，气氛顿时就有些剑拔弩张。迎视他的目光，萧语珩的语调有了些许波澜："你都已经知道了，何必多此一问？中南航空总裁办公室里，凭我一个小小的CC，有选择的权利吗？"

顾南亭眼里一黯，表情却是纹丝不动："什么叫有了伤疤忘了疼，我算是亲眼见着了。萧语珩，如果你忘了三年前发生过什么，我不介意提醒你。"

"我没忘。但是，"明亮的眸底雾气弥漫，萧语珩听见自己说，"我做自己爱情的主，有什么不对？"

是没什么不对。可这个不算万分出乎预料的结果，于顾南亭而言是一种颤入心脏的震动。如同6年前他赶到古城，第一次看见向来不喜和异性接触的萧语珩那样旁若无人地和本该陌生的冯晋骁发生着肢体接触而毫无抵触时的震动，如出一辙。

如果顾南亭能够预知未来，他绝不会因忙于事业而疏忽了萧语珩，让她有机会独自跑去古城；如果他能料到萧语珩这一去，会遇到冯晋骁进而失了一颗心，即便让他倾其所有，他都不会放开她的手。

可惜，所有的假设，在萧语珩遇见冯晋骁时，失去了意义。明明是近水楼台，占尽先机，却毫无征兆地一夜之间失去。在那些萧语珩心心念念冯晋骁的几年里，顾南亭经历了怎样的煎熬，除了他自己，又有谁知道？

一念之差，天倾地斜。

然而后来，他们分开了。顾南亭心疼萧语珩所承受的伤害，又多少有些暗自欣喜。终于，那个男人还是辜负了她；终于，他又有了照顾她的机会。但他低估了萧语珩对冯晋骁的感情，今时今日她告诉他，为了冯晋骁，她要做自己爱情的主，已是最好的注解。

顾南亭把人事调整的文件甩过去："你可以做自己的主，但我不能看着你重蹈覆辙。"

"你怎么知道一定是重蹈覆辙？我们……"

"你又怎么保证不是？！当初是谁信誓旦旦地告诉我，他冯晋骁是如何地对你好？结果呢？他能为了别的女人抛下你一次，难保不会有下次。"

我不信，我要赌一次。即便输了，也不后悔。

萧语珩盯着那份只需她签上名字，就能把她派去古城的文件，态度坚决："我不去。"

"好啊。"顾南亭慢条斯理地表示同意，又平静淡定地继续后一句，"那就去告诉他三年前发生过什么。"

萧语珩倏地站起来："我辞职总可以吧？"

"可以。"顾南亭面不改色地看着她，"我去告诉他也无妨。"

萧语珩的眼圈红了："你别逼我。"

"我只是要让你知道，要为自己做主就该有勇气面对。"不忍看她强自压抑，顾南亭移开了视线，“调去古城基地，或者告诉他真相，你自己考虑。三天后给我回复。”

萧语珩无力地叫了一声：“哥！”

顾南亭神色不改：“出去吧。”

萧语珩倔强地站着不动，片刻，她哽咽：“不用考虑了，我去古城。”

“啪”的一声把手边资料甩到地上，顾南亭冷声：“出去！”

萧语珩转身退出去，在门口遇上萧熠。她连敷衍都懒得：“我去调度席拿航班表。”

发现她的异样，萧熠从助理手里拿来车钥匙：“拿完去车上等我。”

在此之前，顾南亭虽然会在某些事情上表现得专制霸道，却从未真的让萧语珩为难。这样的一反常态，萧语珩在冷静过后，终究还是明白他的苦心。

顾南亭是在提醒她，既然复合，就应该做好心理建设，有足够的勇气面对曾发生过的事和导致他们分手的人。萧语珩不愿承认，复合的三个月里，她其实是以回避的姿态和冯晋骁相处。可即便如此，依然如楼意琳所言：她等这个新开始，很久了。

忽然很想告诉冯晋骁：其实我还像从前那样喜欢你。想让他知道，自己对他有所期待。真的把电话打过去了，可惜无人接听。萧语珩笑了，苦涩又自嘲的那种。

那一年盛夏，天真年少的我把心愿和决心许得无限大，结果却未能得偿所愿。这一次，冯晋骁，别让我觉得被辜负，那样，我就再没勇气把爱装进另一颗柔软善知的心里了。

萧熠的人比冯晋骁的回电早到。没追问萧语珩和顾南亭的不快，他只说：“你和冯晋骁的事，家里还不知道？”

萧语珩轻叹了口气：“分开的时候闹得满城风雨，现在还是低调点儿好。”

萧熠一针见血：“你是对他没信心吧？”

萧语珩不答。

双手扶在方向盘上，萧熠望向窗外的街景：“爱情就像人生，是一场秣马厉兵的过程。那些所谓的圆满结局，只是部分人的如愿以偿。我也曾口是心非地说过对贺熹没有期待，甚至从发现她心里有别人的时候，我就时刻提醒自己：爱情，不是你爱她，她就一定会爱你的事情。所以，”收回目光，落在萧语珩被夕阳晕染的面孔上，“直到今天，我从来没觉得她辜负了我。因为自始至终，都是我一厢情愿。”

“冯晋骁的经历却截然相反。你给他的开始太美好，让他对于你们的分开没有心理准备。在他看来，等的，只是你长大。可惜你否定了全盘，包括他的为人。”

于她而言，何尝不是：一夜之间，天翻地覆。

萧语珩咬紧了唇：“那时，你坚持分手，寸步不让。他不愿你退学，又无能为力。直到你进了中南航空，有一天他来找我，说：‘我以为之前走的每一步，都是为了遇见她。我正庆幸把最好的自己留给了她，无论是年纪还是心，她却一丝转圜的余地都不留，直接把我判出局。我做错了什么？她怎么能说出那种话？我居然失了心智……她不可能原谅我了，可我接受不了她身边站着别的男人。’”

但他什么都没做，只是当场对萧熠撂下狠话：“我就看看，我冯晋骁在她萧语珩心里，到底值几斤几两。”

其实不是斤两的问题，是笃定了萧语珩会不舍。

可是——

他们分手后很长一段时间里，冯晋骁的情绪都没恢复，低落至极，而且一上训练场，就是完全不要命的状态。后来，他在一次任务中受伤。那次受伤后他愈发地沉默，而且拒绝探视。萧熠猜测，他在等萧语珩。

两人恋爱后，萧语珩瞒着冯晋骁特意去学了护理，为的就是在必要的时候照顾他。但直到冯晋骁出院，她都没有出现。

冯晋骁在电话里对萧熠说：“看来她是和我动真格的。”

那时，身在A市的萧熠自顾不暇，实在没精力过问他们的事，只告诉他："我把你受伤的消息带到了，但她调离总部了。"

短暂的沉默过后，冯晋骁挂断了电话。

本以为这就是结局了。然而，在经历了一千多个自我麻痹的昼夜之后，他又给萧熠打越洋电话："哪里都是风景，我却非她不行。萧熠，我扛不住了。"

一句话，让一贯冷静自持的萧熠，眼底微潮，但他还是狠下心说："她或许也给过你时间表，你却没有好好把握，所以她才断了和你的所有联系。晋骁你想清楚，时至今日，你的非她不行到底是赌气，还是爱情。"

冯晋骁没直接承认是因为爱："我没那么无聊，更没那份心力和她赌气。"

"你还小，早早地经历爱情未必就好，而分开也不见得就坏，虽然爱情用时间来证明太浪费，却也更加坚固。如同厉行和贺熹，分开6年之久，再在一起，才是恰到好处。"拍拍萧语珩的肩膀，萧熠语重心长，"冯晋骁是个长情的人，从他和你分开，身边没出现过任何女人足够证明。珩珩，不是所有男人都能为一个离开了自己的女人守身如玉。那是三年，不是三天。你要懂得珍惜，别轻言舍弃。"

如果我舍得，就不会回头。我的爱情一直虚席以待，只因为站在面前的人不是他。可我有个心结，总让我惶惑无措。

对于她的沉默，萧熠是体谅的："被所爱的人爱着，是福气。可如果心存芥蒂，也别逃避，我相信，晋骁可以解开你的心结，你该信任他。"

萧语珩凝视着萧熠的眼睛："那赫饶呢？对你而言，她何尝不是一个长情的人。"

萧熠明显地停顿了一下，才问："她，什么时候的事？"

从前什么都不说，是因为知道他执着于别人。现在，萧语珩不希望他错过那么好的一个女人："具体我也不清楚，她从来都不说。不过可以肯定的是，比你爱贺熹久。"

比你爱贺熹久。

那么漫长的一段光阴，仅用6个字就带过了。

萧熠不知道自己该说什么，索性沉默。

很久之后，他终于开口：“我需要重新审视和她的关系。”

萧语珩被萧熠的一席话说服了，她如约去了冯家，而冯晋骁的电话在她进门前回过来，告诉她刚刚在省厅参加了个临时会议，这就赶过来接她。

萧语珩告诉他：“我到了。”

那边停顿了一秒：“我就回来，等着。”

萧语珩为他的紧张失笑。挂了电话按门铃，开门的是保姆玲玲，见到她略有些意外。进了客厅，就见穿着印有哆啦A梦睡衣的一小坨抱着牛奶坐在沙发上扭脸看过来，脆生生地喊：“小姨！”孩子倒不认生，不过才在外公那里见过她一次，却和她格外亲近。

萧语珩被他稚嫩的童音唤得心中一软，有些后悔过来得匆忙，没有给他带份礼物。走过去，她揉揉小家伙的脸：“难得你还记得小姨。”随即往楼上看了一眼：“你爸爸还没回来？”

小家伙摇摇头，过了一会儿忽然说：“作为小姨，你为什么只问我爸爸？我妈妈在啊。”

萧语珩随口逗他：“异性相吸呗。”

小家伙认真想了想：“不懂。”然后埋头喝牛奶。

等他喝完，萧语珩给他擦掉嘴角上的两撇白胡子，才凑到他耳边说悄悄话：“你小叔多久没回来了？”

图图爬起来，学着她的样子小声答：“不记得了，他总也不回来。”

萧语珩掐掐他嫩得能挤出水来的小脸蛋。

“小姨你怎么也不来？是不喜欢图图吗？”

萧语珩把他抱进怀里：“小姨以后会常来。”

图图搂着她的脖子，龇牙笑。

这时，一道近乎完美的女声忽然响起：“你来了。”

萧语珩应声抬头，视线落定在二楼的叶语诺身上。

她化了精致的妆，艳丽的披肩随意地搭在肩上，合身的裙子服帖地包裹着修长的身材，蓬松的卷发再为她增添几许妩媚之感，整个人看上去既风情又有韵味。

那一年，作为新娘子的叶语诺的美丽，也如现在一般，让萧语珩觉得惊艳。

时光流转，退回6年前冯晋骁与萧语珩约好见面的那个周末——

比约定好的时候早到，冯晋骁驱车来到顾家别墅，就看见站在二楼阳台上凝思的小公主。

那一天，萧语珩身穿白色单肩小礼服，平日里习惯束成马尾的长发被细心地打理过，编成活泼俏丽的辫子。彼时，女孩子手撑在阳台栏杆上，拄着下巴望向天空的姿态，安静而美丽。她头顶上方悬挂的吉祥铃，随风轻摆，发出叮当叮当的脆响。

冯晋骁当时并不知道，萧语珩的郑重以待不是为了见他。他保持仰头的姿势很久，似乎不忍心打破水墨画一般的宁谧，直到快来不及了，才用如沙石磨砺的低沉嗓音轻喊："发什么呆呢，再不下来我走了啊。"

萧语珩倏地低头，与他的视线在半空中相遇，她就笑了。

草地上站着的男人意态潇洒地朝她招手："下来。"

伴随一声甜美的"晋骁哥哥"，娇小的身影消失在阳台上，唯有小礼服后腰上的蝴蝶结丝带飘扬在冯晋骁眼底，温柔如丝。

直到坐上车，萧语珩才发现冯晋骁的异样，惊讶："你穿得好正式啊，不会是新郎吧？"

身穿做工考究西装的冯晋骁单手扶稳方向盘，腾出右手捏了捏她尖尖的小下巴，语带笑意："你也穿得好正式，难道是新娘吗？"

有种被欺负的感觉。萧语珩撇嘴："我还没成年，不能结婚。"

冯晋骁轻笑。

一路上萧语珩都显得闷闷不乐，冯晋骁以为她紧张，临下车时体贴地安慰："不愿意理人就只管挑喜欢的东西吃，反正也没人认识你，没事。"

萧语珩不满："我又没有自闭症，干吗不理人？说得我像是没心没肺的吃货。”

冯晋骁扳正她的小脑袋面对自己：“怎么了这是，说话这么冲，我得罪你了？”

“哦，对不起啊，是我心情不好。”萧语珩低头，语气里有强自压抑的哽咽，“我姐姐也是今天结婚。但是，她没有请我。”

所以她的精心打扮，其实是为了准备出席姐姐的婚礼。

冯晋骁似乎明白了。可鲜少在言语上处于下风的他忽然嘴拙得不知该说什么。于是，他轻轻握住了萧语珩的手。

“其实没关系啦，”被安慰的萧语珩抬起头，墨黑的大眼睛湿漉漉的，“她幸福最重要。”

对于这样一个善良美好的女孩子，什么样的姐姐会拒绝她的祝福？冯晋骁带着几分心疼地展臂把萧语珩拥进怀里抱了抱。

萧语珩不好意思地推他：“别压皱我裙子啊，哥哥说很贵的。”

冯晋骁坏心地手上用力勒紧了她。萧语珩被勒疼了，下了车还在张牙舞爪地追着他打。冯晋骁只守不攻，边陪她闹边引她往宴会厅走。

萧语珩的脚步因门口指示牌上的新人名字猛地停住，而她脸上的笑容也在瞬间僵住。冯晋骁发现她没跟上来，催促：“快点儿，婚礼要开始了。”

震惊清晰地写在脸上，萧语珩不敢置信地问：“新娘子是……叶语诺？”

冯晋骁停顿了十几秒，蹙眉：“你姐？”视线的落点是萧语珩精致到无可挑剔的眉眼，没有发现她的五官轮廓与叶语诺有相似之处。

萧语珩的小脸顿时垮下来，她下意识地退后了两步：“我不进去了。”像是做错事的小孩。

冯晋骁有些于心不忍，他思考了下，朝她伸出手。

萧语珩轻轻摇头：“我还是回去好了，你不用送……”

冯晋骁径自走过来牵她的手：“跟我来。”然后不容反驳地把她带到了偏厅。

当婚礼进行曲响起，当叶亿把女儿叶语诺的手交给女婿冯晋庭，站在偏厅门后的萧语珩低下头悄悄地抹了抹眼睛。再抬头时，恰好对上冯晋骁投射过来的关切的目光。她微笑着，眼泪却控制不住地往下掉。

因为感动。

同一时间，叶语诺忽然转过头来看向冯晋骁的方向，视线短暂地停留过后，她含笑着把戒指戴在了冯晋庭手上，仿佛先前的回眸只是不经意间的一个动作，无关其他。

冯晋骁的注意力集中在萧语珩身上，对此浑然不觉。

礼成后，冯晋骁把萧语珩带到了休息厅，微微弯下头，语气温和地说："你在这里等我，我一会儿就回来。"

萧语珩乖乖地点头。

冯晋骁很快就回来了，他似乎是喝了酒，也或者是沾染了宴会厅的酒气，身上有淡淡的酒味。而平稳的步伐，让他整个人看起来伟岸而俊朗。

"做点儿什么呢？要不带你去游乐场？"婚礼这样的应酬冯晋骁实在不喜欢，况且萧语珩与他的新任大嫂又似乎不方便见面，所以，他准备带萧语珩离开。

萧语珩觉得他的提议真是，太欺负人了："我又不是小孩子，而且我们穿得这么隆重去游乐场，晋骁哥哥，你觉得好吗？"

她一本正经的样子像个小大人，冯晋骁眉宇间跃起一丝笑意："按穿着来分析的话，我们似乎只能等晚上去吃烛光晚餐了。"

发现他是逗她的，萧语珩主动去拉他的手："干吗等到晚上，现在就去。"

冯晋骁握住她的手，故意用力捏了捏，笑言："就知道吃。"可就在两人走出休息厅时，冯晋庭正好携叶语诺从宴会厅走出来，要去反方向的新娘休息厅换装。

看见萧语珩的瞬间，叶语诺陡然变了脸色，她直视过来，目光骤冷。

感觉到小姑娘往自己身边靠近了些，冯晋骁以保护者的姿态展臂搂住她肩膀。

终究是没避过。

冯晋庭意外于弟弟身边跟着个精灵似的小公主，微微笑起来："难怪不见人影，原来招待女朋友呢。怎么，不介绍一下？”言语间，搂着叶语诺走过来。

“怎么介绍？”冯晋骁瞥一眼稚气未脱的萧语珩，“没名没分的。”然后目光落在叶语诺身上，似乎是在等着看他新任大嫂的反应。

感应到他的目光，叶语诺的神色恢复如常，她微笑着说：“晋庭，这位是萧语珩，我妹妹。”

冯晋庭略显意外，然后像没发现她这声妹妹叫得有多不情不愿一样，从西装口袋里取出几个红包，挑了中间最鼓的那个递过来：“原来是小姨子，那可怠慢不得。”

萧语珩看向叶语诺的眼神小心翼翼的，她悄悄拽了冯晋骁衣摆一下。冯晋骁的目光扫过表情无懈可击的叶语诺，偏头看她：“你姐夫赏的，客气什么？”边说边顺手接过红包，就要往自己口袋里放，“就当是还我的吧。”

萧语珩劈手夺过来，理直气壮：“你又不差钱，多欠几天有什么关系？”

冯晋庭不解：“你欠晋骁钱？”

“谢谢，姐夫。”萧语珩道完谢，才说，“算是吧，不过是他非要借给我，我拒绝不了呢。”

冯晋骁笑看她：“你长得好看啊，我还上赶着？”

萧语珩眨着大眼睛：“难道不是这个原因吗？”

冯晋庭失笑，前言不搭后语地说：“小了点儿，不过，”继而拍拍弟弟的肩膀，“挺好。珩珩你觉得晋骁怎么样？嫌他老吗？”

冯晋骁“嘶”一声：“你行了啊。”

萧语珩心无城府地答：“晋骁哥哥很好啊，怎么会老呢？我不嫌弃他。”

大手在她脑袋上拍了拍，冯晋骁无奈：“说什么呢，怪怪的。”

叶语诺在此时插话进来，她亲昵地牵住萧语珩的手：“陪姐姐去换装吧。”

身为姐妹，这样的要求实在是合情合理。而且，不等冯晋骁阻止，萧语珩已经愉快地答应了：“好啊。”可当去到新娘休息室，她准备动手帮叶语诺换礼服时，竟被推开了。

叶语诺冷冷地看她：“萧语珩，你可真是阴魂不散。”

萧语珩不知所措。

6年后，冯家大宅里，萧语珩终于可以微笑到无懈可击，亲昵地再唤她一声：“姐。”

叶语诺垂着眼，缓慢步下台阶，停在她面前：“不是应该和晋骁一起回来吗？”

正是傍晚时分，夏初微凉的晚风扑面而来，清爽舒服。萧语珩墨黑的眼睛里，有浅浅的笑意：“从前我也常一个人来啊。”

叶语珩走向图图，把儿子抱进怀里，亲了亲他的脸蛋。在小家伙咯咯的笑声中，她说：“上次说好了带你回来，后来却是晋骁一个人，还以为你们吵架了。”

你是想说，以为我们又分手了吧。萧语珩双眸一转，夕阳微弱的光沉进她的眼底，显得瞳仁格外透亮：“没有啊。有飞行任务而已。”

叶语诺把目光转向图图的小脸，情色不明：“晋骁那个人太骄傲，又不会哄人，你是又倔又孩子气，在一起难免会有磕碰，他要是让着你点儿就能好了。”似乎认定他们吵架了。

“那是以前。”目光的落点是叶语诺沉静温婉的面容，萧语珩说，“他现在改了很多。要不怎么能把我哄回来呢，我那么倔。”

叶语诺手一僵，才抚平被图图扯歪的披肩：“爷爷问起他的婚姻大事，你们商量过了？”

冯晋骁已到而立之年，被催促是情理之中。只是，你又何必非要强调是他的婚姻大事，是在表明与我无关？眼眸微垂，萧语珩漫不经心：“国家不是提倡晚婚吗，我才多大，不急。”

叶语诺抬头，明眸灼灼，容颜如玉：“可晋骁不小了。”俨然一副当家主母的语气。

直视她的眼睛，萧语珩不慌不忙地问：“你是在为我们着急吗？”

一句“我们”，再清楚不过地和她划清了壁垒界限。叶语诺垂下眼眸，是啊，她在为谁急？冯晋骁不领情，至于萧语珩，姐妹亲情这东西，她一点儿都不感兴趣。

握住图图肉肉的小手，叶语诺笑笑：“我只急我的图图什么时候才能长大。”

我也觉得你该是有儿万事足的，只是，你似乎对我们更为关注。是不是在你看来，我们在一起是偶然，分手才是必然？我该让你称心如意吗？萧语珩面上笑着，语气里的尖锐之意却不再收敛：“你说，等我和冯晋骁结婚了，到底是他随我叫你一声姐，还是我随他叫你一声嫂子呢？”

“你们这么快就要结婚了？”

“快吗？可是总要照顾他的年纪啊。”

叶语诺脸上的笑意瞬间消失，她终于支撑不住：“爷爷在后院。”

萧语珩笑，语气轻快：“好啊，那我过去了。”

一百零一次交锋，萧语珩头一回占了上风。

金色的阳光透过落地窗在萧语珩身上镀上一层虚实不清的晕影，素白的长裙抹去了年轻女孩子骨子里的活泼和张扬，那份超乎同龄人的沉静端凝让叶语诺觉得陌生。

是从什么时候开始，曾经落荒而逃的小姑娘懂得不动声色地向她还击了？怀中的儿子张着小手伸向萧语珩消失的方向，以稚嫩的童音唤着小姨。叶语诺只一味陷在自己的思绪里，置若罔闻，直到房门被人从外面用钥匙开启，她的神思才归位。

叶语诺转身，就见一抹挺拔的身影云淡风轻地走进来，两人的视线在半空中相遇，然后他环顾客厅，在没有发现某个身影后嗓音低沉地问：“珩珩呢？”

叶语诺面色一滞，又瞬间扬起笑容：“你回来了。”却像一句废话，没有回应，“……爷爷那边。”

片刻都不停留，冯晋骁转身往后院而去，错过了叶语诺目光中沉重的失落感。

穿过回廊来到别墅后幽静的院落，梧桐掩映，鲜花绽放，院内摇椅上躺着一位精神矍铄的老人，神态宁静慈祥，他面前坐着的女孩子此时双手拄着下巴，遥望天际。嘴角上翘，眉眼弯弯，微凉的晚风中，裙角飞扬，整个人看上去柔柔的，娇娇的。

“你个小丫头片子懂什么，敢跟你爷爷谈男人？”

“女人您也未必懂多少吧？我听冯晋骁说奶奶从前常抱怨您没有浪漫细胞。”

“我们那个年代能吃饱穿暖就是最高追求，谈什么浪漫。以为像你们，一天天的就知道情情爱爱，腻歪死。”

“您这是赤裸裸的嫉妒——”

时隔三年，这一老一小倒是没有陌生感。听着他们的对话，冯晋骁沉默微笑，沉稳俊朗的眉目，在薄薄光泽浸染下，柔和动人。驻足稍许，他放轻脚步行至近前：“爷爷，我回来了。”话是对冯老爷子说，手掌却是抚上萧语珩发顶。

偏头看看孙子，老人的神情更加柔软了几分，转而拍拍萧语珩的手，颇为认真地安慰道：“我们家二小子才是不懂浪漫，丫头你多包涵。”

看向在自己身旁施施然坐下的冯晋骁，萧语珩无防备地笑开：“原来他随您啊。”

年轻女孩子灿烂的笑容，美丽得比阳光更惹眼。冯晋骁禁不住唇角上扬，轻轻握住了萧语珩的手。她手心翻转，与他十指紧扣。

我们都已不再是当初的模样，可终究还在一起，又怎能辜负这场得来不易的久别重逢？就这样，不念过往，静然安好。可好？

冯老爷子注意到他们的举动，闭上眼睛假装没看见，唯有唇边笑意，持久未褪。

祖孙三人又闲聊了会儿，冯晋庭才回来。萧语珩挽着爷爷的胳膊把老人扶到餐桌的主位坐好，表情愉悦地和姐夫开玩笑：“难得冯总准时下班，我以为9点前开不了饭呢。”

冯晋庭温柔地搂了搂爱妻，才弯身抱起脚边的儿子，在爷爷的左侧首位坐下：“小姨子大驾光临，敢不早回来吗？饿着你，晋骁不得心疼啊。”

冯晋庭的容貌有着和冯晋骁相似的棱角分明，不过相比冯晋骁被警队磨砺出来的深邃硬朗，身居高位的冯晋庭更显得温和儒雅。此时说着话，嘴角还挂着浅浅的笑意，整个人看上去智慧而温柔。

萧语珩竖起手指表扬："姐夫就是上道。"随后跟叶语诺进了厨房，再出来时，左右手各端着一碗汤，一碗自然要先孝敬爷爷，至于另一碗——

冯晋骁自动自觉地抬手接过去："也不怕烫，坐下。"然后在玲玲给萧语珩送汤时伸手一挡："她不喝鱼汤。"

从萧语珩第一次来冯家，就深得冯老爷子喜爱，对于她的饮食习惯，老人家多少了解几分，比如她偏好甜食，不能吃海鲜等，闻言批评："那么瘦了还挑食。"

萧语珩赶紧从玲玲手里接过汤碗，有些俏皮地说："谁说我挑食啦，好东西我都吃。"

冯晋骁不好再阻止，只是端过碗确认没有刺才给她："等会儿喝，烫。"

冯晋庭见状对爷爷说："咱们老二转性了，知道体贴人了。"

"他应该的。"爷爷似乎对冯晋骁的反应很满意，半真半假地命令："珩珩还小，晋骁你平时多让着点儿她。要是再把她气跑了，你也不用回来了。"

萧语珩带着点儿小委屈地添油加醋："他没事就和我顶嘴。"

清俊的眉眼间不经意展露温柔，冯晋骁宠爱地轻责："恶人先告状。"

鱼汤的插曲就这样过去，席间祖孙几人如同寻常人家一样，边用餐边偶尔交谈几句，加上不爱吃饭的图图人来疯似的一直捣乱要小姨喂饭，令一向清冷安静的冯家顿时热闹起来。晚饭过后，冯晋骁和冯晋庭被爷爷叫去了书房。

叶语诺神色淡淡地坐在对面的沙发上。她不说话，萧语珩就只顾和图图玩，像是忽略了她的存在。沉默持续了很久，叶语诺才开口，声音里有三分歉意："我忘了你不喝鱼汤。"

萧语珩正和图图抢玩具，闻言抬起头来："没关系啊，反正冯晋骁爱喝。"我的喜好你忘了，他的口味你倒记得清楚。姐姐和嫂子，总有一边是你心里的天平倾斜的方向，我懂。

叶语诺听出她的话外之音，端咖啡的手瞬间僵住，不悦浸染上她的眉心眼角：“你是对我还有误会吧？”

“误会吗？”萧语珩微微皱眉，“我怎么越想越觉得你是故意的呢。”

“你！”叶语诺首次领教她的尖锐，一时语塞。

直视她蕴含怒意的眼睛，萧语珩展颜一笑：“我开玩笑的啊。”

叶语诺并不觉得好笑，她缓了一会儿，依旧难掩愠色：“就算你心里记恨，我也能理解。”

你，理解？萧语珩深呼吸，直视她：“你是不是混淆了，我们两个，是谁在宽容谁？”

叶语诺神色一僵。

大人间的暗潮汹涌图图当然是不懂的，他爬到萧语珩怀里，把小脑袋往她颈窝一搭，撒娇：“图图要和小姨睡觉觉。”

恰逢此时，书房门打开，率先走出来的冯晋庭听到儿子的话，笑言：“那可就要问你小叔同不同意了。”

紧跟其后的冯晋骁见图图的小脑袋正好枕在萧语珩被刀尖划伤的地方，伸手就把小家伙抱过来举高：“小姨都借你玩这么久了，晚上可得还给小叔。”他说得顺嘴，丝毫不觉暧昧。

图图胆子倒大，被冯晋骁举过头顶却一点儿都不怕，咯咯笑个没完。等到被冯晋骁抱进怀里，小家伙还搂着他的脖子，凑上去亲了他两口。

冯晋骁抱着图图坐到萧语珩身边，握了握她的手：“是不是困了？这就走。”

图图听见小叔要带小姨走立马就不干了，挣着小身子要萧语珩抱，结果又忽然想起什么似的，眨巴着黑葡萄似的大眼睛看着冯晋骁，小大人似的问：“小叔，什么是异性相吸？”

不只是冯晋骁，连书房里的爷爷都怔住了。

见大家都不回答，图图以为说错了什么，怯怯地继续：“是小姨说和爸爸异性相吸的……”

冯晋庭笑：“珩珩，你教坏我儿子的话，我可不同意晋骁娶你了啊。”

萧语珩被冯晋庭打趣惯了，可心里因叶语诺有了不快，语气难免带了些负气的成分："谁稀罕他。"

图图刚一问，冯晋骁就意识到肯定和萧语珩有关，除了她，这个家再没人会在一个三岁的孩子面前提什么异性相吸。他原本有些哭笑不得，结果萧语珩的回答，让他有不好的预感。

转眸看了叶语诺一眼，冯晋骁忍耐了下，把图图还给他爹，以手指点点小家伙的鼻尖："以后少和你小姨玩，变得太聪明，就把你扔了。"

图图嘟着小嘴看向萧语珩，见小姨不搭理他，在冯晋庭的眼神鼓励下，有点儿委屈，又有点为难地说："可爸爸让图图做聪明的小孩儿。"

离开冯家，冯晋骁牵着萧语珩的手走到大切前，也不急着上车，反而双手一伸撑在车身上，把她困在车门与自己的身体之间。

萧语珩被他突来的举动吓一跳，双手抵在他胸前，没好气地说："干什么？"

冯晋骁专注地看她，黑眸在夜色里灿若星辰，他俯低头，温热的气息喷在她脸上："和谁异性相吸？"

那缓慢中隐含酸意的语气，那低沉温柔的透着蛊惑的声音，让萧语珩的心跳骤然加快，可她却不肯就范，用力地推拒着他："反正不是你。"

"还不稀罕我了……"最后一个音节变得含糊，冯晋骁把她狠狠吻住，趁她不防轻易开启她紧合的牙关，成功在她口中进驻，然后很快地，紧贴的双唇发出纠缠的声音，越发地响。

听到他在自己耳边低沉地呼吸，萧语珩已经被抱进了车后座，而他的手掌，不知何时钻进了她的裙子里，正贴在她胸口轻抚。酥麻的感觉无限延伸，萧语珩被逗弄得气息不稳。

冯晋骁的唇流连在她耳后，细细密密地轻吻，却还不忘要她回答："稀罕谁，嗯？"

这人可真是，固执。在他持续的热吻中，所有的抵抗和推拒统统被瓦解，萧语珩听见自己说："你！"低声呢喃，如同邀请。

冯晋骁满意地嗯了一声，用烫人的手掌慢条斯理地抚摸她曲线完美的身体，脸则埋在她温香的脖颈，感受她的意乱情迷，犹如惩罚。

其实很想更进一步。可是，算了。冯晋骁终究没舍得在车上折腾她，抱紧她微微战栗的身子，用温柔的吻安抚了那被他挑起来的火焰。

等到呼吸平复，衣裙也被他整理好，萧语珩张口在他脖子上咬一口。冯晋骁完全没料到前一刻还温顺地在他怀里轻蹭的小猫会瞬间撒野，结结实实挨了一下。

也不觉得疼，他反而笑起来："下次换个地方下嘴，被人看见，我没法说。"

萧语珩瞪他："再敢招我，直接咬你脸。"

"随你高兴。"冯晋骁把她捞进怀里抱住，隔了片刻，带着些许小心地问，"没生什么闷气吧？"

萧语珩明白他在担心什么，还故意问："什么闷气？"

冯晋骁叹了口气："知道你不愿意过来，但老人家知道我们和好了就一直惦记着见你，我也不好拂了他的心意。隔了这么久再见，原本他是有话想嘱咐，又怕给你压力，所以刚刚交代我要好好照顾你，不能让你受委屈。珩珩，爷爷是真的疼你。哪怕不是为我，就冲他这份心，别生气好吗？"

过去的事，萧语珩也不愿再提，她伸手抱住冯晋骁的腰身，脸贴在他颈窝："这话你应该在回来前说，现在有点儿晚了。不过，看在爷爷的面上，我就不和你计较了。"

但是，冯晋骁我希望你明白，我之所以不愿意还为之，完全是冲着你那句"喜欢我"，等到这三个字保护不了我的时候，我一定会放弃你。再走到那步，一定不再回头。

冯晋骁没直接带萧语珩回家，反而把车停在小区门口的一家大排档。

烧烤加扎啤，萧语珩的最爱。

他还是注意到了，先前她没吃多少。萧语珩心头暖暖的，挽着冯晋骁的胳膊指挥他点肉串，又扬声喊老板先上扎啤。

萧语珩上桌就先灌了一杯扎啤。冯晋骁见她高兴也没阻止，等肉串烤好，两人边吃边喝起来，没一会儿，萧语珩就到量了。她抹了抹嘴，扬着红扑扑的小脸看冯晋骁：“你变了呢。”

冯晋骁以手指梳理她被风吹乱的头发，别到耳后：“是吗？”

萧语珩挪了挪椅子，往他跟前凑过去，笑眯眯的样子：“变得温柔了，也体贴了。”

冯晋骁挑眉：“不喜欢？”

喜欢的。这样的你，总让我记起当初的甜蜜。

却还口是心非：“还行。”

笑意浮上嘴角，冯晋骁往椅子后面动了动，腾出前面的一块地方把她搂过来，话锋一转：“看哪天方便，请楼意琳吃个饭。”

萧语珩靠在他怀里问为什么。

因为她告诉我，在我们分开的时间里，你没喜欢上别人。按住她端扎啤的手，冯晋骁说：“不是说她失恋了吗，给她介绍个男朋友，也算你身为闺密体恤她单身的痛苦。”

萧语珩眼睛亮亮的：“陆成远很帅啊，就他吧。”

冯晋骁拧眉：“当我面夸别的男人，你胆子不小啊？”

萧语珩憨憨笑起来：“你吃醋啊？”

冯晋骁捏捏她小下巴，笑而不语。

扎啤被萧语珩豪爽地半杯半杯一饮而尽，喝到后来坐在冯晋骁怀里都觉得冷。才不管是不是在外面，她直接把冯晋骁的衬衫从腰间扯出来，扣子一颗一颗全部解开，贴在他胸前，缩成一小团。

低头看着有了醉意的萧语珩，那修长的手指，那缓慢而坚定的动作，让冯晋骁觉得，这个微眯着眼睛解他衬衫扣子的女人，太性感。

女人。她终于长大到可以用这个字眼来称呼了。

有心把衬衫脱下来给她穿，又觉得如此依偎比任何的亲密都温暖，索性由着她。再说，大庭广众之下，被一个漂亮女孩子扒了衣服投怀送抱的感觉，还不赖。

邻桌注目下，冯晋骁神色淡定，他不急不缓地吃东西，还不忘把胸前不安分的小女人护得严严实实，不给别人半分窥视的机会。

等身上暖和一点儿酒劲也上来了，萧语珩歪着脑袋说：“我给你唱首歌吧。”然后不等冯晋骁回答，自顾自地轻轻哼唱起来：

没有流星的花园，我们坐在街道边；只要有浪漫的誓言，我们笑的一样甜；唱着情歌的感觉，好像风儿抚过肩；明明分开一转眼，却又开始了想念在这下雨的夜……你对我很特别，很奇妙的感觉，你的微笑能映红我的脸；我对你很特别，不一样的感觉，这是个只属于我们俩的爱的世界……

凝视她精致的眉眼，冯晋骁静静地听。萧语珩的嗓音很特别，此刻清唱这样一首欢快的歌，十分有味道，周围的客人也被她的歌声感染，不知不觉间降低了喝酒猜拳的声音。

萧语珩唱够了，端起一杯扎啤，醉意深浓地要求喝交杯酒。

此时，女人半眯着眼睛看他，两颊如红霞晕染，眼神迷离，浓密的长睫毛在灯光投印下，形成两片朦胧的阴影，妩媚不可方物。冯晋骁眼神越来越深，托住她手，把一整杯扎啤干了。

萧语珩只喝了一小口，杯子就被取走。冯晋骁低头，以侧脸贴着她的，柔声哄：“不能喝了，你听话，等会儿我背你回去，好不好？”

条件很合萧语珩的心思。她眉眼弯弯地笑起来，像只慵懒的小猫一样伸出胳膊搂住他脖子，仰头送上一个吻，火辣热情得冯晋骁有想把她就地正法的冲动。

夜晚的大排档热闹异常，这样旁若无人的亲热点燃了年轻人的激情，在两人唇舌碰触在一起的时候，口哨声瞬间响起，接着就有人拿扎啤杯敲着桌面，大喊：“哥们儿，艳福不浅啊……”

萧语珩醉得神志不清，对此茫然一无所觉，一吻之后只觉头晕目眩，浑身酥麻。冯晋骁扣着她小小的后脑，让她红润的小脸贴在胸口，唇边笑意若隐若现。

结账时老板看看昏昏欲睡的萧语珩，笑得眼睛眯成一条缝：“女朋友很漂亮。”

抱着萧语珩起身，冯晋骁嘴角噙着淡淡的笑：“就是不太听话。”

如果萧语珩不是醉了，一定会发现此时依偎的男人比以往任何时候都温柔，那眼神里不加掩饰的纵容宠溺，是她追求了6年始终认为没得到的，一种叫做“爱情”的东西。

冯晋骁兑现承诺把萧语珩背回了家，没有坐电梯，一口气把她背上12楼。开门时，萧语珩滑下他的背，在他手臂的搂扶下绕到前面，素白柔软的小手无意又似故意地覆在他胸前，缠上来吻他的喉结：“冯晋骁——”

低低暧昧的女声钻入耳里，刺激得冯晋骁浑身的血液都沸腾起来了。他单手搂紧她的腰，让她的身体紧贴着自己，急切地打开了房门。钥匙落地的瞬间，他转身就把萧语珩抵在门上，吻住。

一路从客厅纠缠到卧室，静默的夜色里，一声声低低的呻吟让冯晋骁无法自持。直到萧语珩承受不住，软软地攀着他的肩背低低哭起来，他才恋恋不舍地结束，温柔地俯视着她，以指腹摩挲着她梨花带雨的小脸，低声而耐心地哄，等到她平复才抱着她去洗澡，然后相拥而眠。

于冯晋骁，这是一个风清月皎、软玉温香的夜晚。

于顾南亭，却是夜不能寐。

把车停在G市最灯红酒绿之处，他推开一家私人酒吧的门。

一门之隔的另一个世界里，空气中弥漫着迷乱、放纵的气息。重金属音乐，骚动的舞池，男女眉目传情间泄露的深心处的赤裸欲望，无一不透着让人抵抗不了的诱惑。

变幻的灯光中，他的轮廓剪影沉静端凝，如此清寒逼人的气质与这里的纸醉金迷太不搭调，如同异类。颇为冷淡地环顾四周，他行至吧台前，坐上高脚椅，抬手敲敲桌面。

酒保似乎对他并不陌生，很快送来一杯龙舌兰。

顾南亭仰头灌进整杯，明明那么烈的酒，他眉都没有皱一下。

酒保再为他斟满，就有女人暧昧地贴上来，衣襟半敞，眼光迷离：

“可以请我喝一杯吗？”乐声太大，她不得不拔高音量。

开场白实在没有创意，所幸顾南亭是位大方的金主。

他抬眸示意。

酒保立刻也为女人送来一杯。女人执起酒杯和他的杯子碰了一下，竟也干了。这酒劲道十足，初尝时连他也忍不住皱眉，她却没有半点儿不适。

直到喝完第三杯，女人的身体开始有意无意地往顾南亭身上蹭。他倒也没躲，原本抿成一线的嘴角竟有笑意沉淀。女人如获大赦，调整姿势就要往他腿上坐——

这一次，没被允许。

顾南亭拂开那只搭上他肩头的手：“抱歉，我在等人。”转首望向右边：“程程。”

程潇在闪烁不定的光线里走过来，顺着顾南亭的手劲，被拉坐到他腿上，大声问：“等急了？”话语间抬眸看了搭讪女一眼，似乎是在宣告，这个男人，是我的。

酒保笑得有些坏。

等搭讪女愤然离去，程潇才从他腿上跳下来。顾南亭似乎是嫌音乐声太大，扬手叫来酒保：“换一首。”似乎没感觉到脚上被她的高跟鞋踩了一下。

等乐声舒缓下来，程潇才开口：“顾总还是一如既往地无聊。”

顾南亭哼笑一声：“想看好戏，还不如程机长亲自上阵。”

程潇眉梢一扬：“我可没那份雅兴。”然后端起他的酒杯闻了闻，看向酒保：“只要别是这个就行。”

顾南亭似有不悦：“这个点出现在这种地方，还在你老板面前喝酒，程潇，我看你是不满意中南航空的待遇了。”

程潇不以为意地耸耸肩：“海航的机长年薪也很高，而且还比我们公司的男机师帅。”

顾南亭眼里似有笑意：“搅了你老板的好事，还要求加薪，程潇，你胆子越来越大了。”

程潇的表情很无辜：“我飞行技术好啊，又是像熊猫一样稀缺的女飞，还担心失业吗？”

黑沉的眼里亮起微光，顾南亭十分愉悦地举杯：“为如此美貌的女飞为中南航空独家拥有，干杯。”

程潇执杯，与他的酒杯轻碰。

交谈到此为止，余下的时间里，顾南亭都用来沉默，除此之外就是喝酒，一杯接一杯。程潇坐在他身边，微扬着侧脸静静地陪着，不阻止。

不多时，顾南亭拍拍程潇的肩膀：“等我一会儿。”

程潇以为他要去洗手间，却见他走向舞台中央搭建的台子，在一束追光下，慵懒而坐。

像是演练过无数次，在顾南亭点头的瞬间，乐声即时响起。

短暂的前奏过后——

终于被你推到心碎的边缘，我看见你的眼说再见，从未得到一句爱我的誓言，却送上我爱你一万年，早已习惯被你傀儡的缠绵，你要我怎么做我都无言，如果分手难免请喂我一个吻，在毁掉我之前——

为你流下第一滴泪，那热泪烫伤我的脸，再也无颜面对明天，一想你就到深渊，为你流下第一滴泪，我爱上痛哭的滋味，当你吻我颤抖的嘴，我的心忽然被撕裂——

线条分明的脸，深邃黑沉的眼，以及那充满力量和心碎的声音，让而立之年的男人周身充满了寂寞和沧桑的味道。

程潇坐在那里，一动不动，她感受到了顾南亭内心强自压抑的——爱而不得。

那种令人心碎的疼，她不忍多看一眼。

回去的路上，顾南亭把车速提得很快，目视前方的眼睛清明得没有丝毫醉意。风声、夜色都已沉寂，程潇一言不发，任由他把车驶向市区中心。

CHAPTER 4 千里之距，思念着你

我在面前，你看不见，那是心的天涯海角之距。

彼此思念，我在这里，与你就是千里零距离。

清晨。

跑步回来的冯晋骁来到卧室，阳光被阻隔在厚厚的窗帘之外，此刻床上酣睡的女人微翘着嘴角，眉宇间隐隐透出的媚态犹如餍足的猫。他俯身亲亲她额头，虽不舍，但还是把人从熟睡中叫醒，柔声问：“今天要飞吗？起不起来？”

萧语珩翻了个身，身上套的男士衬衫领口被扯得很低，她嘟哝：“停飞了。”

冯晋骁跨上床，贴着她躺下：“怎么回事？”

萧语珩不情不愿地答：“外场发病，没提前通知调度席，停飞三天。”

闻着她身上沐浴液的清香，冯晋骁在她肩膀亲一下，心情大好：“我怎么觉得顾南亭的这个决定是对我的奖励？”

萧语珩屈起胳膊使劲拐了他一下。

午后，冯晋骁要去警队，萧语珩回家陪萧素。明知她不愿意，冯晋骁还是执意把人送到了顾家别墅。大切停稳后，他倾身过来近距离地面对她：“我这么见不得人吗？还是你担心萧姨反对？要不我去说吧。”

“我是想我们才刚刚……等过段时间再和她说。”萧语珩稍显迟疑，“反正，昨天在电话里她也应该明白了。”

“明白是一回事，你告诉她是另一回事。”冯晋骁握住她手，“珩珩，怎么我觉得，我现在对你可有可无。是我想多了吗？我们之间，存在不稳定因素吗？”

也许，是我想多了。萧语珩回握他的手，微微一笑：“什么时候你不和我顶嘴了，不稳定因素就没了。”

冯晋骁牢牢盯住萧语珩的眼睛，像是要借由那双会说话的眸子读懂她藏在心底的秘密。然而，那眼底的无辜让他怀疑自己的直觉了。

希望是他想多了。展臂将萧语珩抱进怀里，冯晋骁贴着她的耳郭低语：“我不想你在我身边受委屈，那有悖于我哄你回头的初衷。”

双手在他腰际扣紧，萧语珩把脸贴在他颈肩，撒娇似的说：“是求我！”

“对，我求的。”冯晋骁抱她更紧，“所以别想跑，怎么都是我的人。”

萧语珩在他颈窝蹭了蹭。

笑意浮上嘴角，冯晋骁松开些许距离，想要吻她——

别墅的大门在这时打开，阳光下，顾南亭从里面走出来，冷峻的面孔上看不出半分宿醉的痕迹。

克制的吻印在萧语珩额头，冯晋骁捏捏她肩膀：“去吧，代我向萧姨问好。”

萧语珩点了点头，下车时顾南亭已行到近前，她像以往在家时一样，称呼他：“哥。”

顾南亭抬眼看她，表情淡淡，情绪不明。萧语珩就安静地站在他面前，像是要等他一同进门。片刻，听他吩咐了一声：“你先进去。”

顾南亭是个生性凉薄的人，但对她这个继妹的照顾却从来都是周到细致的。因此，尽管两人才因调古城基地的事言语不合，发生争执，萧语珩还是不会当着冯晋骁的面忤逆他。

等厚重的门把萧语珩的身影阻隔住，顾南亭的神色就冷了几分。他的手插在西裤兜里，目光锐利地盯着对面的男人，单刀直入：“我丑话说在前头，她再哭着来找我，别说是你，就连你们冯家，我也不会客气。”

原本这席话他碍于萧语珩憋着，如果她不再和冯晋骁有所牵连，或许他就准备憋一辈子了。无论作为上司、哥哥，或是任何什么关系，顾南亭都没想过做萧语珩的主。况且，他太清楚，萧语珩是不愿意让他知道的。

可是，不能眼睁睁看她重蹈覆辙。

冯晋骁从没质疑过顾南亭维护萧语珩的能力和决心，却也根本没把他当作威胁。俊朗的轮廓纹丝不动，他表明态度："作为兄长，你用什么方式护她，我都无话可说。但有一点我希望你明白，"他敛下眉目，"我挽回她不是为了伤害她。"

"你是告诉我你是出于爱？好，很好，我姑且相信你。"顾南亭微眯着眼睛，"既然如此，冯晋骁，就别怪我对你下手狠了。那是你身为她的男人，理应承受的。"

冯晋骁很快读懂他的话里有话，明火执仗地问："你想说什么？"

"我想说？不妨去问问你那位好嫂子，看看她对一个叫了她20年姐姐的人做了什么。"顾南亭冷笑，一字一句，"我真不想告诉你：你失去的，不仅仅是和珩珩分开的三年时间。换成是我，弄死她，都不足以泄恨。"

话尾处明显加重的语气，蕴含冷寒的恨意。冯晋骁神色骤变。

"我倒是有些好奇，你那位大嫂怎么在你们兄弟面前伪装下去。冯晋骁，我拭目以待。"话至此，顾南亭不再继续，把冯晋骁当空气晾在外面，转身走回别墅。

冯晋骁原地驻足片刻，上车离开。

两个男人的针锋相对，已持续6年。从前是暗潮汹涌，今天则是直言不讳地把矛盾抛出来，像是正面交锋的前兆。

萧语珩听到外面车子启动的声音，发去信息："你们说什么了？"

冯晋骁的回复很快就到："属于大舅子的忠告。"随后追加一条，"别担心，他吓不跑我。"

看来没在顾南亭那儿讨到好脸色。萧语珩淘气地鼓励："加油冯队，我看好你哦。"

萧素看着女儿难得开心的样子，欣慰之余又不免担心："你和晋骁又在一起了？"

萧语珩看看坐在对面沙发上低头看民航杂志的顾南亭。

顾南亭感应到她的目光，翻过一页杂志看她一眼："怎么，需要我回避？"

萧素太清楚继子和女儿的脾气，为免两人吵起来，她先出言责备萧语珩：“连你哥也瞒着了是吗？平白让我们担心。”

“我倒是没那份精力担心她。”顾南亭合了杂志扔到桌上，起身上楼，步上最后一级台阶时对萧语珩说：“这两天训练中心会通知你复训。复训后要是没改变主意的话，就准备去古城基地报到。”

萧素讶然：“古城？”

萧语珩气顾南亭在这种情况下让萧素知道她外调的事，没好气：“你真啰嗦。”

顾南亭就又啰嗦了一句：“我还没告诉素姨你是为了维护姓冯的才选择去，算是法外开恩了。”回应他的，是萧语珩远远丢过来的靠垫。

听到顾南亭关门的声音，萧素以眼神询问萧语珩。

萧语珩耍赖一样地扑进她怀里：“你别听他胡说啊，他就是想拆散我们。”

萧素打她一下：“南亭比我还心疼你，说这话也不觉得违心吗？”

萧语珩孩子气地告小状：“这回真是他不对，他逼我呢。”

继子的心思萧素何尝不懂，她相信顾南亭必然有理由。只是，女儿的心意和执念，她这个做母亲的，又怎会一无所觉？

“你和晋骁的误会都解释清了？你……”萧素欲言又止。

“其实，三年前他就把自己解释得很清。是我任性了，无论如何，不该因为和他分手就赌气大学都不念，工作之后又申请外派，让你担心。”

可那个时候，真的觉得过不去了。和冯晋骁恋爱两年，每次他回G市都去学校接她，为了让他了解她的学习环境，操场、食堂、图书馆，甚至是宿舍楼，萧语珩都带他去过。

那些有关冯晋骁的记忆，情好时是甜蜜，分手后就成了折磨。

萧语珩想要抹去。

只是那时她不懂，爱情的艰难在于：爱不由己。根植于心的东西是无法移植的。

冯晋骁听闻她要退学，连夜从A市赶回来，在劝不动她的情况下，失去冷静地低声吼：“你想我怎么样你说，只要你肯继续学业，我都依你。分手是吗？我同意了！”

他站在雨里那么久，换作以往，萧语珩一定心疼死了，可那天她一滴眼泪都没掉：“从前两不相欠，以后互不相扰。冯晋骁，唯愿今生，不再见。”

那时距离萧语珩提出分手已经一个月。从起初的不同意，到后来的妥协，从未输过任何人半根手指的冯晋骁生平头一回觉得无力。可她还是固执地放弃了学业，留下终身遗憾。

“我知道，因为姐姐的关系，你对我和冯晋骁的未来充满了担忧。现在你应该也不赞成我们在一起。可是妈妈，我尝试过放下，却没成功。所以我想，与其勉强不爱，不如再给自己一个机会。而且，他说他喜欢我。”萧语珩抬头，眼睛湿漉漉的，“妈妈，他喜欢我呢。”

相比叶语诺，萧语珩懂事较晚，和前夫叶亿离婚时，萧素最担心给她幼小的心灵留下阴影。所幸后来有顾长铭和顾南亭的引导照料，她的性情才没有明显转变。直到她独自去古城旅行后一发不可收拾地喜欢上冯晋骁，那种迷恋，让萧素开始隐隐担心，生怕对于爱情莽懂的她经受不了任何变故。结果一语成谶，她和冯晋骁终是没能走到最后。

萧素曾在事后找过冯晋骁。冯晋骁当时已经连续一星期没怎么休息，整个人疲惫又憔悴。他低头沉默，仿佛不知从何说起，很久，才哑着嗓子开口：“我确实隐瞒了和大嫂相识在先的事实，但绝对不是珩珩想的那样。我没考虑周全，是我的错，她怪我，我无话可说。但是，除了她，我心里没装过别人。”

然后就是长时间的沉默。

萧素相信冯晋骁的为人和担当，可因为叶语诺嫁进了冯家，她内心深处并不愿意让萧语珩再和冯家有牵扯，所以她临走时说：“既然已经这样了，晋骁，由着她吧。”

本以为萧素能来代表着还有转机，没想到竟是这样的结果。

冯晋骁倏地抬头，眼眸深处那仅有的一点儿光亮因萧素不回避的直视慢慢熄灭。

终于，他的心被抽空了。一如认识萧语珩前，空到一无所有。

然而这些，除了冯晋骁自己，连身为过来人的萧素，都无法体会。

“珩珩，你重新接受他是你的选择，妈妈不会干涉。妈妈要告诉你的是，你可以奋不顾身地投入一场恋爱，但永远记得，你是一个女孩子，一个值得你爱的男人，一定要能够保护你。既然重新接受了晋骁，在任何时候任何情况下，都可以倚仗他的保护。”

出于对女儿的疼爱，萧素可以不追究过去，甚至对于未来，只要是萧语珩认定的，她都乐于成全。然而，经顾南亭提示后，冯晋骁却心有不安。他直觉认为，萧语珩隐瞒了某些真相，而那个真相，才是导致他们分开三年的根源。

冯晋骁回了队里，工作期间接到一条短信，那端问：“伤怎么样了？哪天拆线？需要陪你过去吗？现在通话方不方便？”他没回复，待公事完成，驱车去海航办公大楼。

接到他的电话叶语诺很意外，听见他说：“我在海航楼下，劳烦大嫂下来一趟。”她脸色一僵。走出海航大厦，看见马路对面大切诺基里坐着的男人，叶语诺眼里瞬间闪过多种情绪。

她穿过马路，在驾驶席处停下来，看着那张近在咫尺的俊朗面孔，语气平稳：“什么事，晋骁？”

冯晋骁眉目不动，眼眸如同凝了冰雪。他推开车门下来，与她迎面而立，微微讽刺地说：“特意过来谢谢大嫂的关心。”

在他冷电一样的目光注视下，叶语诺神色不变：“我是听晋庭说起你受伤的事，所以才代为关心一下，毕竟他太忙，很多事情顾及不上。爸妈不在这边，我身为他的妻子，理应为他分担。而珩珩的脾气你比我清楚，如果被她知道我们私下有所接触，搞不好又要误会。”

这样遮遮掩掩，暧昧不明，才是容易引起误会。如果这条信息落在萧语珩眼里，又会是一场轩然大波吧。

“大嫂。”冯晋骁堪堪打断她，语气犀利，“现在大哥和珩珩都不在，就别打太极了。有什么话，我们直说。”

他的来者不善叶语诺感觉到了，她努力压抑着心底的惧意，用冷静粉饰自己，沉稳应对：“晋骁，我不明白你的意思。”

“你是真不明白还是装糊涂，你我心知肚明。从前没追究你到底和珩珩说了什么，是我被分手刺激得失去了理智和应有的判断。现在，你觉得我会善罢甘休吗？”刚毅硬挺的轮廓浮上冷寒的神情，让他浑身迸发出一种慑人的狠戾。

叶语诺的目光里涌起指责，但她克制着：“你既然不相信我说的，为什么不去问她？”

冯晋骁盯住她眼睛，直到叶语诺快承受不住，才冷笑了下：“我很奇怪，你哪里来的把握珩珩会一辈子守口如瓶？在你眼里，这是你们姐妹亲情的最后一点儿剩余价值吗？”

“同样是兄弟姐妹，我和她无法与你和晋庭相比。你和晋庭从小一起长大，感情深厚，我和她却只有6年的姐妹之情。在她萧语珩心里，顾南亭那个和她毫无血缘关系的哥哥都比我重要。晋骁，你又凭什么让我看重和她的姐妹亲情？”

“你又怎么和顾南亭比？”冯晋骁冷冷反驳，“顾南亭可以不惜代价地护她，你呢？你对她除了冷漠和嫌弃，还有什么？她一个6岁的孩子，在父母离婚后随母亲生活有什么不对？你们各自生活11年后，她依然会为了能够参加你的婚礼，远远地看着你出嫁感动落泪，可你，却连见她都讨厌吧？”

“也是我太天真太自负。”冯晋骁苦笑，“在看出来你不喜欢她的时候，就不应该抱有希望，自以为有能力修补你们的关系。直到她提出分手，然后退学，我本以为那是对她而言最大的伤害。但实际上应该不止这些。”话至此，他目光的锐利让人不敢直视，语气冷寒，“我再问你一遍，图图出生那天，你究竟和她说了什么，让她居然会怀疑我和你有染？”

叶语诺脸上的笑意退去，露出哭笑不得的神情：“当时你也看见了，是我摔倒在地，你却一再地质问我对她做了什么。晋骁，你能不能公平一些？怎么说我也是你大嫂。”

“三年前，我就是看在你是我大嫂的面子上才送你去医院。否则，即便身为警察，你的生死，你孩子的生死，与我冯晋骁何干？但结果呢，珩珩误会了我三年，甚至是现在，我都不确定，她是不是相信我了。而你，连一句真话都没胆量说。”

叶语诺站着不动，脸上的淡定却已经快维持不住：“如果你所谓的真话是让我承认对她做了什么，我无所谓。反正我说什么你都不信。”

她的否认和辩解在冯晋骁意料之中。他来之前也没指望从她嘴里得知真相，如果那么容易，他也不会现在还被蒙在鼓里。冯晋骁来，只是想告诉她：“你不说，我也不勉强。我不看你还得看我大哥的面，怎么都不能拿审讯那一套对你。但有句话我有必要先撂这儿：我好不容易才哄她回到我身边，不希望再有谁节外生枝。”

话至此，冯晋骁的手机忽然响起，看见屏幕上闪动的名字，他的神色瞬间柔和下来：“怎么了？”温柔的语气与前一刻的剑拔弩张形成两个极端。

话筒里萧语珩的声音有一丝紧绷，她问：“你在哪儿？”

瞥一眼身前的叶语诺，实话几乎到了嘴边，出口的却是：“队里。”

那边的萧语珩微一沉默，冷淡回应：“好，你忙。”然后径自挂断。

“珩……”冯晋骁没机会继续，听筒里已传来忙音。他心头一动，懊恼得险些摔了手机。无心再多说什么，他快速坐回驾驶席，启动大切前说：“我敬重大哥，作为他的妻子，叶语诺，我劝你，惜福。”

20分钟之后，叶语诺出现在海航总裁办公室外。冯晋庭的助理向来懂得察言观色，发现叶语诺眼睛微红，像是哭过，赶紧说：“冯总有客人，您稍等，我去通报一下。”

叶语诺阻止：“别打扰他，我等等没关系。”

助理退出去之后她就坐在休息室里静静地等，也不知道过了多久，迎面办公室的门打开，冯晋庭走过来。叶语诺起身投进他怀里，抱紧他腰身：“老公。”

冯晋庭微微皱眉，伸手揽住她，轻拍她的背：“怎么了这是？谁给我们家小诺委屈受了？老公给你做主。”

他从来都是这样温柔贴心的。

叶语诺备感安心，微微撒娇地说：“有你撑腰，谁敢欺负我。”

冯晋庭轻笑：“那怎么突然跑上来了？平时叫你上来共进个午餐都说影响不好，现在这是搞突然袭击查我的岗吗？”边说边拉开两人的距离，确认她是否哭了。

叶语诺退出他的怀抱：“才没闲心查你。刚刚和一个空乘发生了点儿不愉快，心情不好而已，现在没事了。”

冯晋庭听后微微一笑，如同长者一样安慰她：“空乘的工作压力很大，你作为她们的直接领导，多体谅包容一些，不要往心里去。”

叶语诺嗯了一声，拉着他的手轻问：“如果有一天我做了什么错事，你会原谅我吗？”

冯晋庭却像是完全不在意地说：“你会做什么错事？”见叶语诺仰着脸认真地看他，他才敛了笑，“你是我妻子，如果你做错了事，我也难辞其咎。小诺，你记得，无论什么时候，你都可以依靠我。”

叶语诺眸底潮湿一片：“我录下来了，你别想抵赖。”

冯晋庭把她鬓边的碎发别到耳后：“你呀，比图图还像个孩子。”语气中的宠爱让叶语诺忽略了他眼底一闪而逝的情绪。

冯晋骁没能如愿见到萧语珩。确切地说，那通电话之后，就联系不上她了，去了顾家，她也不在。

还有什么不明白的，必定是知道了他和叶语诺见面，加之又听了谎话，才避而不见。心中猜测被证实，冯晋骁有种风雨欲来的预感。思考过后，他对萧素说：“三年前我让您失望了。和珩珩之间，错都在我。但是萧姨，请您相信，我是出于真心。”

“晋骁，萧姨从没质疑过你的心意。”萧素隐隐感觉到两个孩子之间又发生了什么，她语重心长地说，“对于两个人而言，你情我愿，两情相悦，就是爱情。可婚姻牵涉的却是两个家庭。你应该明白，珩珩和小诺的姐妹之情还没坚固到能让他们在一个婆家和平共处。珩珩退一步和退一万步都是一样，小诺容不下她。萧姨就这么一个女儿，我希望你能护好她，别让她受委屈。不然的话，萧姨可就做她的主，否决你了。”

冯晋骁把最后一句话作为重点，忽略了萧素那句“萧姨就这么一个女儿”背后隐藏的秘密：“从前都是我不好，没有好好对她，以后不会了，请您放心。”

直到晚上，萧语珩的手机都还关机。冯晋骁找不到人，考虑过后编辑了一条长信息发过去：“下午的事，我说了谎。本以为是善意的谎言，看来是错了。直觉告诉我，当年你提出分手另有原因。我去找她，也预料到得不到想要的答案，可至少我得让她知道，我不是个宽容的人，如果是她在背后动了什么手脚导致我们分手，我肯定会翻旧账。珩珩，我希望你告诉我真正的分手原因，真心地原谅我，我想我们好好在一起。我知道你在生气，但是，别因此就对我失望，更别轻言分开。”

深夜，被冷落的冯晋骁去会所找萧熠，兄弟俩坐在吧台前不对外开放的私人空间喝酒。

冯晋骁把傍晚去海航的事说了，萧熠听完有点儿火起：“分了三年还不长记性，你活该。”

“那时候只是送叶语诺去医院，她都作成那样了。三年啊，说分就分，一点儿余地不留。我是怎么扛过来的？今时今日，我还敢说实话吗？”冯晋骁仰头干了一杯烈酒，“我就想和她在一起，别再横生枝节。有那么难吗？啊？”

换成自己或许也是同样的处理方式。男人啊，都太自以为是惯了。可萧熠还是忍不住打击：“不难。被你搞到今天这种地步，只能说明你的智商有问题。”

“对，我不应该放弃治疗。”冯晋骁自嘲，隔了一会儿，话锋一转，“那晚和赫饶有发生点儿什么吗？”

萧熠没正面回答：“对一个人执着久了，会成为一种习惯。我现在还不确定这个习惯是不是已经改掉，所以暂时不想培养新习惯。”在不确定心意的情况下，不能拿别人的真心以待来填补空白，那不是自私，是混蛋。

因为对方是赫饶，是一个相识近8年的女孩子，萧熠格外谨慎。

冯晋骁举杯：“祝你好运。”

萧熠和他碰杯：“自求多福吧你。”

酒局散时，临近凌晨，萧熠安排人给冯晋骁代驾，自己则留在顶楼的套房休息。冯晋骁没直接回家，而是让人把车驶向顾家。

前面拐个弯就到了，冯晋骁正准备再给萧语珩打个电话，一抬头，一辆丰田与他的大切擦身而过。由于两车速度都略有些快，透过降下来的车窗，他没能完全看清对方驾驶位上的人的面容，然而，瞬间的那个照面让他本能地警惕起来。

酒意尽散。

他倏地转过身体，记住丰田的车牌号，同时交代代驾的侍者：“调头。”

等代驾反应过来调转了车头，分岔路口早已不见了丰田的车影。

代驾把车停在路口，等了一会儿也不见冯晋骁说话：“冯先生？”询问的语气。

“送到这儿可以了，你回去吧，谢谢。”等对方拦了出租车离开，冯晋骁坐在车里给陆成远打电话：“车牌号GA2566，查一查。”然后回警局等结果。

清晨，陆成远把有关那辆车的资料送到冯晋骁办公室，看见他面露疲惫之色，笑言：“怎么像被嫂子赶出来无家可归的状态呢？”

“差不多是这个结果。”冯晋骁打开档案袋，看着看着眉头就皱了起来，“中南航空副总章程？他的车？”目光停留在程章的照片上，他可以确定昨晚的那个侧脸不是此人，“查一下他昨晚……”

“中南航空与萧氏达成合作，要开辟新航线，章程负责签约酒会的事，昨天傍晚飞A市了，预计明天的班机返回。”接到冯晋骁的眼神提示，陆成远领悟，“我去查查昨晚谁开了他的车。”

冯晋骁点头：“罗强那边安排得怎么样了？”

“万事俱备。”陆成远答得胸有成竹，随后迫不及待地问，“什么时候行动？”

冯晋骁的注意力似乎还在资料上，隔了半天才甩给他一个字：“等。”

对于某人的惜字如金，陆成远回以白眼。

三天后，萧语珩主动给冯晋骁打来电话，问他：“什么时候拆线？”

原本她始终不接电话，冯晋骁有点儿恼，毕竟他觉得自己解释得够清楚了，偏偏萧语珩一句话都没有，就这么晾着他，可见她惦记自己的伤，哪里还有气，赶紧说：“明天。”

“那下午行吗？我上午有例会要参加。”

冯晋骁答得特别痛快：“行。”刚想再说点儿什么，就听那边有人催萧语珩快点儿。考虑到明天上午要去训练场没时间接她，就约两点钟在医院碰面。

对于先前的冷战，萧语珩不提，冯晋骁也不多说，生怕再因此吵架。

第二天从训练场出来就已经两点了，怕萧语珩等急了，冯晋骁边往医院赶边给她打电话，结果关机。到了医院，萧语珩还没来，又等了40多分钟，她才匆匆赶来，身上穿着未及换下的空乘制服。

萧语珩微喘着解释：“开会时出了点儿状况，有个CC突然晕倒，手机又没电了，所以……”

冯晋骁的心放下，温柔地注视她：“我多等一会儿没关系，只要你来。”

发现他面孔上的疲惫之色以及此刻眼眸里的喜悦温柔，萧语珩忽然觉得这几天的别扭闹得很没意思，于是主动伸出手去握他的。

却在下一秒被冯晋骁反握住，然后听见他说：“下不为例。”

萧语珩自然明白他是在为那天说谎的事道歉，原谅的话却怎么也说不出口。

冯晋骁并不勉强，只是更紧地握住了她的手。之后整个拆线过程他都没松手，惹得医生都忍不住说：“担心留疤被甩了啊，也没破相嘛。”

冯晋骁难得地对不相干的人多解释了一句：“怕她担心。”

医生就安慰萧语珩：“你这男朋友啊，身体素质还真不错，用不了几天他这胳膊就能恢复到把你举起来都不成问题，我保证。”

就在这时，冯晋骁的手机响了，他听了一会儿，打断对方：“知道了，我马上回来。”转首对医生说：“麻烦快点儿。”显然是警队有事。

从医院出来，触及他蕴含歉意的目光，萧语珩懂事地说：“你去忙吧，我自己回去。”

冯晋骁期待地问：“回哪儿啊？”

萧语珩微微嗔道：“太晚的话就不等你吃饭了。”

冯晋骁笑着把她拉进怀里用力抱了抱：“等我。”

然而，萧语珩等到凌晨只等来他一通电话，说队里有事还在忙，让她自己睡。怎么回来的就怎么回去。次日，萧语珩如常出现在中南航空训练厅，开始复训。

在萧语珩参加为期一周的封闭式复训期间，冯晋骁应刑警队请求，把赫饶派过去协助那边办案，陆成远则全面接手新队员的选拔、集训以及老队员的考核工作。表面上，特警队在按部就班地完成例行训练，然而私下里，冯晋骁却忙得每天休息不到4小时。

关于丰田车一事，经过多日追查，只获得一条尚不确定与沈俊案是否有关的信息，就是通过刘同引见，丰田车主章程把中南航空一处仓库租给了云南珠宝商林立。

除此之外，暗访过程中，陆成远发现另一条线索：“章程和刘同是高中同学。”

冯晋骁正在书写的手一顿。

陆成远继续：“沈俊隐匿6年现身，丁成民就越狱了，刘同开始越权关注这个案子，章程和他是同学，还和姓林的富商认识，而这姓林的，”他盯着冯晋骁，“你是怀疑他和沈俊有什么关联？”

“当时视线不好，车速又快，我看得不清。”冯晋骁若有所思，“总觉得那个人的侧脸和沈俊有几分相似。”

陆成远讶然：“你是说姓林的是沈俊？”他拿过新鲜出炉的资料，快速浏览一遍：林立，38岁，云南大理人，珠宝鉴定行家，玉石集团董事长。

冯晋骁不确定："没有百分之百的把握。"

可陆成远太清楚冯晋骁个性，他从不轻易开口。神情严肃了几分，他拿手指点点资料："胆子不小，都敢招摇过市了，挑战我们的战斗力啊。"

冯晋骁神色不动："树大好乘凉，有中南航空作挡箭牌，轻易不会惹祸上身。"

陆成远一凛："这案子不会和中南航空有关吧？"

这回冯晋骁的语气和答案都是肯定的："不会。中南航空是顾南亭的爷爷和父亲两代人的心血，到了顾南亭，他16岁起就开始在自家公司实习，从最普通的员工做起，还考取了飞行执照。今时今日，以中南航空在航空业的威望和市值，顾南亭是疯了才会和贩毒扯上关系。"

陆成远表示赞同："也对。作为航空业最年轻的掌舵人，顾南亭已经名利双丰，没必要。"

可是——

被临时借调到刑警队，配合那边执行抓捕任务的赫饶在这时打来电话，向冯晋骁汇报："丰田GA2566出现在交易现场，刑警队正在追捕——"

冯晋骁霍地起身，眼神示意陆成远出发的同时，问赫饶："丰田行驶方向，你的位置……"

分秒必争，由冯晋骁指挥，陆成远带队的特别突击队两个小组的12名成员，在最短的时间内向赫饶提供的方向出发。

警笛声中，特警防暴车一路急驰。

20分钟后，数辆警车齐齐停在中南航空总部大楼楼下。

警笛戛然而止，暗沉的夜，瞬间恢复安静。

路上已和刑警队交涉完，警车一停，10名特警队员与刑警队一起，对大楼的所有出口进行布控，冯晋骁的要求是：收队之前，别让我看见有人从里面走出来。然后，他直奔中南航空20楼。陆成远、赫饶、两名特警队员以及刘同副局长紧随其后。

觥筹交错，人影绰绰，20楼的豪华宴会厅被多盏精致的水晶灯照射得如梦似幻，由无数鲜花布置而成的背景墙奢华雅致，耀眼的光束交织于一点，投射在整个G市备受瞩目的两位男人身上。

中南航空总裁顾南亭，萧氏掌舵人萧熠，两个G市最受瞩目的男人正举杯。冯晋骁带人来到会场，被推向高潮的酒会就此被打断，在场宾客及两大集团的高层全部退至顾南亭和萧熠身后，与冯晋骁等6人形成对峙的局面。

陆成远与赫饶默契到不需冯晋骁言语，在进入宴会厅后丝毫停顿都没有，各自带一名特警队员直奔两侧门厅而去。与此同时，不待顾南亭发话，中南航空的保安部长带人上前阻拦。

冯晋骁急步而来，视线掠过身穿宝蓝色抹胸礼服的萧语珩，看向顾南亭：“打扰了顾总，警方追捕一名犯罪嫌疑人至此，为了安全起见，要对整座大楼进行搜查。”

顾南亭把酒杯放在侍者的托盘上，因为手上用了力，玻璃轻碰发生的脆响在异常紧张的氛围下显得格外清晰：“中南航空的安保系统不敢说国内第一，也不是谁说想进来就能进来。”他瞥一眼被两名特警队员轻易逼退的属下，语有不善，“我这么多的客人在此，冯队为免太兴师动众了。”

明显感觉到顾南亭身上的冷意，萧语珩看过来，那目光中的不解和担忧让冯晋骁觉得抱歉，然而，迎视顾南亭透出敌意的目光，他掷地有声：“警察办案，顾及不周，打扰之处还请各位见谅。”说话的同时，以手势示意陆成远、赫饶强攻。

顾南亭心火骤起，倏地抬手。

“啪”的一声，侍者手中的托盘应声落地。

冯晋骁霍然抬手，精准地架住他手腕，声音很沉：“顾总！”显然不愿当众与他动手，一声“顾总”既是提醒，也有请他理解之意。

“南亭！”话音未落，萧熠已跨步站到两人中间，笑言：“我们合作开辟新航线已经是明天的头条了，还需要加料吗？”说话的同时，不着痕迹地展手推了冯晋骁一下。

冯晋骁顺势松手：“恭喜二位。”敏锐地听见咔嚓几声，他微微蹙眉。

顾南亭转首看向拽住他左手的萧语珩，给自己时间冷静。

冯晋骁的眸光在萧语珩的手上驻留，目光似有重量。

这样的注视让人感到一种逼迫的力量，萧语珩下意识要抽手，却被顾南亭反握住，他问："手怎么这么凉，冷了？"随即脱下西装披在她肩上。

冯晋骁目光陡然冷了下去。

醋意全开。

萧熠的眉梢随之压低。

静默间的对峙使得在场不知情的人感觉到了莫名的压迫感，众人面面相觑，眼里探究的意味明显，却没人敢出一言。直到赫饶从侧厅回来，现场才响起低低的私语声。

赫饶附在冯晋骁耳边说了句什么，抬眸时正对上萧熠的目光，她不动声色地移开视线。

陆成远也是无功而返，听完搜查结果，冯晋骁一双眼睛清明得可怕。

在他的眼神示意下，陆成远开口道："出现在案发现场的丰田GA2566现下就停在中南航空的地下停车场，有劳章程总经理和我们回警队协助调查。"

现场一片哗然。

顾南亭偏头看向身后侧的章程。

章程一脸错愕："我的车？"视线下意识地投向从进入宴会厅就一言未发的刘同。

刘同神色不变。

没有忽略两人的眼神交流，陆成远的声音已有些危险："请吧章总，有什么误会，我们警局里解释清楚。"

章程似乎不明白自己是怎么惹祸上身的："这，这是怎么回事？顾总？"

顾南亭若有所思。

"如果顾总有需要，我们也可以等到酒会结束。"冯晋骁抬腕看表，"一个钟头，够吗？"

顾南亭面色微愠："让警官们等，顾某过意不去。章程，快去快回。"

冯晋骁即时下达命令："收队。"然后侧首对陆成远低声交代了一句。

陆成远点头，目光扫过全场：“媒体朋友右边请。”

赫饶心领神会，带着两名队员配合清理现场记者偷拍的照片。

冯晋骁率先往外走，却在行至门口时忽然止步，扭头看向萧语珩。水晶灯折射的光线打在他英俊的面孔上，墨黑深邃的眸子一瞬不瞬地盯着不远处的女子，似要等她走过来。

修长挺拔的男人傲然而立，不声不响，一身清冷。

沉默地僵持。

视线停留在他绷紧的下颌线，萧语珩的心脏似是在一点一点融化。可是，就在她准备走过去的时候，冯晋骁已转身离开，没再回头。

片刻，彼此的身影，终被厚重的木门阻隔。

陆成远连夜对章程进行审问，得到的结果是：章程并没否认通过刘同把中南航空闲置的仓库租与玉石集团，至于他那辆丰田车，他表示不清楚为什么会出现这样的“巧合”。即便赫饶把用手机在案发现场抓拍的照片拿出来，他惊诧之余，依然坚持称：从未把车借与他人。而几乎整个签约酒会上的人都是章程的人证，证明他没离开过宴会厅。

通宵忙碌，一无所获。

难道是假车牌？冯晋骁思考该换个方向、换个套路查了。

从监控室里走出来，他面色平静地说：“既然和我们负责的案子无关，把人交给刑警队，请他们根据需要安排。”

交给刑警队就等于交给刘同，依刘同和章程的关系，这个安排，就有点儿意思了。

陆成远和赫饶对视一眼，点头。

临近傍晚，冯晋骁从警队出来去中南航空。等得没了时间概念，才有人流从楼里走出来，明明是一群人，且每人都穿着同款式的空乘制服，他却一眼看见了走在最后的萧语珩。

萧语珩恰逢此时抬眸，正好看见大切前站着的冯晋骁掐熄了指尖的烟，大步迎上来。

心脏有丝隐秘的跳动，萧语珩问：“什么时候来的？等了很久啊？”

冯晋骁牵住她手：“一会儿。”

同事的调侃声中，萧语珩随他上车。

路上，冯晋骁问：“想吃什么？”

萧语珩没马上回答。

冯晋骁从倒车镜中看她，她的眉眼，隐隐染着犹豫：“怎么了？”

半晌：“我复训通过了。”

冯晋骁单手扶稳方向盘，腾出右手摸摸她脸，似笑非笑：“又要飞了？”

“明天，飞古城。”萧语珩顿了顿，才把意思表达完整，“我调去古城基地了。”

“吱”的一声，大切猛地刹住。

冯晋骁偏头看着她，隐隐含怒：“什么时候的事？”等了一会儿不见她回答，他抓住她的手，“如果我今天不来，是不是都不准备告诉我了？”后车催促声中，他猛一闭眼，蓦地松手，重新启动车子。

一路急驰。

回到家，冯晋骁近乎粗鲁地把萧语珩拽进门，他脸色很难看：“关于叶语诺，我解释得不够清楚吗？你对我，能不能有点儿信任？调古城！半年还是一年？分手的前奏吗？”

萧语珩倏地抬眼，温暖晕黄的灯光勾勒出男人英俊的眉眼，可那面孔上的冷意却让她的心空寂一片：“我的信任就是纵容你的谎言！冯晋骁，我给过你机会。你和叶语诺站在海航楼下，你却告诉我你在警队。”

话一出口冯晋骁就意识到说错了，可男人的自尊不允许他马上放低姿态，尤其萧语珩还将他一军，语气更硬了：“机会？你那是试探！光天化日，车来人往，我选在那种条件下见面态度不明确吗？我是没说实话，可你不知道原因吗？以前因为她都闹成什么样了，我只是不想再经历一次！”

一个“闹”字犹如指控，刺激了萧语珩的神经，她口不择言：“你是不想再经历一次，还是想左右逢源？是不是非要我和她争一争，你才满意？！”

三年前认为他余情未了，三年后又说他左右逢源。

冯晋骁气极：“你何曾争过，你只会放弃！”

萧语珩张嘴顶回去：“有什么值得去争？！”

“我不值得？”冯晋骁心口泛起一丝愠怒，“对，反正没了我还有顾南亭，你萧语珩从来不缺下家！”

“啪”的一下，萧语珩狠狠打了他一耳光：“冯晋骁你混蛋！”

“是我混蛋，还是你对我刻薄？”脸上火辣辣的，冯晋骁扣住她手腕，盯住她弥漫泪意的眼睛，“现在知道被冠上莫须有的罪名难受了？我被你冤枉了三年，我什么心情，你从未想过。”一把将她推到墙上，薄唇猝然欺近，“萧语珩，你敢再离开我一次，看我还要不要你！”

然后低头，唇齿进占。

萧语珩挣扎，却挣不开他的强势。特有的男性气息伴随着深吻进驻她口里，冯晋骁的左手托在她后脑与墙壁之间，右手探进她衣服里，揉着她的背，顺着脊椎来到腰侧，扣紧，试图让她紧贴自己。

低沉的呼吸，热烫的体温，那属于冯晋骁的男性气息遍布她口鼻。忽然想到那一夜他的野蛮和蛮横，萧语珩羞愤地想要抄东西砸他。可手臂才抬起，就被他捏住，再动弹不得。

唇齿间纠缠的声音，越发地响。萧语珩被抚触的酥麻感，延伸至全身，心智瓦解前一秒，她忍了忍，没忍住，哭出声来。

太委屈。

冯晋骁顿住，却没松手。

终于不再压抑，萧语珩不管不顾地哭得像个孩子，挣脱束缚的双手更是重重打他。

她的哭声让冯晋骁的心一下子就软了。收拢手臂抱紧她，扣住她小小的后脑把她的脸按到他颈窝：“珩珩别哭，是我犯浑了。”

萧语珩不听，手脚并用地抗拒他：“放开我，我要回家，让我回家。”

冯晋骁不动不躲，边任由她打边认错：“是我不好，我不对，别走。”

萧语珩被困在他的怀抱里哭了很久，直到累得趴在他肩上，小声抽泣。

冯晋骁把人带到沙发旁，拉她坐到自己腿上，伸手过去擦她的眼泪：“我不该对你发脾气，可调古城这种事，你用通知的口吻让我最后一个知道，是不是也不对？”

“那你就能说那些混蛋话吗？”萧语珩推开他的手，倔强地转过脸去。

“你不是也说狠话，还打我了呢。”

“你活该！”

冯晋骁没再回嘴，只轻轻拍着她的背安慰，沉默了半晌之后捏住她下巴要她回视：“我……”却不知为何，失去底气似的声音竟然有些不稳起来，“不值得吗？”

那是谁，那么笃定地说：“无论我长多大，都会像现在一样喜欢你，直到永远。”

现在又是谁，再不肯说一句“喜欢”。

萧语珩终究是没有回答，眼眸里渐渐浮起的泪意让冯晋骁看得心尖骤缩。

算了，何必逼她。

看定她泪光闪烁的眼眸，没再执着这个话题。等萧语珩平复了，他下厨煮了两碗面。

看她低着头缓慢地吃，看她的眼泪眨落在碗里，冯晋骁的眼眶也酸得不行。他把手伸过去握住她的手，叹气似的说：“是我不对，说错话了。既然是公司安排，就去吧。”

那晚的最后，冯晋骁柔柔地抱住她入眠。萧语珩睡着后猫儿般哼着缩在他怀里，毫无知觉地贴着他轻轻地蹭。冯晋骁低头吻她的眉心，久久不动……

早上冯晋骁晨练回来，萧语珩已不在。

没留下只言片语，唯有床头柜上摆着一个盒子。打开，是一块男士手表，与萧语珩腕上那块是情侣款。

珩珩，这样的生日礼物，我很喜欢。

冯晋骁如释重负地笑了。

午后，G市飘起小雨。

细密的雨丝伴着秋风洒落下来，雾气朦胧中，天与地被裹进潮湿里，一片迷离。

发动机的轰鸣声就这样在小雨情调中袭来，大切以惊人的速度飞驰而去。可惜，查过航班时间的冯晋骁到顾家时，萧语珩已经往机场去了。

直到下了高架桥，那辆碍眼的卡宴终于出现在视线之内。握着方向盘的手默然着力，持续加速中冯晋骁果断超车。

顾南亭稳稳地扶着方向盘，完全没有因被追超有丝毫急切，或是不悦。确切地说，在看清大切甚为低调的牌照时，他忽然来了兴致，改以一种时快时慢的速度前行，俨然和冯晋骁较量起了耐性。

然而这一次，冯晋骁耐心有限。

在顾南亭对喇叭声充耳不闻时，冯晋骁骤然提速，超车成功后猛地调转车头，伴随轮胎抓地的刺耳声响，张狂霸道地横在卡宴正前方。

下一秒，卡宴在距离它不足20公分的地方定格般急刹住。

就这样，车流稀少的直行道上，大切硬生生逼停了卡宴。

至于陡然响起的撕裂耳膜的尖锐声，即便车窗紧闭，也依稀可闻。

时间仿佛于这一秒静止。保持着手扶方向盘的姿势，冯晋骁和顾南亭隔着雨雾对峙。

片刻，两车车门同时打开。

脚踩军靴、身着特警紧身T恤的冯晋骁迈着稳健的步伐直奔卡宴副驾而来，顾南亭也迎面向他而去。

两抹挺拔的身影在冰冷的潮湿里相遇，随着距离拉近，顾南亭运足了劲，一个快如急风的边腿就朝冯晋骁腰部踢过去。

冯晋骁迅速侧身避开，随即化守为攻，站直后集全身之力于右脚，毫不吝啬地回敬一记侧踢，腿风疾劲。

他的反应能力在顾南亭的意料之中。一脚踢空后，顾南亭立即收势，倒退两步后一个猛冲，右腿由低到高，直取冯晋骁太阳穴。

可惜顾南亭忽略了冯晋骁丰富的实战经验。

感觉到他腿风，冯晋骁利落地偏头，同时伸出双手格挡。

胳膊与大腿较劲，结果可想而知。

不过，在被逼退两步后，冯晋骁居然在转身后如法炮制地把同样的招式还给了顾南亭。稳住身形跨前一步，他将气力灌于腿上，由左到右，从顾南亭的肩膀、胸口，似急风暴雨般踢过。

场面顿时变得惊心，火了的两人每出一招儿都力若千钧，有种要置对方于死地的狠厉。而两人于漫天细雨里这样大动干戈，引得经过的路人停车观望。片刻工夫，就有了交通瘫痪的征兆。冯晋骁无心恋战，以一记直拳和接踵而至的回旋踢将顾南亭逼至副驾位置，动弹不得。

10个回合，胜负已分。

车窗适时摇下，干净的女声询问：“冯队不赶着送女朋友了，有时间在这儿耽误？”

居然是程潇。视线定格在那张陌生的面孔上，冯晋骁的神情如同岩石般深沉冷漠。

哪里会错过他眼底的情绪波动，顾南亭的心情莫名就阴雨转晴了。

他抬腕看表：“抢在飞机起飞前赶到的话，”似笑非笑的神情中有隐藏不住的幸灾乐祸，“有点儿难度。”

精短的发被雨水打湿，波动的心绪却就此按下。冯晋骁适时收手，转身朝坐驾而去，铿锵语声于空气中散开：“调她走是下下策，顾南亭，你输了。”

以往这个时候早该关机了，萧语珩却还在一眼一眼地看手机。

乘务长忍不住问：“怎么了语珩，等电话？”她抬腕看表，提示，“三分钟之后必须关机。”

萧语珩握紧手机。

终于，在最后一分钟，手机震动起来。

几乎是在瞬间按下接通键，那端的男人率先开口：“珩珩。”气息不稳，像是刚运动过。

萧语珩忽然哽咽：“你在哪儿啊？”

似乎是在边跑边说，冯晋骁微喘着问：“想我吗？”

都这个时候了，萧语珩没好气：“不是早上才分开吗？”

他带着几分霸道地说：“回答想还是不想。”

有那么一瞬的停顿，她说：“想。”

冯晋骁就笑了，以命令的口吻说：“下机。”

萧语珩一怔：“什么？”

“我进廊桥了，快点儿。”

距离关闭舱门只剩5分钟。

萧语珩冲出机舱，颀长挺拔的身影恰逢此时出现在廊桥尽头，向她疾步而来。明明隔着一段距离，却似乎能清楚地看到他额际的汗，性感得不像话。萧语珩笑起来，眼角晶莹的液体随着笑意滑落，她看着冯晋骁向她跑来，朝她张开双臂。

扑进他怀里的那一刻，所有的不安和委屈都消失了，眼里心里只剩一个他，一个自己用尽力气爱了6年的男人。

渴望的甜蜜，心中温暖而悸动。

双手在他腰间扣紧，萧语珩说：“我就知道你能来。”

冯晋骁紧了紧手臂，在她耳边轻声说：“我得亲口告诉你。”

萧语珩踮起脚，下巴勉强搭上他的肩膀：“什么？”

冯晋骁向后倾身，凝视她晕染喜悦的眼睛，低柔而坚定地说：“多久我都等你。”然后抬起右手，露出腕间她送的手表，“分分秒秒，共同拥有。”

他终究还是懂得她的期待。萧语珩在他深邃的眼里看到小小的自己，彼此的目光交融在一起，进驻到对方心里，成为唯一。

多希望时光就此定格，永远不要变。

萧语珩离开后，冯晋骁的生活又恢复了以往的单调枯燥，工作外唯一重要的事情就是和看得见摸不着的女朋友视频。可两人的作息都不固定，也不是每天都能碰面。

陆成远嘲笑他是伪单身汉，真光棍。

萧熠也调侃："古城，艳遇之都啊，珩珩年轻漂亮，邂逅帅哥的资本还是有的，到时候可就没你什么事了。"末了还同情一般拍拍他肩膀，"有魄力！"

甚至是向来不多嘴的赫饶都不解："这种相思苦吃得有意义吗？真不搞不懂你们男人。"

冯晋骁就问萧语珩："你说实话，心里是不是希望我不管不顾地把你强留下来？"

萧语珩刚洗了澡，头发还湿着，闻言笑眯眯的："我说是的话，你打算怎么强留我啊？"

"连夜飞过去把你接回来。"冯晋骁看着她红润的面孔，关切之语脱口而出，"去把头发吹干，小心感冒。"等她再次出现在视频里，他问，"从古城出港的所有航线你都会飞吧，哪天回G市？"

萧语珩把新到手的航班表给他看："这个月都不飞那条线呢。"

冯晋骁认定是顾南亭暗箱操作的："怎么这么满？不是应该一周最多飞4天吗？"

萧语珩微微笑："调查得很清楚嘛，琳琳告诉你的啊？"

"那天能见到你，多亏了她。"冯晋骁逗她，"要不是怕我女朋友吃醋，本想单独请她吃个饭。"

萧语珩挑挑秀眉，一脸的俏皮可爱："我不介意的啊，冯队有空儿的话，可以约她，反正她正失恋呢。"

冯晋骁被气笑了："你倒大方，男朋友都清仓甩卖了。"

萧语珩歪头看他一会儿，收起笑容，神情认真："我也就嘴上说说。"

冯晋骁静静地看她，半晌，他问："想我没有？"

本以为她会否认，结果："你有多想我，我就有多想你。"

冯晋骁站在落地窗前看万家灯火，皎洁的月色柔和了冷硬的侧脸线条，他嘴角隐隐含笑。

我在面前，你看不见，那是心的海角天涯之距。

相互思念，我在这里，与你就是千里零距离。

珩珩，如果这是爱情对我们的考验，我有信心等到你回来。

除了思念，女朋友不在身边也有好处，那就是，冯队可以全身心地投入工作。这天从省厅回到队里，他让手下通知赫饶到他办公室来一趟，警员却说："赫组长去训练场给新队员做演示去了。"

"做演示？"冯晋骁保持上楼的姿势没动。

自特别突击队组建以来，每年选挑新队员时都有老队员现场演示，目的在于让参训的学员亲眼看见，那些他们所谓的不可能实现的高难度训练，特别突击队里人人都可以完成。这是队里的传统，冯晋骁定下的规矩。

但赫饶毕竟是女同志，尽管她平时训练的成绩极为优秀，但冯晋骁从未安排过她做演示。他思考了下，问："早上有谁来过队里？"

警员眼珠一转："萧总来找过赫组长，但没见着。"

"没见着？"冯晋骁站在楼梯上笑了笑，忽然就改变了主意。他转身下楼，边往训练场去边给萧熠打电话："邀请你参观我们训练场，赏不赏脸？"

半小时后。

身穿训练服的冯晋骁站在军警实战训练场上，60多名警员正在接受实弹射击训练。

沈俊案虽没进展，但一年一度的新队员选拔却在如火如荼地进行。目前已有半数队员被淘汰出局，足见陆成远下手之狠。不过，冯晋骁最欣赏的就是陆成远带人的狠劲。毕竟，对于警察而言，多经历严酷的训练，在实战中就多了一分安全。

萧熠被一名特警队员带进基地时，恰逢陆成远底气十足地吼："左脚跨前一步，双手撑地，俯卧撑200个。准备——"

循着冯晋骁手指的方向，萧熠看见受训警员队伍最前端，距离陆成远两米左右的演示台上的那抹身影。

不是赫饶，又能是谁？

陆成远的注意力都在警员身上，还不知道老大来查岗了，口令喊到一半开始在那儿扯着嗓子训话："看你们精神头儿挺足，打靶之前先热热身。当然了，要是谁觉得200个多了，我可以酌情'减刑'。"然后把口令堪堪停留在了"一"。

警队和部队一样，做俯卧撑不是你随便什么速度稀里哗啦做完了事，而是要听统一口令。所以陆成远不喊二，大家就只能保持身体往下、手臂曲起的动作，不能撑起来。这样一来，做一个俯卧撑比平常做两个还要累。

减刑这种奇迹，就算这群受训的家伙傻到家，也不敢奢望。为了让他赶紧把金口里的"二"吐出来，他们只能违心地齐声回复："不多！"心里却把陆成远的祖宗八辈问候了个遍。

对于他们的回答，陆成远似乎是满意的，他居然笑了一下："不愧是精英，很好很倔强。我喜欢。"可惜他的笑意只停留在嘴角，接下来的话让人端机枪突突他的心都有了："既然如此，再加100。二——"

闻言，冯晋骁钦点的那名叫柴宇的警员控制不住地咬牙切齿地低声骂："比他妈特种兵还苦逼！"去年就听被淘汰的师兄说特别突击队的集训参照的是特种兵的训练大纲，他还嗤之以鼻，现下亲身经历这水深火热的训练，他信了。

陆成远好像没听见，面无异色地边喊口令边背着手朝队尾走过去。然后故技重施，在喊出"一"后停住，慢条斯理地坐在柴宇背上，看向做演示的赫饶，语气微沉："看见了吗？突击二组组长，赫饶。你们这群纯爷们要是承认不如一个女的，立马滚蛋！"

柴宇确实听说过特别突击队有位女队员，却以为是文职。此时此刻，他根本忘了胳膊就快被陆成远压断了，转首望向和他们一样训练了整个早上的演示员。众人也都一脸的不可置信，显然之前都没认出来训练服在身，又戴着帽子的赫饶是女性。

陆成远不再多言，直等到身下的人双手都发抖时，他才喊了"二"。

这回再没人多话，一个个都老老实实地跟着口令呼哧呼哧地做俯卧撑，直到手抖得犹如得了羊痫风。

"有谁觉得咱们大队要求苛刻，不近人情，那就对了。我们劳心劳力，费尽心机琢磨出这些妖招儿为的就是挑出你们中最蠢的，为警队卖命！”他指指训练场另一侧如常训练的队员，说得义正词严，“这里的每一个人都是从这个时候过来的，不怕告诉你们，我像你们一样毛都没长全的时候被收拾得比在场各位狠多了。如今换我站在这儿，你们说，不下点儿重手，我能过意得去吗？”

柴宇喘着粗气：“敢情您这是报仇啊？”目光却是瞥向和他们保持同样姿势的赫饶。

“没错。这就是——”陆成远身体用力，直接把他压趴在地，“睚眦必报！”

然后，口令持续：“一、二、一、二……”

直到所有人一个不差地做完300个俯卧撑，陆成远下达新命令：“100米满弹夹射击，时间1分钟，命中率达不到200环的，淘汰。开始计时！”

“靠！”伴随着一声声咒骂，受训警员迅速地组装面前被分解成一堆零件的枪。

冯晋骁不动声色地看向萧熠，萧熠却对他的目光恍然未觉，只盯着站在演示台前的赫饶。她手上的动作流畅、完美，快到几乎让人感觉眼前出现了叠影，在警员的枪都还没组装完成，她已经在校对，然后射击。

“砰砰砰”，不到一分钟，射击完毕。

再听警员那边，凌乱的枪声还在继续。

片刻，那边开始报靶，演示靶的成绩对于警员而言是匪夷所思的286环，参训警员则以柴宇的成绩为最高，也不过才206环，另外还有两人刚刚达到200环。排名最末的10位，直接淘汰。

在做俯卧撑做到手抖的情况下，286环的射击成绩，让被淘汰出局的警员觉得，那些在原警队自己引以为傲的绝活儿根本就是江湖杂耍。他们心服口服，沉默着走到黑板前，自行扯掉代表了集训成绩的小红旗，黯然离开。

即便没能踏上警队巅峰，依然对特别突击队的每一位队员心生佩服。经过冯晋骁时，他们恭恭敬敬地敬礼。

冯晋骁回礼。

休息期间，柴宇不顾身后新认识的兄弟低声起哄跑向赫饶。由于距离原因，冯晋骁和萧熠听不见他说了什么，只看见赫饶在他面前再次分解了枪械，在她重新开始组装时，受训警员纷纷围拢过去。

视线就此被阻隔。

冯晋骁慢条斯理地开口了："特警队这群如狼似虎的家伙不说个个都盯着赫饶，有非分之想的也不在少数。"拍拍萧熠肩膀，他提醒，"你还是早点儿下手，免得夜长梦多。"

萧熠没说话。

冯晋骁把赫饶喊过来，指指身旁的人："他有事找你。"说完就走了。

该感激冯晋骁给他创造机会，可偏偏心思统统放在面前仅一步之遥的赫饶身上了，萧熠忘了说谢。视线锁定她滚落汗珠的脸颊，他从西裤裤兜里取出一条质地极好的手绢递过去。

赫饶的目光停留在那条手绢上，身体倏地僵住。

她不接，萧熠也不收手，只问："还要否认吗？"

手绢无疑是她的。可是——

承认的话，赫饶说不出口。

她的动作太快，如果不是早有准备，凭萧熠的身手根本反应不过来。在赫饶伸手的同时，他抢先一步把手绢收回来。

没料到萧熠能快过自己，赫饶抓个了空，被扣住手腕的同时险些被他拉进怀里，微恼："萧总，请你自重。"

萧熠是个太过骄傲的人，即便在两年前失去贺熹，他也是不动声色。经过时间的沉淀，他本已愈发稳重。可赫饶一再回避，让他控制不住自己的情绪。说爱为时过早，不恰当。但埋在心底多年的秘密却让他急于寻找答案。只可惜，赫饶似乎并不愿意给他这个机会。既然如此，只能"强取"。

萧熠手上用了些力气，硬是将赫饶拉向自己。

赫饶是高手，连身为她师父的冯晋骁都不是三招两式能拿下她，更何况是身手平平的萧熠。所以为了完成这个动作，萧熠不得不用了蛮力。而这个动作，令在商业帝国跺一下脚都会对金融界有所影响的萧熠意识到眼前这个女人如果不肯“合作”，会很麻烦。

那么只好——

两人的脸隔着寸许距离，萧熠低声说：“这里认识我的没几个，倒是你，”他偏过头环顾四周，在无数道注视的目光下，将视线重新投射到她面孔上，“如果你不介意在你的手下面前拉拉扯扯，我是完全不在乎。”

赫饶这才感觉到周围无数的目光，不得不冷静下来，用巧劲摆脱萧熠的钳制，退后一步：“萧总不要欺人太甚。”

怀里空荡荡的感觉提醒萧熠，他身为男人与女人相比的力量优势在赫饶面前就是个零。忽然觉得自己有点儿窝囊，他禁不住自嘲地笑了笑，抬手摸了摸鼻子，略显尴尬：“我欺你？赫饶，你真是仗着身手比我好啊。”

赫饶却完全不顺着他的思路走，只坚持：“请萧总把手绢还给我。”

“还你？简单！”萧熠也不理会她的执拗，把手绢收好，微微一笑，“只要你告诉我它怎么会出现在我床上。别又想改口供说不是你的，那晚你喝醉了，我看见一条一模一样的在你口袋里。”

“你——”透着英气的美丽面孔瞬间红透，赫饶似乎不相信萧熠会说出这样的话，甚至不敢直视他的眼睛，难得地被噎了个哑口无言。

对峙几秒过后，她转身就走。

“不要了？”目光的落点是她的背影，萧熠轻笑，“那我可就不客气地用了？”

赫饶倏地停下脚步，然后如萧熠所料，她再次折返回来。只不过这次，她可不像先前被冯晋骁叫来时那样平静又无视他存在一样地走过来，而是三步并两步地疾步而来，一记刺拳朝他击去。

萧熠本能地一躲，就被赫饶钻了空子。她迅速逼近一步，伸出另一只手探向萧熠的西裤口袋，欲抢回被他揣进去的手绢。

萧熠当然不可能这样轻易地成全她。尽管没有章法和套路可循，但还是下意识地用手挥开了赫饶伸过来的手。赫饶不放弃，在化解了他的招式后继续以手进攻，只是始终没有动用腿力。而她的腿上功夫，是整个警队，包括冯晋骁在内，公认厉害的。

见两人从暧昧的肢体接触改为缠斗，没真正见识过赫饶身手的柴宇最先沉不住气：“队长，组长会不会吃亏？”说着就要过去帮忙。

冯晋骁立即递了一个眼神给陆成远。

柴宇就被拎回来了。陆成远手一指，把他定住：“原地站着别动！”随后扫了一群看热闹的警员：“赫组长正在给你们演示下一个训练科目——近身格斗，好好看着。”

他的表情极为严肃，说得跟真事似的，搞得那群被训得七荤八素的家伙面面相觑。尤其是柴宇，挠着板寸反应了半天，依旧一脸茫然。

赫饶最终还是没能拿回手绢。

她被冯晋骁千锤百炼出来的利落身手是用来对付匪徒的，当对象换成萧熠，她下不了手。何况萧熠是个精明的人，早已猜透她的心思，只守不攻。几个回合的对峙过后，见她一副不抢回手绢誓不罢休的架势，索性连守都不守了，躲也不躲地任由她朝自己招呼过来，逼得赫饶没办法再继续，只能收手。

“一条手绢而已，萧总喜欢的话，尽管留下。”不带什么感情地留下这样一句话，赫饶匆匆离开了训练场。

这一次，萧熠没再强留。

赫饶，我只想知道那夜是不是你，这对我很重要。

直到她的身影消失在视线之内，萧熠还站在原地。他微仰着头，努力回想那一夜，再一次挫败地发现，没有印象。

可除了她，又能是谁？

怎么会这样？怎么会？

如此出乎意料。

冯晋骁把两人在训练场大动干戈的事告诉了萧语珩，请示他家领导：“还要怎么做？”

萧语珩不愿萧熠错过赫饶，才让冯晋骁为两人创造机会，却没想到化学反应会如此强烈：“赫饶太怕表哥是退而求其次。她那么骄傲，绝不容许自己成为备选，所以宁可不要。”

如同三毛所说：如果你给我的，和你给别人的一样，那我就不要了。

冯晋骁思考了几秒：“男人的理智往往被误解为冷血，但其实，他们不会因为谁爱他久就回应以爱情，而是因为心里有爱，才心甘情愿对你好。”

是她一直以来渴望的告白，尽管不是斩钉截铁的直接。萧语珩还是因意外说不出话。

冯晋骁似乎也在给她时间消化，等了一会儿才说：“珩珩，你明白我的意思吗？”

萧语珩竭力平稳声音：“听不懂。不和你说了，我要出去，琳琳让我帮她买东西呢。”

冯晋骁笑了笑：“早点儿回来，别玩太晚。”似乎并不介意她的回避。

萧语珩故意气他：“怕我把你的卡刷爆啊？”

冯晋骁大方地安抚：“你男人实力还行，放心去吧。”

时间就在这样的彼此惦念中流过，转眼萧语珩已调到古城一个月了。

这天，萧语珩只有两个飞行任务，古城到K城的一个来回。晨起一切顺利，古城飞抵K城后，她在漫天小雨中给冯晋骁发信息：“落地，一小时后起飞。”

冯晋骁的回复在她起飞前姗姗来迟：“去临城开会刚下机，明日回。这几天古城多雨，会降温，穿厚点儿。”

萧语珩心满意足地关机。

这时，本次航班的最后一位客人也已登机。

男人穿纯色衬衫，配深色西裤，风衣随意地搭在手上，边走路边接听电话，神情显出几分冷淡，透出不容接近的疏离。

“知道。不必改时间，我今晚就到。”通话结束即时关机，他抬眼，视线触及萧语珩的面孔，神色显出几分意外。面对她的工作问候：“欢迎乘坐中南航空班机。”原本蕴含冷意的眼眸有了些许温度，他说：“你好。”

竟是上次在K城和她同乘出租车又被她弄脏西裤的男子。萧语珩记得，谷都经理林业告诉她，他姓林。

很快地，舱门关闭，飞机滑行，起飞，进入平飞阶段，空姐们开始为乘客发放午餐。

“您喝点儿什么？牛奶？好的，您呢——”随着低沉悦耳的声音渐近，闭目养神的林先生睁开眼睛，视线投在不远处的女人身上，神色不明。

直到萧语珩来到他座位旁，亲切地问：“先生您喝点儿什么？”他才收敛了眼里的探究之意，神色如常地说：“咖啡，谢谢。”

“请您稍等。”萧语珩转首对身后不远处的空姐说：“菜菜，我这边加咖啡。”

蔡婷婷回眸一笑，愉快地应：“马上。”然后侧身越过手推车要去厨房取咖啡。

或许是心急，也可能忙起来疏忽了，手推车的刹车似乎没放好，在蔡婷婷离开时，手推车随着飞机的运动缓缓地向后滑行，然后速度越来越快。当她意识到不对的时候，眼见着手推车朝着萧语珩而去。

惊呼脱口而出：“语珩！”

萧语珩循声回头，却在瞬间被一只有力的手臂护住了腰，当她看清是手推车冲过来时，未及转正的身体已被突如其来的手推车冲动撞得踉跄了一下，如果不是腰间的手臂替她挡了一下，肯定会被直接撞倒。

萧语珩赶紧伸手推开手推车，“你怎么样？”

蔡婷婷吓得花容失色，冲过来：“语珩你没事吧？这位先生，对不起对不起啊……”

林先生适时收手，活动了下手臂：“没关系，充其量肿两天，残废不了。”

他的幽默让蔡婷婷舒了口气。

乘务长闻声而来，蔡婷婷意识到大祸临头了，没想到见义勇为的林先生居然替她说情：“没关系，是我想借此表现一下，认识萧小姐，否则完全是能躲开的。”

萧语珩略显尴尬：“林先生又开玩笑了，我们不是早就认识吗？”

心知谷都经理把自己的名字告诉了萧语珩，林先生因她记住自己，唇边笑意晕开：“所以我只是帮了朋友一下，是应该的。”

推车事件就此平息，至于蔡婷婷会受到怎样的惩罚，那就由中南航空的管理制度决定了。但因客人不追究，还不至于有多严重。

飞机准时抵达古城，林先生最后一个下机，走近萧语珩时脚步明显慢了下来。

萧语珩问：“手怎么样，需要去医院吗？”

“暂时还不用。只是，”他望着萧语珩笑，“不知道萧小姐愿不愿意把手机号码留给我，万一有什么后遗症，我也好找你报医药费。”

他这么说，萧语珩没办法拒绝。

等他的背影消失在视线里，蔡婷婷凑过来，笑嘻嘻地说：“这人对你很有意思啊。你家那位该有危机感了吧？”

“就你想法多。”萧语珩掐她，顺势把手里的名片塞给她，“你有意思的话就主动出击。不过小心小飞让你跪遥控器哦。”

名片设计简约大气，除了特殊的标志图案外，没有明确的职衔介绍，只印了：丽江玉石城，林立，和一个手机号码。

蔡婷婷看了看，笑着把名片扔进了垃圾袋：“我家小飞不喜欢我和陌生人说话。”

林立并没有真的打电话来，就在萧语珩快把这个人忘了时，却在音乐火塘里再次遇到。对于这个男人，萧语珩莫名有些防备，因为不愿再有交集，她几乎想起身就走，林立却已经看见她，径直而来，并绅士地伸出手：“真巧。”

萧语珩只是把目光移过到他手臂上：“看来医药费我可以省了。”

林立也不觉尴尬，转手示意她座，附和她的幽默：“别高兴得太早，单据我还随身携带着。”动作转换得像刚刚并不是要和她握手一样自然。

萧语珩失笑。

林立一同落座，许久都没有要走的意思，萧语珩无话可说，只偶尔应和他一句，林立似乎没觉察到她的冷淡，只在乐队换歌后，外露出伤感的情绪："我认识的一位朋友很喜欢这首歌。"

萧语珩偏过头。

眼角余光感应到她的注视，林立专注地望向舞台，似乎是想到什么有趣的事。他慢慢勾起唇角："听见她唱，我记住了歌词才查到歌名，这几年总是单曲循环。"

萧语珩手撑着下巴，认真倾听的姿态。

林立抿了一口酒，然后温柔一笑："她和你一样漂亮。"

他这样说，萧语珩自然理解成这是一个爱情故事，而他虽然面上笑着，但眼里的伤感却是沉重而真实的，她潜意识里觉得这个故事的结局不好。

林立仰头干了整杯："她歌唱得很好，我却从没静下心来仔细地听她唱完整首。都怪那时候有太多的事情要忙，把她错过了，"沉沉的叹息声代表了他有多遗憾，"没想到，一转身，就是一辈子。"

世间本就有太多无法如愿的爱情，彼此错过的故事不足为奇。可萧语珩还是好奇："她现在在哪儿，你们有联系吗？"

远在天边，近在眼前。却不能说。

"在古城。"林立专注地盯着她看，像是要把她刻在心里，"不过，她和男朋友感情很好。"

原来如此。

有时爱情，只是一道风景，能观赏，却不能占为己有。萧语珩只能安慰："也许是缘分不够。早晚有一天，会遇到最好最适合的。"

是吧，我也这样认为，不可能有结果。可心里，总是难免有那么一丝奢望。

或许真的是，越是得不到的，才越放不下。

触及她眼里动人的光，林立不禁想起6年前古城深巷遇见的女孩。可是，他涩然一笑，在心里再一次告诫自己：离她远点儿，你们不是同一世界的人。

他眼眸里的类似遗憾，又像悲伤的情绪让萧语珩不知该如何继续这个话题。她转首望向窗外，在熟悉的乐声中，思念起那个远在千里之外的男人。

仿佛是心有灵犀，冯晋骁在这时打来电话，知道她独自一人在酒吧，语气透出不悦："现在就走，20分钟后我往你宿舍打电话。"

萧语珩故意说：“你不来接我我今晚就不回去了。”

电话那端的男人喝了一句：“你敢！”转瞬又缓和了语气哄她，“听话珩珩，别让我担心。”

萧语珩心里甜蜜，很乖地说：“知道了，这就走，一会儿用宿舍座机打给你。”

任由萧语珩埋单离开，林立没再多说一句，只是在目送她时，眼前的背影和深巷里那个跑远的身影忽而重合。端起那杯喝剩的果汁送到鼻端，像是在回味着什么，然后慢慢地，林立的脸色越来越沉。

之后就时常相遇。不是在酒吧，而是在飞机上。每次他都表现得磊落而绅士，除了上机时打招呼，下机时问萧语珩需不需要送她之类的礼貌又寻常的话之外，没有任何过分的举动和表示。而他又是生意人，满世界飞并不奇怪，萧语珩自然不会多想。在调去古城两个月时，她的戒心慢慢放下，接纳林立为普通朋友。

萧语珩终于能回一趟G市了。为了给冯晋骁一个惊喜，事先并没有告诉他。

林立和她同一航班，下机时和她攀谈几句：“今天还回去吗？”

“要停留两天。”

“男朋友来接了？”

萧语珩笑而不语。

林立挑眉，了然于心的感觉：“好吧，再见。”

工作处理完，萧语珩去休息室等楼意琳。那家伙一过来就审问她：“菜菜说你邂逅了一个帅哥，怎么回事，冯晋骁要下岗了吗？”

萧语珩失笑：“你才下岗。”

“我还没再就业呢。”

“给你介绍一个，要不要？”

“要！”楼意琳一改之前的严肃，笑眯眯的，“果然是我亲姐妹。”

“死样。”

楼意琳耍赖似的抱住她："想死我了，去古城逍遥也不带我，好坏好坏。"

萧语珩笑着推她："又来了，没男朋友就骚扰我，太讨厌了。"

楼意琳嘿嘿笑："那男人谁啊，菜菜怎么说人家为了巧遇你没事就坐我们公司飞机玩啊。冯晋骁知道你给他弄了个土豪情敌吗？"

萧语珩作势掐她："他给你什么好处了，让你成天看着我？"

楼意琳笑着躲："他说等你回来给我设宴啊，我当然就倒戈啦。"

"没义气，一顿饭就被收买了……"话没说完就被手机铃声打断了，她接起来，竟然是陆成远，问她在哪儿，说他到机场了。

萧语珩一怔："接我？你怎么——"然后恍然大悟，踢了楼意琳一脚，"是不是你告诉冯晋骁我今天回来的？"

楼意琳很无辜："他前两天打电话管我要你的航班表，我就给他啦。"

难怪某人对她的作息那么清楚。萧语珩对这个叛徒无语了："你可真欠。"

楼意琳撇嘴："还有更欠的呢，我这就告诉冯晋骁你在古城艳遇了。"大声地念出刚编辑好的信息："你女人被盯上了，警惕。"

萧语珩都被气笑了："你少胡说八道。"

楼意琳居然真的按了发送键。

冯晋骁和萧语珩久别重逢，楼意琳当然不会跑去当灯泡。况且萧语珩还要在G市停留两天，时间充裕得很，两人约好第二天见面，然后各回各家。

冯晋骁人在省厅，陆成远一路都在说在她不在的这段时间里骁爷是如何思念她，如何心绪不佳、暴躁易怒，把身为手下的他们折磨得如何辛苦，惹得萧语珩忍不住笑。

陆成远继续爆料："嫂子，你可别说是我说的啊，他办公室抽屉里还收着你的照片呢，我好几次进去都看见他拿出来看……"

他爽朗的笑声中，萧语珩微微脸红。

下了机场高速，一路说笑的陆成远沉默下来，他时不时地看一眼倒车镜，在进入市区后对萧语珩说："嫂子你开一段，我胃疼。"靠边停车后，猫着腰捂着胃下来，一副病快快的样子。

萧语珩边换到驾驶席边问：“要不要去医院？”

“没那么娇贵。”陆成远一面目光暗沉地盯着倒车镜，一面发信息，收到回复后他转首告诉萧语珩，“老大迫不及待了，让我们直接去省厅。你说说他，真是不淡定，哈哈。”

听说去省厅，萧语珩有不好的预感。但她只是悄无声息地变道，没有多问。

陆成远和萧语珩说着话，眼睛却一直盯着倒车镜。直到距离省厅只剩一条街，从机场一路尾随的黑色轿车才消失不见。

到了省厅门口，身着警服的冯晋骁已经在等了。本就高大的身形被警服衬得更显颀长挺拔，五官依旧深刻俊朗，唯有目光比以往任何时候都要炽烈。萧语珩手上解着安全带，眼睛一瞬不瞬地盯着他，看他一步步走近，每一记脚步声都伴着她加速的心跳。

冯晋骁看着近在咫尺的女孩，身上的空乘制服和利落的盘发愈发显得她气质稳重，然而，精致的妆容却遮掩不了眉眼间的灵动之气，那双狡黠的眸子，璀璨如星辰。

自制如冯晋骁，到底没能把持住。

迎面而立，他情不自禁地伸手抚向萧语珩脸颊，说：“好久不见。”

这人真是，话只说半句，说句“十分想念”那么难吗？

萧语珩把手覆在他手背上，微微嗔道：“是啊，好久不见，都有点儿陌生了。”

冯晋骁无声笑开，旁若无人地展手把人捞进怀里，抱紧：“那就先熟悉熟悉。”

陆成远吹了声口哨。

熟悉过后，冯晋骁把萧语珩的人和行李“移”到自己的座驾上，神色无异地和陆成远开了两句玩笑，自各离去。对于先前陆成远被跟踪一事，彼此心照不宣。

发现不是回家的路线，萧语珩问去哪儿。

冯晋骁看她脸色就知道她发现了什么：“时间还早，吃了晚饭再回去。”单手扶着方向盘，他用右手握住了她的手。明明是夏天，她的手却是冰凉：“没事。”

有他在，任何事，都不是事。萧语珩笑望他，满心依赖。

她眼睛那么亮，冯晋骁不禁倾身吻了她侧脸一下。

萧语珩一惊：“还在开车呢。”

冯晋骁就笑：“你的意思是停下来继续？”

萧语珩捶他一下：“专心开你的车吧。”

冯晋骁单手扶方向盘，用右手摸她微微泛红的脸：“你打扮得这么漂亮，我专心不了啊。”

两人就真的去餐厅吃了晚饭，冯晋骁还破天荒地陪萧语珩去市中心逛商场，甚至耐心极好地帮她挑选裙子。相携而行的样子，完全一副热恋中情侣的样子。

回去时天已经完全黑下来了。似乎是为了节省时间，冯晋骁抄了近路。结果大切和他作对一样，居然在一条暗巷熄火了。冯晋骁没急着下车，只是把车灯打开。

片刻，两辆黑色轿车从后面驶来，相继停在距离大切不远的地方。冯晋骁下车的同时，对方的车门也打开了，6名持械男子先后下车，朝他而来。

深巷两旁低垂的柳树枝条在夜风中轻轻拂动，昏暗的路光下，男人此时脱了警服外套，上身只穿着衬衫，姿态沉静地走到距离大切车尾一米左右的地方就停了下来。

这几乎给人一种错觉，冯晋骁顾及车内的女友，不敢离开太远。

跟踪了一路，终于寻到机会下手的匪徒个个身材魁梧，面露凶相，手中拿着致命性的武器。不过，不是枪，而是刀具。他们的心理素质也很不错，向冯晋骁逼近时不但没有表现出丝毫被发现的紧张，反而步伐整齐一致，唯有握着刀具的手因为用力，手背上青筋凸起。

当6名匪徒一齐挥刀而来，冯晋骁手速极快地探向腰际，拔出了配枪。

没有半分犹豫，他直接扣动扳机，子弹破膛而出，穿过空气精准地击中其中两人的手腕。痛呼声中，另外4人的刺刀已砍向他身体。

距离太近，不适合用枪，冯晋骁迅速侧身闪躲，避开对方一击。对方显然是受过专业训练，身手并不逊于冯晋骁，虽说没占到明显的便宜，也是步步紧逼。幸而冯晋骁是格斗高手，不仅自身身手敏捷，更擅长在交手过程中向对方学习，闪躲腾挪间摸清了对方的路数。

发现其中一人力大气猛，但反应不够灵活，下盘不稳，冯晋骁看准机会一个扫堂腿，把对方踢倒在地，随即矮下身再赏他一记枪托。起身的瞬间再来一记直拳，朝一名距离他最近的歹徒的面部击去，然后一个后摆踢在欲向他进攻的另一人的太阳穴上，当场把人踢昏。

冯晋骁的单兵能力可以说是坚不可摧，然而身后的车上还坐着一个人，他不得不分心照应，在彻底解决了三人后，先前被子弹射伤手的两人和另一人已冲向了副驾位置。

果然是冲着萧语珩而来。冯晋骁正欲回身，发现巷尾居然又冲出来几人，他以枪托重重砸了一下大切车尾提示车上的人小心应对。

在歹徒伸手要拉车门时，车门忽地被一股大力从内向外推开。歹徒获知的消息是车上坐着的是手无缚鸡之力的空姐，一时不防，被重重撞倒在地。不等他们反应过来，副驾位置上下来的女人已如平地一阵风般抬腿向他们踢去，脚风疾劲，力道很猛。

竟是赫饶。

场面一时有些混乱，冯晋骁被围攻，这边赫饶也与人缠斗起来。之前为免对方起疑，赫饶在萧语珩试衣服时换了装，现下与人大动干戈，多少有些不便。不过，此时哪里还顾及得了这些，为了缓解冯晋骁的压力，她出手愈发狠。仿佛是要借此宣泄被萧熠“逼”出的埋藏多年的无奈和苦楚。

赫饶的状态冯晋骁再清楚不过，否则先前与她假装情侣时他就不会交代没有他的指令不许赫饶贸然下车。但他毕竟还是对赫饶的身手和心理素质有信心，师徒间的默契更是无懈可击。他们在攻防间快速向对方靠近，然后把自己最为脆弱的背部留给了对方，背靠背，全力应对面前的杀手。

前面，冯晋骁偏头避开对方拼尽全力的一拳后向左移步，右脚钩住对方的脚将其拉倒在地；后面，赫饶滑步，侧身防守时，提右脚直踢向歹徒的膝盖——

陆成远从商场后门把萧语珩接走送去警队后赶到时正好看见这一幕，不禁在心里赞了声漂亮，然后打手势示意身后的警员。

援兵到，冯晋骁和赫饶的压力顿时被缓解。赫饶无意抽身离场，如果不是冯晋骁展手把她拉至自己身后，她向歹徒逼近的过程中手臂会有95%以上的概率被侧方斜刺里挥出的长刀刺中。

赫饶冷静下来，退后几步，抬眼看向冯晋骁。

冯晋骁盯了她一眼，转首看向全副武装的手下："动手！"

随着他的一声令下，见势不妙四散欲逃的十几名歹徒们眨眼之间就被全部制伏。

赫饶负责押解歹徒回警队，上车前却被陆成远叫住，回身时，身上就被披上了冯晋骁的警服。陆成远看了眼站在大切前打电话的老大，拍拍赫饶的肩膀，安慰尽在不言中。

警车先行一步离开，巷子里恢复宁静，陆成远屈起十指敲敲大切前盖。冯晋骁没心思关注座驾被歹徒用刀砍出几道痕迹，他思考了几秒，扒了扒如墨染的短发，懊恼："错了。"

陆成远一时不明："怎么？"

冯晋骁把让手下留下的一把长刀递到他面前："如果他们否认跟踪，咬定目标是另一伙人，我们充其量也就治他们一个持械聚众斗殴。"

陆成远盯着那把刺刀看了看，也恍然明白过来，之前他们怀疑跟踪的人是受沈俊指使，意图绑架萧语珩，结果歹徒分两伙先后出手，又都只是持刀，就算查出他们背景不干净，也很难和沈俊牵扯上，反会因为他们的警觉过高而打草惊蛇。

陆成远也意识到事情复杂了："现在怎么办？"

冯晋骁沉默片刻："审了再说。"

确认冯晋骁毫发无伤地回了警队，萧语珩悬着的心终于放下。等冯晋骁处理完工作已是深夜，累极的萧语珩趴在他办公桌上睡着了。看着她沉静的睡颜，冯晋骁忍不住低下头来，萧语珩偏偏在此时侧了侧头，那一吻便恰好印在她嘴角。

唇边笑意渐浓，冯晋骁再不迟疑，衔住她微启的唇。

濡湿的吻，麻痹了彼此的神经。

然而，小别胜新婚，哪里是一个深吻能安抚得了的?

离开警队，大切才在车库停稳，冯晋骁放下手刹，俯身向萧语珩。解安全带的同时，火热的唇就压了下来，直接噙住她柔软的唇，强势而辗转地深深吻住。

他的欲望从来都是强烈而直接，灼烧得萧语珩的理智碎了一地。她沉溺而不可自拔，双手像是有自己的意识一样把冯晋骁的衬衫扯出腰际。

冯晋骁一只手抚上她的胸口，另一只手探向她制服里，在她腰部来回用力地抚摩，那光滑柔的触感令他的动作愈发激狂。

火辣的吻一路持续，萧语珩的制服纽扣被一颗颗解开，迷乱中感觉到冯晋骁的唇吻过她的耳郭，舔过她的下颌，然后在她敏感的颈窝，烙下一个个深吻，随即座椅就被放平了。

萧语珩一阵轻颤，终于难耐地嘤咛出声。冯晋骁勉强抓住一丝神志，准备带她回家。

他的衬衫已经被扯得乱七八糟，萧语珩的手正好落在他结实的胸肌上。他一动，她立即抬眼，对视中触到他眼眸里情热时才有的氤氲雾气，那样狂野痴迷的目光，沉沦了萧语珩所有思想。微微抬身贴近他，她凑近他耳边坚定地鼓励："在这儿吧。"

简单的几个字，蕴含火热的气息。

身体彻底被点燃，冯晋骁深深地看她的眼睛。

"不舒服就说。"他的声音近似耳语，话语间，头已经轻轻地俯过来，脸贴上萧语珩的，紧随其后覆上来的，还有他赤裸的胸膛。

一个硬朗，一个柔软，肌肤相触，轻轻摩挲，如同电流一样流窜在血液，令两人的呼吸都有些不稳。尤其是冯晋骁，他重重地喘息出声，仿佛要把萧语珩吞噬入腹一样吻下来。

呼吸被夺去，萧语珩只能从他口中获得氧气。她浑身被压住，在大切有限的空间里，热不可抑。身体更在他干燥掌心的抚摸下，被一波强过一波的热浪袭击，神思迷乱。

以往冯晋骁都是狂野激烈的，可今晚面对这样乖顺热情的她，他难得怜惜地慢下了动作，贴在她耳边低哑地问："还好吗？"身体却不舍得离开，眼神更是灼热逼人。

萧语珩把手抚在他腰间温柔无比地揉，喉间溢出一声声的呜咽，惹得冯晋骁频频低下头，在她沁出汗珠的眉间点点地亲。没过多久，萧语珩改而搂住他的脖子，趴在他颈边求："晋骁哥哥……"

古城的第一夜，萧语珩因紧张和羞涩才这样一声声地叫他。此时此刻，冯晋骁被这一声久违的称呼叫得整根颈椎骨都麻掉，俯身抱紧她，他低而痛快地吼了出来。

风浪过后，冯晋骁低头看向缩在他胸口的小女人，只觉此刻的她无力的样子可爱得紧。手指温柔地抚过她发间，他像对待珍宝一样亲亲她额头，放柔了声音问："冷不冷？"

怀里的萧语珩一点声响都没有，只是更紧地贴向他。冯晋骁为她整理好了衣服，带她回家。温柔的大床上，两人面对面地躺着，轻轻地说话。明知道和温馨宁谧的气氛不符，但萧语珩还是忍不住问："上次的事，确定和我哥没关系吧？"

自然明白她指的是上次酒会上带走章程的事，冯晋骁抚着她的头发："也和章程无关，对方用了假车牌，正好他撞衫。不是告诉过你是误会吗，还问。"

"谁让你那么兴师动众了。"萧语珩显然不信，"不过我相信我哥，也相信你。还有今天的事你也不会多说是吧？"说着往他怀里挪了挪，"算了，反正有你，我才不怕呢。"

"这就对了。"冯晋骁低头亲亲她鬓角，话锋一转，"楼意琳那条信息是什么意思？”

萧语珩把脸贴在他胸口：“什么意思都不是，你不相信我啊？”

冯晋骁煞有介事地叹口气：“我的珩珩年轻又漂亮，就这么搁外面，还真有点儿不放心。”

萧语珩困极，嘟哝：“那你可得看紧点儿。”伴着他有力的心跳声，缓缓睡去。

冯晋骁心满意足地搂紧她，微微嗔道：“避重就轻。”

CHAPTER 5 在人群中，我注视你

6年很长，我们都发生了很多变化；6年也很短，我出现在你的生命里就那么一瞬间。

我隔着一个世界的距离，在人群中，遥遥注视你。

事情果然如冯晋骁所料，被抓的两伙匪徒口径惊人地一致，一口咬定与对方有过节，是冲着对方去的。至于攻击冯晋骁，则是由于他突然出现在暗巷，让他们误以为是对方的人，同时也把萧语珩撇得一干二净，称因当时没占到便宜，发现车上坐着个漂亮女人，才准备抓了要挟对方。经特警队调查，这些人确实如他们所言是两个地产承包人的手下，为了争一个工程有过摩擦。

于是，特警队不得不把这种“持械聚众斗殴”的“小案”移交刑警队。

与此同时，冯晋骁把陆成远和赫饶叫进办公室：“把消息放出去，以罗永的名义送罗强一程。”

赫饶有种风雨欲来的压迫感：“刘同应该很快就会有动作。”自从章程的车莫名出现在顾家别墅和案发现场后，她就开始暗中关注刘同，已发现异常。

陆成远思考了下：“如果他是内鬼，一切就合情合理了。沈俊重现江湖，丁成民越狱成功，说明两人以前有过合作，通过老同学章程的关系促成林立租用中南航空的仓库，再用假车牌把我们的注意力转到顾南亭身上。”说到这儿，他忽然笑了，“不会他们以为因为这个案子你这个顾家的准女婿会和大舅子杠上吧？”

冯晋骁抬眼看过来，他立即言归正传：“那在罗强出去后，刘同在误以为罗强是罗永的情况下，照常理分析应该会为罗强和沈俊的见面搭桥。”

“沈俊不会轻易见罗强，必然要安排人试探，刘同正好可以帮他。所以，”冯晋骁看向陆成远，“暗中加派人手。”

两人对视，点头。

萧语珩回家看萧素，顾南亭也在。

和萧素说完悄悄话下楼见他还坐在客厅里，萧语珩凑过去问：“听说电视台要制作一期有关空姐的综艺节目，我们公司受到邀请了？”

顾南亭继续看财经版面，头也不抬：“你是被发配边疆的人，受邀参与也没你什么事。”

萧语珩知道他在生气，还故意说：“那最好了，我正要说别安排我呢。”

顾南亭抬眼，目光锐利。

萧语珩也不害怕，反而挽住他胳膊：“我知道这段时间没给你打电话不对，但你是哥哥啊，大人大量呗。”

顾南亭嘴上说得硬气：“谁稀罕你打电话，不够烦的。”胳膊却任由她挽着。

萧语珩眉眼弯弯地笑：“那就是你有女朋友了，所以烦我了。”

顾南亭横她一眼：“上一边儿玩去。”

萧语珩见顾长铭从书房出来，告小状：“爸爸，他欺负我。”

顾长铭精神矍铄，步伐稳健，边搂着妻子下台阶，边笑言：“那可怎么办，爸爸现在老了，也打不动他了啊。”

萧语珩朝顾南亭挥了挥小拳头：“我乐意代劳。”

萧素轻责：“不许和你哥没大没小。”

“他是我哥，不是我叔，我们辈分相同，分什么大，啊——”话没说完就被顾南亭来了个反剪，他单手控着她，语带笑意：“同辈分你也是小的，给我老实点儿。”

萧语珩挣脱不得，可怜巴巴地求助：“爸爸，你看他啊！”

见两个孩子闹成一团，顾长铭笑着提醒：“南亭，你别弄疼了她。”

午后，顾南亭去公司，临走时他避开萧素问萧语珩：“上次手推车事件，伤没伤着？”

这份关心令萧语珩心生温暖，她柔柔地说：“没有啦，放心。”

顾南亭嗯一声，语气忽转："男朋友不是摆着看的，有事就找冯晋骁，他又不是死的。"

翻脸比翻书还快。萧语珩恶声恶气的："快走吧你！"

回应她的，是重重的关门声。

傍晚，冯晋骁来顾家接人，按原定计划请楼意琳吃饭。

楼意琳早早就到了顾家，见冯晋骁来，理所当然地以为就他们三人，半分客气的意思都没有："我拒付电费的哦。"

对于他的"情报员"，冯晋骁很宽容，笑道："待会儿点单别客气，随意。"

想到昨天发的短信，坐后座的楼意琳豪气地拍他肩膀一下："怎么样，姐们儿够意思吧。"

冯晋骁扶稳方向盘，不忘夸奖："讲究。"

被表扬的楼意琳赶紧把从蔡婷婷那边得到的情报拿出来："我不是无中生有啊，你们家珩珩在古城邂逅了一个帅哥可是千真万确的，据说那家伙在飞机上英雄救美来着。"

"哦？"冯晋骁挑眉，看一眼萧语珩，似乎是在等她解释。

萧语珩回身掐了楼意琳一把："你就挑拨吧，说得跟真事似的。"

"怎么不是真事啊，昨天你们还一个航班回来的呢。还有啊，刚才的电话是不是约你的？那家伙很诚恳的，我看你都快答应了。"

刚刚林立是打过一个电话，在此之前他们还从未电话联系过，甚至因为把名片随手给了蔡婷婷，萧语珩都没存他的号码，不过先前他的来电不是约她。萧语珩半是反驳楼意琳，半是向冯晋骁解释："人家第一次来G市，问我哪家会所比较好而已。"

既然这样，冯晋骁就随口问了句："什么人？"

萧语珩盯着倒车镜回答："什么人都不是。"

居然这么敷衍！冯晋骁抬眼，没有飞行任务，萧语珩没有化妆，清清爽爽格外好看。此时窗外钻进来的风又把她额前的碎发吹起来一小绺，显得十分可爱。他眼中带笑："反了你了！"

萧语珩半羞半恼地瞪他，楼意琳哈哈笑起来。

冯晋骁提前预订了位置，餐厅经理带他过去。萧语珩陪楼意琳去洗手间，经过拐角处的卡座时，居然碰上了苏溢。

这是分手后楼意琳头一回遇见苏溢。回想分手那晚在电话里信誓旦旦地对萧语珩说要快速展开一段新恋情，结果却被苏溢抢先，看见他对面坐着的女人，楼意琳顿时就沉不住气了。

萧语珩洞悉她的心思，适时拦住，低声提醒："和这种渣男置气不值得。"

楼意琳闻言沉淀了一下，心想：逞一时口舌之快不仅让别人看笑话，更让苏溢得意，以为她放不下他。于是冷笑了下，准备拂袖而去。

岂料，她想息事宁人，却有人惹是生非。

苏溢身旁的妖娆女曾是楼意琳的手下败将，如今收复失地，不免有些得意。投射到楼意琳身上的目光写满不屑，凑近苏溢耳边娇笑，故意扬声说："早说过这种飞机场不适合你，让你不要饥不择食，这回信了吧。"

楼意琳生平最恨别人拿她坦荡的胸怀做文章，一下就恼了，停步站在他们面前，还击："飞机场跑马场还是地平线，都是我自个儿的事。以为得了个宝是吗，他没能在我这儿上演一出红旗不倒、彩旗缭绕的戏码，必然得在你身上唱一出拈花惹草、朝秦暮楚！这就叫投桃报李！我等着看你们的完美结局！"

楼意琳的嘴上功夫向来不输人，妖娆女又是那种胸襟不如胸大的女人，被前情敌一番诅咒，气急之下倏地起身，扬手一巴掌就朝楼意琳的脸挥过来："被甩了还有脸得意，真是贱！"

萧语珩可以忍受楼意琳失恋时的怨妇脸，却不允许外人欺负，闻言伸手端起苏溢手边的高脚杯。本是朝着妖娆女面门去的，结果对方扬起的手正好触到杯口。于是，萧语珩顺势一动，让漾出杯口的红色液体尽数泼进妖娆女胸口，未沾染自己一滴。

妖娆女陡然拔高的惊叫声中，苏溢再不能装聋作哑，压抑地喝道："萧语珩！"

萧语珩瞥他一眼，放下酒杯时用了点儿力："我就是故意的，你能怎么样？"顿了顿，她看向妖娆女："这次是我姐们儿看走眼了，不过随处是风景，她可不是非苏溢不行！下回记住对男朋友的前女友客气点儿，这年代，谁没被贴上过前任的标签？你的下场，还未可知！"

已经在萧语珩面前颜面尽失，此时又眼见新欢吃亏，苏溢脸上哪里挂得住？可他领教过萧语珩的厉害，到底是有些忌惮，只能转向楼意琳："琳琳，你这是什么意思？大家都是成年人，合则来，不合则散，有必要闹成这样吗？"

他的言外之意像是在说她和妖娆女争风吃醋。楼意琳肺都快气炸了，正组织语言准备提醒他不要自以为是，孔雀开屏。谁知肩头突然一沉，她就被一只有力的手臂搂住了，随即听到一道极为跋扈的男声质问："没错，合不来就一拍两散。可你一个大老爷们磨磨叽叽地缠着我女朋友，我倒想问问，你是怎么个意思啊？"

苏溢看着面前挺拔帅气的男人，恼怒地盯着楼意琳："楼意琳，你效率很高啊。这才几天，就找着下家了？"

楼意琳偏头一看，已经不知道该以什么心情面对此情此景了。身边这个看似吃她豆腐实则为她解围的家伙，居然是航站楼里勒令她离开的臭警察。

没错，来人正是江湖人称情圣的陆成远。

在旁边看了半晌热闹的陆成远忽略了楼意琳犀利的目光，不急不缓地讽刺苏溢："管好自己女人，别没事出来给人添堵，胳膊伸太长哪天被人卸了都不知道怎么残废的。"然后用力搂了搂怀里人的肩膀，亲昵地说："亲爱的，不是喜欢这家餐厅吗，老公给你包下来，省得看见那些碍眼的东西。"

哪里会听不出来他的话外之音，可是，苏溢不好在这样的场合和他们发作，况且陆成远的气场又震慑得他不敢造次，深呼吸了几次，他喝了经过的侍者一声："埋单！"

侍者看了看他的桌牌，好心提醒："先生，您的菜还没上完……"

苏溢越过妖娆女直接向前台而去，经过萧语珩身边又猛地停止，抬手指向她的脸："萧语珩，你给我记住！"显然是迁怒萧语珩了。

话音未落，挥到萧语珩面前的手已被"啪"的一声打开，力气之大，令他趔趄了一步。把萧语珩护在身侧，冯晋骁冷声："再让我看见你对她指手画脚，我肯定不会这么客气。"

相比陆成远，冯晋骁的气场更强更冷，苏溢狼狈退场。

陆成远这才瞥了楼意琳胸口一眼，啧啧了两声。

楼意琳气极，嫌弃地推开他："看什么看，小心把你眼珠子挖出来。"

陆成远无辜地耸肩，刻薄地说："人长得一般，身材没看点，脾气还这么臭，难怪找不着下家。"转首看向冯晋骁："不会是她吧？还真是？Oh my God。"扶着受伤的小心脏，亦步亦趋地上楼。

楼意琳朝萧语珩跳脚："什么意思？你给我解释一下，为什么冯晋骁为我设的答谢宴会有这么个讨厌的东西出现？"

冯晋骁从容不迫地代答："因为他是我给你的谢礼。"

谢礼？楼意琳当场风中凌乱，身经百战的陆成远也因震惊被台阶绊了个趔趄。

这样一对冤家碰面，整顿饭下来，都是激情四射。尤其当楼意琳确定冯晋骁确实给她摆的是相亲宴时，更火了："就算我砸手里嫁不出去，也没你个小破警察什么事。还包场？当着别人吹吹也就罢了，我不会当真的，毕竟警察的工资也不高，哦？而且啊，我楼意琳从来不缺下家。"

情场无往不利的陆成远也不示弱："不缺下家？就你那点儿料，我看困难。"以目光打量她，他调戏道，"至于包场，等你成了我老婆了，包给你看。"

楼意琳抬手就把一个空杯子扔过去。

陆成远当然不可能被她砸到，稳稳接住杯子，他出言警告："趁我还没发火，楼意琳你最好住手！"见楼意琳还要说话，他又喝一声，"也给我住嘴！"

萧语珩被两人的剑拔弩张唬住了，悄声说："看来他俩不合适，要不我们放弃吧。"

冯晋骁却一脸淡定地给她吃定心丸："我倒觉得很配。等着楼意琳谢你吧。"

谢？萧语珩有点儿小担心："别是卸我胳膊吧。"

冯晋骁亲昵地捏捏她脸蛋："她不敢。"

晚上，萧语珩洗完澡，见冯晋骁坐在书房里揉太阳穴，书桌上搁着几份文件。有一辆丰田车的资料，有省厅下达的指令，至于最下面的沈俊的通缉令则被挡住了。

萧语珩为他按太阳穴："很棘手吗？"

冯晋骁闭着眼睛享受了一会儿，就把她抱坐在腿上："还行。"

他说"还行"就证明不乐观。萧语珩懂事地不再多话，任由他抱着。

冯晋骁把手探进她睡衣里，微带薄茧的掌心顺着她腰身的曲线轻抚："瘦了。"然后把她抱坐在书桌上，站在她双腿间，唇贴着她耳郭，低哑地说："你不在的这段时间，我很想你。"

两个月的分离，终是让冯晋骁看清自己在这份爱情里的恐惧和脆弱。如果不是多少个深夜他忽然醒来，伸手触及空着的半边床时，心里翻涌着的思念提醒他，有多想萧语珩，他永远不会知道，枪林弹雨里摸滚打爬着过来的自己，居然也会有恐惧和脆弱的情绪。

萧语珩哪里会知道，她在古城的60天里，冯晋骁曾有三次出现在机场，有一次甚至都登机了，却被省厅的电话急召回去。当然不是全然地不解风情，冯晋骁其实也是想给萧语珩惊喜的，又不愿看到她失望却故作坚强地说没关系，所以每次出发前都没说。

他从来不是外露的人，此时低低的嗓音环绕在耳边，萧语珩不禁伸出胳膊抱紧他，脸贴在他颈窝，一下一下地蹭。

冯晋骁很享受她这样柔柔地依赖自己，抚着她的长发，语气无奈："前几天我回去看爷爷，他没让我进门。"

萧语珩向后倾身，看着他。

冯晋骁低下头，与她额头相抵，闷闷地笑道："他说，要有你这个小孙媳妇他才认我。”

萧语珩笑而不语。

“是因为我去见叶语诺没说实话，才一气之下去古城的吗？”手扶在她腰上，冯晋骁亲亲她，“走了这么久，惩罚也够了，回来吧。”

萧语珩抿了抿嘴，垂下眼帘，摇了摇头。

冯晋骁不明白她是在否认不是因为叶语诺才调走，还是不同意回来。沉默了一下，缓缓说道：“珩珩，告诉我，我哪里做得不对，你说出来，我是愿意改的。”

冯晋骁并不擅长说情话，这样放低了姿态，实在难得。萧语珩无法忽视他那句“我是愿意改的”带给她的震动。

曾经固执地认为爱情不是一百就是零，所以那时坚持分手，觉得冯晋骁不只亲手摧毁了她对爱的信仰，也破坏了爱情的纯度。即便复合之后不再那么执着，也是耿耿于怀。

否则那天也不会在接到楼意琳的电话“你在海航大厦这边吗？我经过这儿，看见冯晋骁和你姐在一块儿，以为你在”时，本能地就把电话打了过去。当时已经决定，只要冯晋骁说谎，再无原谅。但后来又迟疑了，只因他说：我想我们好好在一起。

在如花似锦的年华，经历一场倾尽其情的爱情，才不致遗憾。在萧语珩的青春里，冯晋骁就是她的倾尽其情，从前经历喜、乐、悲、离，破镜重圆之后，她多希望，最后是他。

双手紧紧环住他，萧语珩说：“那，你要改的地方可多了。”哽咽的语气。

冯晋骁拍拍她背脊，唇贴着她的耳郭低语：“你监督我一个一个地改，好不好？”

相比萧语珩身在G市的心安和感动，同一航班从古城飞来的林立则是怒不可遏。

豪华的私人会所包间里气氛沉重，他眼神犀利：“谁让你动她的？”

被质问的刘同心有不快，却生生忍住：“最近表面上特警队没有动静，但依我对冯晋骁的了解，他不可能善罢甘休。与其让他把全部精力放在追查我们身上，不如转移他的视线，萧语珩是他的软肋，我……”

“转移视线？”林立打断他，声音冷硬地反问，“你以为他的智商和你一样？”

被讽刺的刘同面上挂不住，又不敢直言反驳：“我并没奢望这样就能把他扳倒，但至少让他明白，我们既然能把他女朋友的行踪掌握得那么清楚，要动她易如反掌。况且我很谨慎，他查不出任何蛛丝马迹。”

谨慎？愤怒没顶，林立劈手就把手中的茶杯摔向地面：“丰田车的纰漏从何而来？你不是说冯晋骁会和顾南亭杠上吗？怎么我看到的是他们相安无事？既然章程不肯配合，为什么不做掉他？”

“和他没关系！我说过了，不要再把无辜的人牵扯进来。”刘同被他的盛气凌人逼急，倏地站起来，“这是为你制造这个连警察都查不出的身份的唯一条件。”

冷峻的侧脸，冷寒的语气，林立说：“如果不是看在你还干了件有用的事，我也不会容忍你至今，更不必亲自过来解决丁成民那个麻烦。”

刘同立即听出他话里的重点：“你要杀他？”

“难道等冯晋骁抓他？那你还能活吗？”

“我费了那么大力气才把他弄出来，而且他肯定不会——”

“否则怎么证明你的价值？”

竟然是试探！刘同眼中有泛红的血丝。

林立起身，身高压制着他，音调冷而硬：“这次就算了，再敢擅作主张，别说让她掉一根头发，就是吓着了，我也会追究。刘同，你不会以为我是宽容的人吧？”他行至门口，停住，“确认一下罗永那边是怎么回事。”

刘同鲜少地反驳：“如果我说不呢？”

林立没有转身，语调平静而放肆：“那你存在的价值也就没有了。”

刘同冷笑，嘲讽着自己的斤两。

林立绝情地提醒：“从你参与交易时起，警察队伍就已经容不下你了。刘同，做一次和做一百次，没有区别。”

是，没有区别，结局都是死。

刘同绝望。

总统套房里，林立倒在床上，手抚上额头。半晌，他取过手机拨那个熟烂于心的号码。

鬼迷了心窍。

响了一声就被接起，却是一个男人的声音，问：“哪位？”

低沉到冷漠的嗓音，他再熟悉不过。

不是冯晋骁，还能是谁？

顿了顿，林立问：“晓莉在吗？”新换的号码，萧语珩的手机里不可能存，他假意打错。

那边沉默了下，似乎是在判断什么，短暂到用秒计算的时间里，林立清晰地听到冯晋骁的呼吸，沉而稳，然后才说：“打错了。”

电话应声挂断。

刘同说得没错，萧语珩是冯晋骁的软肋。

所以，经历暗巷遇袭，冯晋骁不可能让萧语珩再去古城了。

那么，他所计划的——

只是想要多一点儿的相处，怎么这么难？

萧语珩——林立猛地把手机掷出去。

桌上的杯子被砸倒，玻璃碎裂的声音碾在他心上，尖锐到疼。

萧语珩是被手机闹铃吵醒的，她习惯性地把手伸向枕头，却被按住，然后被重新塞回被子里。冯晋骁按掉手机，一只胳膊让她枕着，另一只手覆在她小腹上，把她亲密地搂住，“还早，再睡一会儿。”

他呼吸轻浅均匀，一点一点地穿透她的耳道，萧语珩贪婪地感受他身体的轮廓，更紧地往他怀里挪了挪，嘟哝了句：“就5分钟……”声音里透出浓浓的睡意。

冯晋骁悄然地笑，调整了下姿势让她枕得更舒服。

不知不觉睡沉。

再醒过来时阳光透过窗帘缝隙射进房间，一室温暖。

萧语珩舒服得直伸懒腰，不小心打到什么，一睁眼，正对上一双似笑非笑的眸子。

冯晋骁揉揉她睡得乱乱的头发："饿不饿？"

萧语珩一怔，回身看看窗外，大亮，抓过手机一看，边喊"完蛋了"，边跳起来，手忙脚乱到连手肘杵到冯晋骁胸口都没意识到。

冯晋骁伸手想拉她，她一面嚷嚷"你怎么不叫我啊"，一面用力一挣。

冯晋骁怕拽疼她顺势松手，没想到萧语珩用力过猛，他一松手她猛地向后一栽，腰椎眼看就要撞上床头柜。冯晋骁倏地攀身过去，手准确地垫在她与柜角中间，轻责："慌什么？"

萧语珩急了，使劲推他："9点的飞机啊，你快起来送我。"

冯晋骁见她赤脚跳下床跑进浴室，他掀开被单跟过去。"抬脚。"说着弯身把她的拖鞋放在她脚边，"这只。"

萧语珩正在刷牙，嘴里还有泡沫，口齿不清地批评："不晨练反而睡懒觉，冯晋骁，你变懒了。这不科学。"

冯晋骁自身后抱住她，下巴搁在她肩膀上，缓缓地道："春宵苦短日高起，从此君王不早朝。"

晨起的原因，他嗓音低而哑，冒出胡楂的下巴显得整个人慵懒而性感，此时出口的话又隐隐透出暧昧的意味，萧语珩控制不住脸红。目光在镜子中相遇，想躲，又移不开。

深如海的眼睛一瞬不离地盯着那张精致的面孔，看她的脸如霞光晕染般红起来，右手掌心隔着薄薄的衣料贴在她胸口，感受她渐快的心跳。等她匆匆漱了口，冯晋骁埋首在她颈窝，轻吻。

该推开他，却没力气。

想转过身，他不允许。

看定她的眼，冯晋骁的手从腰侧钻进她睡衣里，一寸一寸地慢慢向上移动，直到罩上最柔软之处，停住，轻抚。他掌心的薄茧和微烫的温度，都让萧语珩战栗。

她的挣扎似拒还迎，她的眼神蒙眬迷离，她的身体从紧绷到放松。冯晋骁滚烫的气息袭上她耳郭，哑哑地宣告："就这么让你走了，我心有不甘。"

眸色忽而变得不明，然后，面对镜子，他的吻缱绻地印上她敏感的颈。

情动时，他抵着她，蛊惑地哄："叫我的名字。"

那双黑眸中的柔情纤毫毕现，萧语珩陷落其中，声媚如丝："冯晋骁……"

回应她的，是男人更炙热的灼烧。

被抱回床上时，萧语珩连抬手的力气都没有。冯晋骁耐心地给她吹干头发，扯落包裹她的浴巾，把人塞进被子里："再睡一下，等会儿叫你起来吃东西。"

她嘟着嘴看他，眼里有控诉。

冯晋骁笑了笑，亲亲她的眼睛："不怪我，是你让我把持不住的。"

萧语珩泫然欲泣："我哥会杀了我的，他最讨厌对工作不负责的人了，这是戳他的命门。"

冯晋骁跨上床，侧身躺在她旁边："别怕，有我呢。"

萧语珩往他身边缩了缩："那就交给你了，处理不好作你。"

冯晋骁失笑："作精。"

萧语珩自知闯祸了。别看顾南亭在家惯着她，涉及工作，他向来公事公办。从睡醒她就战战兢兢的，想打电话又怕被骂。其实被骂还不是最糟糕的，要是那人直接给她来个冷暴力，才是不知如何接招儿。忐忑之余，只想杀冯晋骁泄恨。偏偏那人还一副若无其事的样子，问他处理结果，只轻描淡写地说："晚点儿我给他打电话。"

还晚点儿？天都黑了！萧语珩火气冲天，沙发靠垫直接就砸了过去："他不仅是我老哥，还是我老板，你能不能重视一下？"

冯晋骁正在思考案子，被砸的大脑短路了一下，回身把她按在怀里："再重视地位都快超越老公了。"

萧语珩没反应过来：“什么老公？”

冯晋骁在她小屁股上拍一下，笑而不语。

面前的男人，白色衬衣，深色裤子，意态潇洒地陷在灯光里，远在天边，近在眼前。

等萧语珩明白过来，她努力压住唇边笑意：“不懂你在说什么。”

她傲娇的小样子可爱极了。冯晋骁无辜地耸了下肩，笑言：“既然如此，老板的问题，老公就不管了，原本也是勉为其难。”

萧语珩在他胸前捶了两拳：“都是因为你我才旷工的，你得负责。”

冯晋骁笑睨她：“好啊，你搬过来，我就负责。”

“搬什么搬，我还要回古城呢，你是准备睹物思人啊？”见他一脸的不以为然，萧语珩小疯子一样地闹，手上没轻没重地打他，“管不管管不管？不管是吧？”见某人笑而不语，一副很享受的样子，照着那张俊脸暴烈地拍过去一巴掌，“你女朋友这个角，我辞演了。”

“你要袭警啊？”再好的身手，在女朋友面前都是没有用武之地的。冯晋骁只守不攻，用一只手把她双手控住，无奈又头疼，“我生命的悲剧就是爱上你这么个能作的女人。搬过来，明天！”

冯晋骁语气是不容置疑的坚定，不和缓，亦不温柔。萧语珩闻言僵住，怔忡间咀嚼他所说的每一字。

见她的眼圈一点点变红，冯晋骁的语气软下来：“怎么了？多大的事啊，至于担心成这样？好了，不逗你了，其实我已经——”

萧语珩忽然投进他怀里，脸贴在他胸口，声音很低：“你刚才说什么我没听清，你再说一遍。”

冯晋骁搂住她：“我说，明天搬过来。上次就说搬，结果——”

被打断：“不是这句，是上一句。”

“哪句啊？你要袭警——”

“也不是这句，后面那句。”

“我生命的悲剧就是……”话至此，冯晋骁说不下去了。

6年来，“喜欢你”是他对爱情唯一的表达，而爱，他从未说过。冯晋骁嗓音一哑："傻姑娘，我没说也是爱你的啊。否则6年多来，我在折腾什么？"

可是，你不说，我又怎么会知道？回应他的，是萧语珩最紧最紧的拥抱。然而，温暖冯晋骁的不是这个拥抱，而是胸口那一片濡湿。

冯晋骁把脸埋在她颈间，声音低得连自己都听不见："亲爱的。"

萧语珩从古城调回总部了。

没有任何解释和说明，顾南亭一句话，人事部立即安排妥当，电话通知萧语珩只需要在下次飞古城航线时，取回在那边的行李即可。至于航班表，人事部负责人这样说："等你休息好了，调度席再安排。"

这么高的待遇？受宠若惊。

萧语珩问冯晋骁："你和我哥说了什么，怎么他忽然就改变主意了？"

"说再把你派走，海航不惜一切代价和他打价格战。"冯晋骁边说边搂着她往外走，"趁我今天有时间，现在就去宿舍收拾，要不一飞又抓不着人影儿了。"只字未提自己亲自去过一趟中南航空，和顾南亭有过一次简短的对话。

萧语珩傻傻地任由冯晋骁安排，直到回到宿舍，听见他说："这个带走吗？还是等会儿买新的？别愣着，看看缺什么，列个单子，等会儿我陪你去买。之前倒是给你准备过，但牌子好像不是这个，换回来吧，免得你用着不习惯。你啊，最挑……"看着他挽着袖子，一件一件把自己的东西收好，打包，她根本抑制不住胸间喷薄而出的幸福感。

那么不真实，又那么心安。

不禁柔柔地叫了他的名字："冯晋骁。"

"嗯？"抬眸的瞬间，她已走过来，伸出手缠住他脖子。

冯晋骁抱住她，交颈缠绵："怎么了？"

萧语珩也不说话，踮起脚，亲吻他下巴。

冯晋骁低下头与她接吻。

次日，萧语珩早早到了公司，主动上22楼。

顾南亭没有像以往那样针锋相对，异常平静：“那档关于空姐的节目，你去不去？”

萧语珩语气轻松：“你安排呗。”

顾南亭翻看日程，头也没抬：“别到时候又说我逼你。”

“又不是没逼过。”

顾南亭抬眼，见她笑眯眯的，紧绷的眉梢渐渐松开：“别赖在这儿了，该干什么干什么去。”

“那你让调度席给我排班啊。”

“自己去说。”

“我不想搞特殊化。”

只要是我能给予你的，都不算特殊化。然而，他却说：“谁不知道你是中南航空的二小姐，搞点儿特殊化，有何不可？快去，别在这儿添乱，我还有个会。”

等她退出办公室，顾南亭起身站在窗前。他俯瞰着这座城市，表情忽明忽暗。

“我很抱歉把她卷进来。可我的职业注定了，很难让她置身事外。这种情况下，我不放心她一个人留在古城，那距离我们太远，真发生什么，根本来不及过去。所以，请你把她调回来。她在我们身边，才最安全。”

没想到冯晋骁会亲自登门，更没想到他会如此放低姿态，一句“我们”，一个“请”字，那么轻易就说服了自己。

没有什么比她的安危更重要。

短暂的沉默后，顾南亭终于说：“我会安排，不让她在外场过夜。”

冯晋骁说：“谢谢。”这一次，情真意切。

“不必。”接受他的谢意犹如把萧语珩拱手相让，顾南亭心有不甘。

萧语珩返回工作岗位，重新开始飞。冯晋骁看过航班表，发现除了一趟单班古城需要在外场过夜外，她的起落时间相较以往正常了很多，不再早出晚归，除了飞就是睡，反而像个普通上班族，每天只飞一个来回，还都是短途，心里愈发感激顾南亭。

萧语珩也发现了蹊跷，她趁吃早餐的空当和冯晋骁开玩笑："你不会被我哥打了吧，怎么他忽然对我这么好了？"

抬头看着坐在身边喝牛奶的女人，面孔又白又瘦，清亮的晨光中，白皙细嫩的肌肤下青色的血管隐隐可见。冯晋骁抬手抚了抚她的头顶："他那么恨我吗？"

萧语珩的眼神天真又无辜，像个孩子："谁让你总和他作对呢。"

"我哪有？"冯晋骁不承认，"因为你，我已经对他格外客气了。"

凑过去亲他侧脸一下，萧语珩笑得甜蜜："冯队好给我面子哦。"

冯晋骁唇角微挑："女朋友嘛，应该的。"

半个小时后。

大切稳稳地在机场停车场停下来，冯晋骁下车把她的拉杆箱拿下来。这样体贴的他，近乎满分。萧语珩站在高大挺拔的男人面前，踮起脚，伸手搂住他脖子："谢谢冯队。"

手扶在她的腰际，冯晋骁蹭蹭她鼻尖："客气。为珩珩服务，是我的荣幸。"

萧语珩微微仰头，就被冯晋骁衔住了唇，深深吻住。

一吻过后，萧语珩抿着嫣红的唇，温柔地以指腹拭去冯晋骁唇上沾染的她的唇膏。

冯晋骁无声笑开，用力抱了抱她："去吧，落地给我来个电话。"

萧语珩与程潇执飞的是同一航班，傍晚时分，飞机准时在古城降落。

晚上闲来无事，萧语珩独自逛到了酒吧一条街。她缓步而行，经过一片灯红酒绿，来到深巷一家低调隐蔽、特立独行的音乐火塘酒吧。一杯梅子酒入腹，那熟悉的水果酒的果香甜柔和蒸馏酒的浓烈交融成一体，令萧语珩沉醉。

舞台上的歌手自弹自唱，座位上的游客宁神静听，形成火塘酒吧特有的景象。正听得入神，萧语珩忽觉视线一暗，抬头时，程潇已落座。

端起萧语珩面前的梅子酒闻了闻，程潇示意侍者：“一样的。”

萧语珩抬腕看表：“这个点，你应该在床上。”

“不愧是兄妹，和顾南亭说话的语气如出一辙。”程潇清了清嗓，“身为飞行员，为了保证飞行安全，必须保证连续8到10小时的睡眠。”

印象中的程潇属于那种傲气有个性的女人，尽管她与顾南亭毕业于同一所飞行学院，是师兄妹，但萧语珩与她的交往并不多。现下脱了飞行员制服的她，拿腔拿调地学顾南亭说话，惹得萧语珩笑出声：“还差一句：你想停飞啊！”

程潇也笑，端起侍者送来的梅子酒和萧语珩碰杯，仰头饮尽满杯。

萧语珩见状微微皱眉，嗔道：“哪有你这么喝的。”

程潇见她只抿了一小口，颇感意外的样子：“我以为你跑到这么个旮旯酒吧，是想借酒消愁的。”

“非也。”萧语珩抬眸看她一眼，“我是来艳遇的。”

然后，她们相视而笑。

聊了几句，程潇发现萧语珩是这家酒吧的老熟客，忽然想到什么，她问：“不会你男朋友就是在这里被你艳遇了吧？”

萧语珩挑了挑秀眉：“差不多吧。”

程潇竖大拇指，把上次搭顾南亭的顺风车去机场，中途碰上冯晋骁的事回顾了一遍。萧语珩这才知道居然有这么一段插曲，无奈又苦恼：“他们两个，一直水火不容。”

程潇无所谓地耸耸肩：“多少年了，你身边就学长一个人，忽然跑出个男朋友，他那个被忽略的哥哥当然意难平，吃点儿醋正常。”无辜的表情像是全然不知顾南亭对萧语珩的用情至深。

次日返回G市时是凌晨，雨后的夏夜，清爽舒服。萧语珩与程潇从机组通道走出来，就见冯晋骁站在出口。繁星闪耀的天空下，男人穿着简单的白色衬衫，眉目疏朗，身姿笔直。

程潇拿胳膊拐她一下，以仅两个人能听到的声音打趣：“二十四孝男友啊，又爷们又体贴，难怪你看不上别人。”

萧语珩本就是个不善于掩饰感情的人，闻言弯唇一笑：“你的那个也是绝版好男人。”言罢，下巴微抬示意右边。

程潇顺着她的示意看过去，就见一抹熟悉的身影停驻在高底盘SUV旁边，她脸上的笑意明显加深：“可惜是老哥，不能自用。”

两人交谈间，冯晋骁拾级而上，行至萧语珩面前接过拉杆箱，并牵住了她的手：“累了吧？”

旁若无人的亲昵让疲惫的萧语珩的眼眸里跳跃出细碎的星光，她带着依赖意味地点点头，然后为他和程潇介绍。

冯晋骁是个好记性的人，对于出现在顾南亭车上的女子还记忆犹新。于是，绅士地向程潇伸出了手：“程机长的心理素质和飞机技术一样令人钦佩。”

程潇对冯晋骁也是印象深刻，尤其这个看似冷硬的男人，对萧语珩的那份专宠，才是令她羡慕。此时，面对他诚意满满的夸奖，程潇反而调侃：“被艳遇的感觉不错吧，冯队？”

萧语珩抬手就要赏她一巴掌。

程潇早有防备，侧身躲开：“干吗，难道我搞错了，你艳遇的男人不是他？”

冯晋骁偏头看萧语珩，待反应过来，他嘴角噙着笑：“没错，是我。”一脸坦然。

“我就说嘛，冯队怎么看都有被艳遇的资本啊。”程潇笑起来，在萧语珩的粉拳朝她招呼过来前，朝他们挥挥手，“祝你们有个愉快的夜晚。”转而跑向等待许久的SUV。

冯晋骁难得地多问了一句：“她男朋友？”

萧语珩看见SUV轻轻地拥抱程潇，并体贴地为她开车门：“不是。不过从我认识程潇起，来接她机的，一直是这个人。”

随后一周，萧语珩都是由冯晋骁负责接送。他很忙，往往都是接了她送回家还要再回队里，然后深夜才回来，要不就是陆成远和赫饶来家里，三个人在书房里研究案情到很晚。

终于明白冯晋骁为何不让自己去古城，又非要搬过来，想必是那天遇袭的事情让他预知到了危险。为免冯晋骁分心，萧语珩提及回顾家住，他却说：“你在我身边，我才能不分心。”

萧语珩隐隐感到不安，悄悄问赫饶，那个女人竟也守口如瓶，只安抚她：“没事，听师父的话就行。他那个人，除了爱死扛还有点儿大男子主义外，智商身手什么的，”赫饶朝她竖大拇指，“No.1。”

透过半合的房门，萧语珩看向里面对陆成远部署工作的冯晋骁，觉得专注于工作的他，那微微锁眉的样子，特别性感。

赫饶顺着她的目光看过去，微笑：“这次的案子算是我们警队组建以来最棘手的一起，不过头儿的状态却是前所未有的好。看来你们最近不错。”

萧语珩坦言：“和他在一起的感觉，特别到位。尽管每次吵架时，恨不得卸了他。”

赫饶失笑：“师父遇上你，真的是喜忧参半。”

萧语珩看着面前这个坚强又倔强的女子，问她：“那你遇上我哥呢，是福是祸？”

提到萧熠，赫饶脸上的笑意褪得一干二净。这个问题，她从来没想过。

“你现在的坚持和当年我与冯晋骁分手时的心情一样。唯一的区别是，冯晋骁还是6年如一日的情商低下，他却不再是从前的萧熠。”萧语珩盯着赫饶透出英气的眉眼，“赫饶，不要放弃，只差一步，就一步。”

赫饶端起杯子，把整杯咖啡一口喝掉，然后像是丝毫没被烫到一样，只抱怨了句：“真苦。”萧语珩想要阻止都没来得及。

知道赫饶一向最不喜欢咖啡的味道，如果不是为了提神一般不喝，萧语珩已经加了双倍的糖，可她还是觉得苦。是心苦吧，萧语珩都觉得自己自私了，可她真心不希望萧熠与这么好的女人失之交臂：“为什么不肯见他，连电话也不接？等了这么多年，他终于从过去走出来，你却要放弃了？”

赫饶抬手揉一边的太阳穴，投向窗外的目光与语气一样，沉沉的：“8

年，我把这一辈子的一厢情愿都用完了，好累。”

她用最美好的8年时光暗恋一个人，却在那个人正视她时退缩。

这世上本没有傻瓜，只有在爱情里心甘情愿做傻瓜的人。

而她赫饶，是傻瓜之最。

这天下机后，萧语珩一直在心里琢磨要不要推波助澜一下，把赫饶约出来，给萧熠制造机会。还没思考出结果，就听楼意琳嚷嚷：“这不是那个讨厌鬼嘛，居然上电视了？”

萧语珩应声抬头，就在休息室的电视屏幕上看到了陆成远。

她立即把音量打开。

电视画面切换成一位看上去年纪很轻的男记者，举着麦克风，语速略快地报道：“根据现场目击者介绍，当时有将近百余人拉着条幅蹲守在医院大门口，下午2点32分左右，当警方的车辆驶近，他们如同有组织一样一拥而上，把两辆警车围得水泄不通。大约5分钟，警方把人流疏散，近日落网的犯罪嫌疑人罗永却已失去踪影……”

镜头转回到案发现场，市医院大门口已拉起了警戒线，多辆警车停在周围，数名全副武装的警察严阵以待。由于外围有许多群众围观，为避免造成交通堵塞，交通警察也已出动。

记者不知被谁推至警戒线边缘部位，为了获取独家消息，他探身向正向手下交代工作的陆成远，伸长了手把麦克风递过去，不怕死地进行采访：“请问这位警官，罗永之所以被送往医院，是由于在审讯过程中警方采用不正当的方式造成，还是他自残？这是不是一场有预谋的劫狱事件？”

陆成远听到他说“不正当的方式”几个字瞬间变了脸色，倏地望过来，盯了这个初出茅庐的家伙一眼，抬手就把他麦克风上的电视台标志撕掉，语气不爽地命令手下：“清理现场！”他话音刚落，画面再次被切换。

楼意琳不屑地批评：“警察了不起啊，拽得二五八万似的。”

萧语珩没有接话。目光牢牢地锁定电视屏幕，不无意外地，很快就见冯晋骁出现在画面里。他与两位身穿警服的中年男子从医院里走出来，站在一辆警车旁。

萧语珩并不知道那两个人一位是市公安局长，一位是省厅的领导，只注意到镜头里的冯晋骁神情紧绷，除了偶尔点一下头，自始至终没说一句话。

楼意琳见她目不转睛地盯着电视，感慨："还是你们家骁爷抢境，一个侧脸都那么帅。难怪你死心塌地呢，换我遇到这么有型的也难……"

萧语珩出言打断她："闭嘴。"

楼意琳朝她撇嘴，换衣服去了。

报道还在持续，但再没出现像之前那位记者那样口无遮拦的采访，只是在记者们终于有机会接近冯晋骁时，面对众人的"请你谈一谈对此次事件的看法"时，他依然是采取惯常沉默的态度。唯有在他身侧的陆成远以及赫饶，边为他格挡开欲靠近的人辟出一条路，边异口同声地回应："无可奉告。"

新闻的最后是罗永的通缉令，萧语珩才知道，在机场挟持她的人是在逃6年的毒贩。针对其越狱事件，省厅限期缉拿。

随后几天，冯晋骁参加了省厅的三次会议。坊间传言，由于罗永采取自残的方式迫使警方送他去医院，趁就医的机会越狱成功。这事令省厅对特别突击队的能力有了质疑，尤其是身为警队之首的冯晋骁，更是遭到了上级领导的责难，让他限期破案，否则就要撤他的职。

原本这样算是机密的负面消息根本不可能流传到外面，可不知出于何种原因，通过什么渠道，似乎搞得G市尽人皆知，甚至给人一种街头巷尾都在议论和批评冯晋骁的错觉。

唯有特别突击队，对此却完全没有反应，依然一如平常地训练。

然而，参加集训的新队员却缺乏老队员的淡定。消息传开后，他们开始私下里议论。尤其是柴宇，在见识了赫饶的本事后，他暗下决心一定要扛到最后成为突击队一员，现在听闻外界对他视为偶像的冯晋骁的种种言论，有些义愤填膺："真以为破个案那么容易？现在的犯罪分子都是高智商，谁会坐等你来抓？都是群站着说话不腰疼的。"

话音刚落，就有同批受训的队友接话："那有什么办法，谁让咱们是警察呢，在老百姓眼里，就得无所不能。”

“神人啊，能无所不能？”柴宇为警队不平，“限期破案限期破案，说得轻巧！谁傻啊，明知道警方布了天罗地网要抓你，还顶风上。人家就猫起来躲着，让我们上哪儿抓人去？”

这时，低沉的男声在身后响起：“因为我们这是特别突击队，就要能常人所不能！”

受训警员闻声回头，就见穿着训练服的冯晋骁站在不远处。年轻小伙子们立即整队站好，精神抖擞地敬礼。

冯晋骁稳步走过来，以目光逐一扫过众人：“这里的每个人，都不可能成为神，更不可能无所不能。但是，”顿了顿，他看向训练场右侧生龙活虎般训练的老队员们，收回目光后继续，“身为特别突击队的一员，就要有特别的样子。所谓特别，不是外人眼中的特别风光特别牛。”

“由于我们执行的任务都是高风险作战，才要通过严酷艰苦的训练筛选出自身素质过硬的警员，这就是训练时的‘特别苦’。

“能到我们手里的案子，都是艰难而关键的任务。为了完成任务，有时是需要我们实施近似自杀性的攻击，以命相搏。这是执行任务时的‘特别猛’。也有队员把这种不要命的行为视为‘特别傻’。”

“每一个，”他抬手指着身旁陆成远右臂上那枚特殊的臂章，“能够佩戴上它的人，都该具备独当一面的能力，成为犯罪分子眼中的‘陆上猛虎’。这就是外人眼中的‘特别可怕’。”

“你们中，最后留下的，所受到的军事和心理压力都将是常人难以想象的。所以，别说是现下这一点点舆论压力，就是枪指着你的脑袋，谁要是敢给我打个战，就马上撕了臂章，退出警察队伍。

“如果抱怨能破案，我们就不必像傻子一样在烈日下训练。要想不被质疑，就得拿出本事来，除此之外，所有一切就是零。不要让我觉得派来操练你们的人以及花费的时间和精力都是浪费，更不必为我，或是队里任何一个人遭到的质疑或批评感到不平，因为我们，不需要！”

话至此，冯晋骁停了下来，1秒，2秒……5秒的沉默后，在柴宇的带领下，全体警员扯着嗓子一字一句喊道：“特别苦，特别猛，特别可怕！干掉敌人，干掉敌人，干掉敌人！”

“好。”冯晋骁看着面前一张张年轻坚毅的面孔，“我等着你们！”铿锵有力。

集训满三个月考核时，包括柴宇在内的6名警员通过考核，成为特别突击队的一员。

萧语珩从机场回来，冯晋骁居然在家。

她诧异地看了下时间：“提前下班了？”

在落地窗前躺椅上休息的冯晋骁和她是一样的动作，抬腕看了下表，他不答反问：“怎么这个点儿回来了？为什么不打我电话等我去接你？”暗巷遇袭之后，他一直对萧语珩的出行格外注意。

“机上一名孕妇早产，航班中途返航。重新起飞，换机组了，我就和琳琳一起回来了。”萧语珩边说边进了卧室，换上居家的裙子出来，坐到冯晋骁身边，调侃：“不会真如外界所传，冯队被停职了吧？”

尽管冯晋骁什么都不说，可对于他此时面临的形势的严峻性，萧语珩又怎会一无所觉？只不过他不愿意她过问，萧语珩也就乖乖听话，尽量照顾好自己，不给他添麻烦。

冯晋骁捻熄了指间抽到一半的烟，微微一笑：“我说是的话，你有什么想法？”

萧语珩双手搭在他胸前，整个人半趴在他身上：“那我就马上休疗养假，然后我们去度假。”她盘算着，“你的身份，不能随意出国，去古城一趟总没问题吧，住古城客栈？”

她脸上满足的笑意感染了冯晋骁。拢了拢她的长发别在耳后，他似笑非笑：“家庭套房，嗯？”

“什么啊？”等读懂了他话里的暧昧，萧语珩使劲在他硬邦邦的胸膛掐了两下，脸微红地轻责，“冯队你能不能想些健康的事情？被你的手下知道了，小心形象破灭。”

冯晋骁失笑："我说什么就不健康了？再说，我都有你了，形象什么的，不要也罢。"

他也不是不会说情话的。萧语珩俯身朝他的薄唇凑过来："尝尝是不是抹了蜜。"随即又反悔似的，像小狗一样在他唇边嗅了嗅，"你答应了戒的，怎么又抽了。"

到嘴的福利哪里会允许溜掉，冯晋骁把她按在怀里，深深吻住，直到两个人都有些喘，他才放过她，唇却还贴着她的脸亲了一下又一下："就抽了半根，下不为例。"

萧语珩咬他一下算是惩罚："这次就放你一马。"

冯晋骁侧过身腾出一块地方，搂着她躺下，一本正经地说："等以后我们结婚了准备要宝宝时，我肯定烟酒都不碰，封山育林。"

宝宝的话题似乎很遥远很陌生，他也从未提及。萧语珩怔怔地半晌没说话。觉察到她的沉默，冯晋骁安慰道："怎么了，你不是一直都喜欢小孩子吗？要是你还想再玩两年的话，我就再等等。总要你心甘情愿的。"

热恋那会儿，她就害羞又大胆地说："你说我们以后生两个宝宝好不好？一个男孩，一个女孩。最好男孩是哥哥，女孩是妹妹，那样哥哥就可以保护妹妹了，多好啊。"见冯晋骁抿嘴笑，她十分、特别、极为不好意思地打他一下，"听说生男生女是男人决定的，你责任重大，知不知道？"脸红得不行，她低着头嘟哝，"最好一胎解决掉，我有点儿怕疼……"

冯晋骁发誓，他当时没控制住笑出声真的没有半点儿嘲笑她的意思，只是觉得一个稚气未脱的小丫头和他一个成年男人讨论生男生女的问题，太有趣，太诱惑。

萧语珩被他笑得脸上挂不住，躲在他怀里拱啊拱地撒娇："为了缓和一下尴尬的气氛，我要求换一个话题。"

令气氛更加尴尬的，是冯晋骁爽朗的笑声。

那个时候，真是勇敢到无所顾忌。

保持背靠他的姿势，萧语珩轻声问："你喜欢吗？"

冯晋骁把她背搂在怀里：“以前没特别的感觉。可现在看着图图，就喜欢了。”他说着，自顾自地笑起来，“偶尔也在想，就你这脾气，给我生的儿子也肯定倔得不行。”

“你的脾气也好不到哪里去，生儿子的话没准儿和你一样又臭又硬。”萧语珩翻身缩进他怀里，手脚并用地缠上他身体，口是心非地说，“谁说我要给你生了？”

冯晋骁拍拍她的小屁股：“那就生女儿，倔也不怕，我宠着！”

明明是高兴的，似乎从发现喜欢上他的那天起就在盼着这一天。哪怕冯晋骁连正式的求婚都没有，可因为他想到了未来，又自然而然地把她规划到了他的生活当中，萧语珩从心底里感到幸福，可偏偏控制不住上涌的泪意，那眼角潮湿的感觉，浸染得心尖又酸又涩。

如果曾经的疼，是为了考验彼此对爱的坚定，萧语珩决定忘记那些她所认为的命运的不公，不再多想，不再委屈，好好地，和他在一起。

可惜，这样的宁静在沈俊案告破之前，终是没能维持太久。

凉风习习的8月，警方获悉，越狱的丁成民秘密潜回了G市。原本丁成民的案子由刑警队负责，刘同却在这个时候向上级领导提出申请，为确保短时间内将其缉拿归案，请求特警队予以协助。

于是，在省厅指示下，特别突击队介入此案。

对此，陆成远深表不解：“刘同唱的哪出啊？我们插手，还有他发挥的空间吗？”

冯晋骁正在翻阅丁成民案的卷宗，闻言头也没抬：“我们未必能在他之前找到丁成民。”

“怎么会？”陆成远对于他的妄自菲薄有意见，“冯队，老大，头儿，你可以打我们，骂我们，训我们，练我们，但不能侮辱我们。”他指指自己的臂章，“我们都是有血性的纯——爷——们。”

“没质疑你的血统。”冯晋骁附和了下他的幽默，才分析道，“我在想，他应该是出于两个目的，第一，为了打消我们的疑虑，以此证明他和丁成民案无关。毕竟，对于我们把章程转给他的试探，他不会一无所觉。但这个的可能性只占10%。换成是我，没做过，无须证明，清者自清的道理谁都懂。那么，剩余90%的可能性就是：借由我们保护丁成民。”

听到“保护”二字，陆成远的神色认真起来：“你的意思是，有人要杀丁成民？”

“丁成民越狱越得很顺利，而且很快就突破了警方的防线，这说明有人接应，为他打点好了一切。可为什么到现在，他非但出不了境，反而被逼回了G市？”冯晋骁微眯眼睛，“他对于对方的价值没有了，而他，还在执迷不悟。否则危机重重之下，他完全可以自首，至少那样可以保命。”

陆成远恍然大悟：“拉我们下水，只是为了震慑要置丁成民于死地的人？”

冯晋骁眼神一锐：“但刘同忽略了一点，如果对方是沈俊，丁成民根本就是九死一生。”

冯晋骁的分析没错，在得知特别突击队介入了丁成民案，林立愈发想要丁成民的命了。原本把他捞出来也只为试探刘同，现在刘同胆敢翻脸，为了给刘同一个深刻的教训，也为了向警方挑衅，林立都觉得，做掉丁成民势在必行。

丁成民死到临头还没意识林立的杀机，在无法出境的情况下，他虽借刘同之力潜回G市躲了起来，却不听刘同劝阻，想方设法求见林立，以求安身之所。刘同动用了所有的关系想要把他送走，然而，丁成民却在一个午后忽然消失了。

去见林立，等于自投罗网。因为丁成民看不清形势，刘同气得砸了出租屋。丁成民有心躲着，刘同很难找到他。于是，他想到了冯晋骁。依刘同的判断，林立再嚣张，也不会傻到和特警队硬碰硬。这样就能争取多一点儿的时间寻找丁成民的下落。

不过，他的算盘打得再响，也终是精不过林立。况且，还有那个不知死活的丁成民主动送上门，林立根本不费吹灰之力，就抢占了先机。

林立有些疯狂，确切地说，因为他为自己安排好了全身而退的后路，所有变得无所顾忌。在得知丁成民联系了手下约他见面时，他笑得有几分得意和诡异。

电话里，他邀请刘同："刘局，请你看场戏，赏不赏脸？"

刘同就明白他是要对丁成民动手了："林总这是给我面子，哪有不去的道理。"

林立一笑："好，晚点儿通知你地点。"

刘同知道这是最后救丁成民的机会。

傍晚，微暗的天空下，萧语珩与楼意琳走出中南航空办公大楼。一辆黑色商务车停在门口，车后座的林立以温和的目光看向萧语珩："好久不见，语珩。"

"怎么是你？"萧语珩有些意外，"路过吗？"

林立推开车门下来："如果我说专程来找你，你怎么看？"

萧语珩看看他垂在身侧的手，淡淡地笑："不会是特意坐飞机过来找我报销医药费吧？"

"那显得我多小气。"她表现得落落大方，林立更坦然了几分，"是这样，我明天回古城，一时半会儿应该不会再来G市，所以来告个别，不知能否有这个荣幸，邀请你共进晚餐？"

楼意琳虽然是第一次见林立，但从两人的对话中立即猜到面前的男人是蔡婷婷提过的古城帅哥，她用胳膊拐了萧语珩一下。

林立注意到她的小动作，话锋一转："这位是……"

楼意琳主动自我介绍道："楼意琳，语珩的好朋友。你是手推车事件的男主角对吗？"

林立笑望着萧语珩："说来还得感谢那次事件，让我和语珩相识。只可惜每次都只是在飞机上匆匆一见，这么久了，都没机会一起吃顿饭。"他又把话题转回来："楼小姐如果不介意林某唐突，不如一起，如何？这样一来，被语珩的男朋友知道她应了我的约，也不会有所误会，你说呢，语珩？"他笑得温和，有明显调侃的意思。

有这番说辞作铺垫，着实让人难以拒绝。毕竟，他表现得如此坦荡，再推诿的话，就显得矫情了。可现在是非常时期，冯晋骁有多不放心她，萧语珩再清楚不过。为免给冯晋骁添麻烦，她终是说："朋友之间的正常交往我男朋友是很支持的。不过，我今天确实有些不舒服。这样，我下次飞古城时再约如何？说来，我都还没感谢你出手相救呢。"

她这么谨慎，林立自然明白和上次暗巷遇袭有关。他面上不动声色："这样的话，只好古城见了。但到了那边，我是主，你是客，可就要听我的安排了。"

见他并没有因为被拒绝有所不快，萧语珩自然也就不会往其他方面想，尽管明明发现他注视自己的目光那么专注和灼热，她也微笑以对："好啊，恭敬不如从命。"

林立深深看她一眼，伸手做了个请的手势："已经拒绝了我的晚餐，就不要再拒绝我送一程的好意吧。"

如此真心实意，楼意琳都忍不住答应了，如果顾家司机不及时赶到的话。

不等萧语珩回答，顾南亭的司机已经把车停在了林立的商务车旁。老李恭敬地对萧语珩说："二小姐，顾总让我接您回家。"

林立眼里的失望纤毫毕现，但他只是无奈地端了下肩膀："今天真是出师不利，看来下次约你之前有必要占卜一下。"然后他朝萧语珩伸出了手，"既然如此，就在这告别吧，希望还能再见，语珩。"

这一次，萧语珩没有拒绝和他握手。

指尖触及林立的手掌，她以对待朋友的口吻说："一路平安。"

林立微微用力地握住那双素白纤细的手，几秒的停顿过后，缓缓松开。

等萧语珩上车，林立在为她关上车门前忽然问："语珩，还记得我们初次见面吗？"

视线对上他复杂的眼神，萧语珩回答："记得，在A市，我们坐一辆出租车去谷都。"

林立静静地注视她，目光深沉而专注，这几乎给了萧语珩一种错觉——她说得不对。

但是怎么可能呢？萧语珩记得很清楚，初见是在出租车上，他付了车钱，随后是在谷都酒店，先是在与苏溢同层的客房部，然后是在楼下的餐厅，她不小心弄脏了他的西裤，再后来才是在飞机上。

林立却没再继续这个话题：“语珩，一直平安。”顺手为她带上车门。

一直平安。

不像告别，倒似诀别。

车子启动后，萧语珩转身回望，林立还站在原地，一动不动。

因为距离原因，他们看不清彼此的表情。

6年很长，我们都发生了很多变化；6年也很短，我出现在你的生命里就那么一瞬间，你忘了最初的相遇，我亦无法以寻常人的身份与你交往。那么，我就隔着一个世界的距离，在人群中，遥遥注视你。

那么，再见了，语珩。

不只萧语珩，楼意琳也觉察到了异样，可她又说不出具体哪里奇怪：“冯晋骁知道你认识这么一个人吗？上次你差点儿被手推车撞伤，没告诉他？”

萧语珩摇头：“我怕他担心，再说也没受伤，我就没提。”至于林立，在萧语珩看来，也没什么可说。无足重轻的一个人而已。

楼意琳瞪她一眼：“换别人早第一时间和男朋友哭诉了，你倒淡定，坚强给谁看啊？”

“他最近忙得连睡觉的时间都没有，我还是让他省点儿心吧。”萧语珩疲惫地靠在后座，闭上了眼睛，“不能为他分担，也不能成为他的负担啊。”

“他又不是负担不起。你怎么了，真不舒服啊？还以为你是为了推掉那个姓林的约会才那么说的。”

“这两天总是睡不够似的，也没什么胃口。”

“看你那懒洋洋的样，再有个肚子就成孕妇了……”楼意琳忽然想到什么，“你不会有了吧？”

她一惊一乍的，吓着的除了萧语珩，还是老李。他闻言立即把探询的目光透过倒车镜投射过来，就看见萧语珩神色一僵。

楼意琳试探着问：“例假晚了？”

见萧语珩点头，老李询问：“二小姐，要不要给顾总打个电话？”

楼意琳抢白道：“给他打什么电话啊，要打也是打给冯晋骁。”

“也许不是，我……”不好意思让老李听见，萧语珩凑过去小声说，“我肚子有点隐隐地疼，像是要来了的感觉。”

谁知楼意琳一听更生气了：“让我说你什么好，这个时候肚子疼谁知道是痛经还是流产的前兆啊。”然后对老李说：“直接去医院。”

萧语珩的脸色因为“流产”二字瞬间变得惨白，她有些慌乱地从包里翻手机，不知是因为紧张，还是害怕，拨号时手都是抖的。

楼意琳抓住她手安慰：“你别急啊，我们先去医院检查一下，让冯晋骁直接过去。”

电话响了两声，冯晋骁就接了，他语带匆忙地说：“珩珩，司机接你了吗？我今晚要留在警队，你回家住一晚，我忙完给你电话。”

萧语珩说不出话。

“珩珩？”

“……你能不能过来一趟？”

冯晋骁敏感地听出她情绪不对，“你在哪儿？怎么了？”

“我，想去医院做个检查。”她声音低低的，越来越小，“我这个月，例假晚了10多天。”

冯晋骁原本正在快步下楼，闻言倏地停住。他站在台阶上，语气里满是惊喜之情：“你是说，你怀孕了？”

特别突击队一楼大厅瞬间安静下来，十几双眼睛齐刷刷望过来。然后，小伙子们看见他们老大傻气地笑起来，激动地，甚至是热泪盈眶地和那边确认：“珩珩，是怀孕了吗？”

萧语珩的心因他充满喜悦的声音平复下来，她轻轻地说：“还不确定呢，只是例假晚了，所以想去医院检查一下。你现在能过来吗？”

冯晋骁抬腕看表，再开口时语气温柔得恨不得滴出水来：“这样好不好，你先回家休息，这边收队我就过去接你。明天我带你去做个详细的检查。”

似乎是被他安抚了，萧语珩觉得肚子好像都不疼了，她说：“那我等你。”

冯晋骁又嘱咐：“别乱走啊，别累着，回家就上床躺着。”

萧语珩失笑：“哪有那么夸张。”

冯晋骁一本正经地说：“有的有的。”

挂了电话，他还站在台阶上笑，特别傻的那种。

陆成远在这时从外面进来，吼道：“都准备好了吗？5分钟之后出发。”

回应他的，是特警队员们的欢呼声。

就在陆成远以为这帮小子疯了的时候，冯晋骁笑着说：“一会儿都给我打起精神，速战速决，好让我早点儿回家接你们嫂子。”

柴宇组织队友们站成一排，边搞怪地用鸭子步往外走，边带头喊：“接嫂子，生宝宝，接嫂子，生宝宝……”

陆成远照着柴宇屁股踹了一脚，才转脸问：“怎么个意思，嫂子有喜了？”

冯晋骁笑而不语。

然而，他手机再度响起时，却是晴天霹雳。

楼意琳哭着告诉他：“珩珩被绑架了！”

天阴沉得如同深夜，狂风疾雨拍打向车窗。大切在马路中央直直调头。

冯晋骁赶到案发现场时，警犬训练基地李股长已经带着他的爱犬到了。陆成远把情绪失控的楼意琳安置在警车里，给她披上衣服：“你先别哭，告诉我们怎么回事。”

楼意琳“哇”的一声哭得更厉害。

陆成远知道她吓坏了，也顾不得其他，直接把人按在怀里抱住，像哄孩子似的拍她的背：“现在最急的人是老大，你必须冷静，我们晚一分钟，嫂子就多一分危险。”

楼意琳闻言竭力控制着不哭，双手紧紧抓着陆成远的衣服："他们黑衣黑裤黑墨镜，还都有枪……"

15分钟前，也就是萧语珩挂断电话的同时，老李在转弯时被一辆卡车生生逼停。老李直觉有危险，迅速挂倒挡企图倒车，却来不及了。

后路被一辆黑色商务车堵死。尖锐的刹车声中，车里跳下来4个身形高大的男人，他们冲过来，抓住萧语珩和楼意琳的胳膊把人拽下车。

其中一人持枪指着老李的头，阻止他下车，另外有两人分别控制着萧语珩和楼意琳，剩下那个个子最高的拿出一张照片比对了下，抬手指向萧语珩："她。"

那人不由分说地拖起萧语珩往黑色商务车里塞。

萧语珩怒喊："你们干什么？"

楼意琳挣扎："放开她！"

老李见状就要推车门下去。

"砰"的一声，杀手毫不吝啬地朝天开了一枪。

楼意琳惊叫失声，被重新甩回车里时，杀手把枪口对准她："别动，这是上膛的。"

萧语珩骇然转身："别伤害他们，我和你们走。"

"珩珩！"

"二小姐。"

她被推上车，楼意琳和老李面前的两人迅速收枪上车。

车门"砰"的一声关上，沉闷的引擎声中，商务车瞬间飙了出去。

冯晋骁从老李那了解到的情况也是这样，与李股长交代完，他疾步而来："中南航空楼下的男人是谁？"

"啊？"楼意琳抹抹脸上的泪，"你说古城那人吗？"

"古城？怎么回事？"冯晋骁面色冷凝，眼神阴霾："说重点。"

楼意琳简明扼要地把所知道的推车事件说明了下，还有先前在中南航空楼下林立约萧语珩的经过也说了，"肯定是姓林的。要不怎么珩珩才拒绝了他就出事了呢。"但她只听林立自称了一声林某，并不知道林立的全名。

冯晋骁却已猜到。

完全没料到林立竟然和萧语珩有了交集。想到萧语珩在古城基地的那段时间，与林立在机上的一次次偶遇，冯晋骁可以肯定，是林立谋划已久的结果。

可是，如果他意在萧语珩，为何不在古城动手，偏偏是在G市？又何必特意去告别？

路灯下，冯晋骁的脸色比以往任何时候都平和沉稳，唯有眼神阴霾，寒光胜雪。

夜色渐深。

西城郊，一处废旧仓库。

四周极暗，空旷无人，月光笼罩下，白漆斑驳的墙面上掩映出几抹矫捷的身影，他们悄无声息地进来，在一处长满杂草的角落停下。最前面的是冯晋骁，他蹲下身去，伸手在岩石地面上摸。待摸出异样，他以手势示意，身后5人迅速上前，把地面上的岩石抬起来，轻微的闷响声中，有风迎面拂来，随之露出一个往下的楼梯。

看样子，像是一处地洞入口。

陆成远上前一步，极低地说了一声："我带路。"

他跨了半步就被冯晋骁拦下。

冯晋骁戴上红外夜视仪，俯下身去在台阶上仔细查看，在第二级台阶里侧发现异样："有炸弹。"陆成远顺着他的方向趴下去看，果然是一颗感应炸弹。

冯晋骁深吸一口气，单膝跪在第一级台阶上，用匕首把炸弹解决掉。然后他走在最前面，小心翼翼地领着身后包括陆成远在内的5名队员进入地洞。

当前方转弯处出现微弱的泛黄灯光时，他们正好走到第15级台阶。凭借以往的作战经验，冯晋骁和陆成远以背脊紧贴墙壁，抬起手轻轻地打开配枪的保险，分别跟在他们身侧的4人也做着同样的动作，进入战备状态。

走下最后一级台阶，冯晋骁身体紧贴着墙，在转弯处迅速探头看了一眼，零点几秒的时间里看清两处岗哨。然后，他朝陆成远指指洞顶，再指指前面，意思是要从洞顶爬到岗哨处，把敌人干掉。因为只有这样敌人才不能借由灯光看见他们的影子，他们才可以在不开枪的情况下，悄无声息地解决岗哨。

这样的难度很大。即便是特种兵，也属高难度训练。

陆成远审视了下洞顶，点头。

冯晋骁以手势回应，鼓励的意思。

然后，两人收起配枪，一左一右，双手以墙为支撑，两脚轻轻一跃，如同壁虎一样头贴上洞顶，头朝下的同时，双手用力在墙壁中间形成一个支点，靠手臂和腰力，使下半身往洞顶伸去。

一步一挪。

等到岗哨前面，两人相互看了彼此一眼，点头之后，一个倒挂金钩，一左一右对准两边岗哨，双手控制着力道一拧，两个岗哨就倒下去了。接着，两人立即松开双脚，以双手着地，就地一个翻滚，单膝跪地，配枪再度滑入手中时，已背对背完成警戒姿势。确认没有被发现，冯晋骁打手势示意，后面的队员紧随而上，6人呈品字队形继续深入地洞。

再走下去灯光渐盛，再经过一处转角，又有岗哨，6个人，分别位于两个房间的门口。这次他们准备强攻，冯晋骁和陆成远各带两人，一队负责一个岗哨和临近的那个房间。两人用手势交流完，陆成远对着耳麦低低地说了句："行动。"便大摇大摆地朝岗哨而去，喝道："放下武器。"

他们身上穿着特警作战服，手上端着的枪是最先进的警用装备，岗哨见状先是一愣，随即大喊一声："警察。"举起枪拉动保险。

却没机会扣动扳机。

"砰砰砰"刺耳的枪声中，突击队已经把岗哨的6人放倒，然后他们冲进房间。里面居然是个套房，再往里还有两个房间，随着枪响，里面有大量的匪徒冲进来，警匪双方交战。

陆成远身手敏捷，一个侧踹把左边的匪徒踢飞出去，回身抓住右边匪徒的枪，手上用力一拉，精准地指向攻上来的另一匪徒的脑门儿，趁对方愣怔的一秒，一脚踢向那人小腹，力道之大，连同后面的两个匪徒都被一起踢翻在地。然后转身赏了欲偷袭他的匪徒一个过肩摔，用他砸向刚刚倒地尚未爬起来的几人身上。

冯晋骁此时也被几个匪徒包围，他先是一个矮身扫堂腿，然后一个急冲脚踏向墙面，跃起后一脚踢向持枪准备射击的匪徒的太阳穴，双脚落地之前，一记直踢落在欺近的匪徒喉咙处。那人应声倒地后，他一个箭步冲出三米多远，以旋风腿把正往前冲的两名匪徒逼退，然后用脚勾起地上的一把枪，横着踢出去，挡开匪徒进攻的同时，右手一抬——

"砰"的一声枪响，陆成远应声回头，看见身后一个匪徒倒下。他呼出一口气，朝冯晋骁竖大拇指。这时，接收到行动信号的柴宇等人赶来，局面很快被控制。

所有匪徒被抓，包括在最里面房间没有参与打斗的刘同。

"我以为这里会是沈俊的终点，没想到反被他困在这里。"他来到这里，本以为可以见到林立和丁成民，结果却是，林立根本没现身，和他的对话都是由视频来完成的。

冯晋骁向他走近："即便赢了他，你也是个输家，刘局。"

这声"刘局"蕴含的讽刺之意刘同何尝听不出来，他坐在原位不动："我从没存过能从冯队手里脱逃的侥幸心理。"

"你只是输给了自己，与我无关。"冯晋骁一把揪起他衣领，把人拎起来抵在墙上，寒眸如霜："废话说够了吗？现在可以告诉我，萧语珩在哪儿了。"

刘同虚弱一笑，不答。

"作为丁成民的私生子，你利用他的贪念报复他，让他为沈俊所用。现在大仇得报，又舍不得了？"冯晋骁的黑眸紧盯着他，语气阴沉，"胆敢拿女人为砝码交换你老子的命，刘同，你是真的死到临头了。"

刘同瞬间僵住。

"即便对萧语珩动了什么心思，沈俊也绝不可能带她走。不妨告诉你，在古城，在远离我几千里以外的地方，他有很多机会，但他都没动。

你知道为什么吗？”

刘同抬眼看他。

“萧语珩是我冯晋骁的女人，就算沈俊有本事把她留在身边一时，除了加速自己的死亡，没有任何益处。你觉得，沈俊会为了一个不可能爱他的女人冒这份险吗？”冯晋骁俯视他，“我敢保证，沈俊见到萧语珩的时候，就是丁成民的死期。”

“不可能，他答应我只要见到萧语珩就放人。而且，而且你们不会让丁成民死的。”

冯晋骁语气阴沉：“我都不知道他在哪儿，怎么不让他死啊。”

刘同脸色惨白，不可置信地盯着冯晋骁，似乎不相信身为警察的他会说出这样的话。

冯晋骁的声音深沉而冷酷：“即便萧语珩落入他手里，短时间内也不会有生命危险，我还有时间。你再拖下去，恐怕收到的就是你老子的死讯。不信，我们赌一赌。”然后把他甩给柴宇，转身就走。

地洞昏暗的灯光下，冯晋骁的脸半明半暗，唯有紧绷的下颌，冷凝如覆了层冰的眼眸，还有那紧握成拳的双手，昭示他的愤怒和急迫。

已经4小时了，赫饶和李股长那边都没有消息传来，那表示，他们还没有找到萧语珩。

他说赌，但他比谁都怕。

他的珩珩，还有他们的孩子，都在等他。

晚一分钟，都是危险。

陆成远明白，这是一场心理和意志的较量，他输不起。

终于，在冯晋骁走出房间之前，刘同败下阵来：“救我父亲。”

陆成远咬牙切齿地问：“萧语珩在哪儿？”

刘同颓然跪倒：“海航货场，105236号集装箱。”

恰逢此时，赫饶和李股长根据追踪到的线索，赶到海航货场。可是，他们找到的105236号集装箱却是空的。

“不可能。”刘同讶然，“沈俊的动作不可能这么快。”

陆成远蹲下身，抓起他衣领："距离你告诉他集装箱号，多长时间了？"

"40分钟。"

冯晋骁打冯晋庭手机，响了很多声，才被接起。

"晋骁。"却是叶语诺。

冯晋骁的声音没有一丝暖意，他以命令的口吻说："让我大哥听电话。"

"他在书——"

他声音冷得像寒冰："我说让冯晋庭听电话。"

电话很快转到冯晋庭手里，他问："怎么了，晋骁？"

"集合货场所有工作人员，听赫饶安排，打开所有集装箱查验。"末了他说，"珩珩被困在里面。"挂了电话他往地洞口走，走了两步身形霍地定住，然后疾步折返回来，陡然发难，一拳击向刘同面门："萧语珩有任何闪失，我让你全家陪葬。"

货场面积太大，货物太多，集装箱根本数不清，要从中找到一个人，谈何容易。冯晋骁风驰电掣地赶到，站在偌大的货场之中，他的黑眸扫过四周："从今晚要离港的和冷藏集装箱开始查验。"

他一声令下，警员们立即分头行动。

这时，陆成远来电："找到丁成民了，未见沈俊。"

凌厉的侧脸轮廓有如刀削，冯晋骁冷声："收队。"

时间一分一秒地过去，消耗着萧语珩的生命。冯晋骁犹如出现幻觉，耳边那么清晰地听见她的心跳和呼吸，越来越弱，越来越轻。

终于，赫饶在耳麦里大喊："师父！"

冯晋骁狂奔向西面，当他站在打开的冷藏集装箱前，看见蜷缩在里面的人，心头疼痛难忍。柴宇跨步上前，欲跳上集装箱救人，赫饶一把拦住他，指指嗅雷犬："有炸弹。"

冯晋骁接过赫饶递来的仪器，探出光线源，确认是一个改造过的红外感应炸弹，如果红外线不受任何阻隔保持正常照射，炸弹不会爆炸，但如果有人靠近萧语珩，阻隔了红外光线，炸弹就会立刻引爆。

冯晋骁深呼吸，在侧面箱壁上找到一枚特制螺丝，然后他从军靴里拔出匕首，小心翼翼地把螺丝拧开，看见里面露出的电线，发现这个炸弹的设置比地洞那个复杂10倍不止，他命令赫饶："带所有人退出货场。"

"师父！"

"头儿！"

"晋骁！"

大家异口同声，意思却只是一个，要留下来。

冯晋骁回身，先看赫饶："别让我重复第二遍。"

赫饶眼眶发酸，她看一眼集装箱里一动不动的身影，哽咽着应："是！"

等手下和海航工作人员往外走，他才看向冯晋庭："帮我叫救护车，谢谢。"

听着坚毅如铁的弟弟低哑的嗓音，看着他眼底的血丝，冯晋庭心头莫名地一颤，那种艰涩的感觉，太难受："小心。"

"我知道。"冯晋骁转身，"我得让她平安。"

时间缓慢得如同静止不动，周围寂静得似乎能够让人清晰地听见风声过耳的声响。冯晋骁保持着单膝跪地的姿势，他的动作谨慎而小心，他额际的汗"噼"的滚落下来，一滴滴落在脚边。

终于，螺丝被卸下来，看着埋在里面的两根电线，冯晋骁抬手抹了下脸。匕首比在蓝色的线上，他抬眸看萧语珩："对了，珩珩，你嫁给我。"错了，我们就一起。几秒静默后，手上用力一压。

然后，他听见赫饶在耳麦里喊："师父，拆弹专家到了。"

"不用了。"他扔下匕首冲进箱内，俯身抱起头发和睫毛上已经结霜的女孩，哑着嗓子唤："珩珩，珩珩——"而他心爱的女孩双眸紧闭，肌肤冰冷，没有生机，甚至是体温都让人触不到。

特警防暴车开道，救护车的红色信号灯一路闪烁，分秒必争地与时间赛跑。

CHAPTER 6 好的爱情，好爱的你

萧语珩：我在最好的年纪遇见你，把最好的爱情给你，如果最后不是和你在一起，才是辜负自己。

冯晋骁：你给了我世间最好的爱情，而你，是我最爱的人。

脚步声渐近，冯晋骁知道是顾南亭，他的心思全在身陷急救室的萧语珩身上，本无意回头，却不料右肩一沉，他在瞬间被人扭过肩膀，然后，一记重拳霍地挥过来。

不偏不倚，正中颧骨。

冯晋骁趔趄半步。

堂堂冯队何曾被人如此攻击？

不要掉对方半条命，着实不符合他的性格。

闷哼声生生压在喉咙里，他站直身体时拳头握紧，电光石火间已经还手。

顾南亭出口的话比先前的一拳更有攻击力，他一字一句："你他妈就不配再有孩子！"

一个"再"字，让冯晋骁的拳头在距离他面门一厘米处停住。

瞳光几度变幻，他重重呼吸，才抑制住不让声音颤抖："什么意思？"

顾南亭浑身戾气，直看冯晋骁眼睛："如果今天她失去了这个孩子，就是你这个身为父亲的亲手导致了三年前那个悲剧的重演。是重演，你听懂了吗，冯晋骁！"

那句"冯晋骁"犹如一柄利剑重重向他心窝刺来，杀意凛凛。

"她为什么会消失整整一个星期？因为她小产了躺在医院里。她为什么非分手不可？因为你为了送那个女人去医院，令她失去了你们的第一个孩子。"

一言戳中命门，冯晋骁听见有血滴下来，清晰无比。他缓慢地一步步倒退，表情惊疑不定，声音抖得连自己都不敢相信："不可能，怎么会……"

“怎么不会？”顾南亭陡然逼近，拎起他衣领，目光冷冽，“你给我记住，要是这回她受到同样的伤害，冒着让她恨我一辈子的险，我也绝不允许你们在一起！”

窗外天地被细密的雨丝包裹，远处街景如同胸间的血肉一样模糊掉。冯晋骁倚着墙滑坐在地上，仰头闭上眼睛，半晌，他短促地呼出一口气。

艰难到疼。

深夜，外面雨敲风窗，病房寂静温暖。

冯晋骁的心，冷得如同寒冬残雪。

他没有开灯，昏暗中眼睛一瞬不瞬凝望着病床上沉睡的女人。

那么柔弱的她，在三年前，在刚满20岁时，就曾为他孕育过一个孩子了？冯晋骁握着她的手抵在额头，不敢想象她独自躺在冰冷手术台上的心情。

萧语珩后半夜醒过来，她才皱了下眉，冯晋骁立即柔柔地按住她打过点滴的右手，轻轻安抚。她的手在他掌心动了动，慢慢睁开眼睛：“冯晋骁？”

“嗯，是我。”不到一晚，他的嗓子已经哑得不像话。

过了一会儿：“把灯打开好吗？”病房里拉着窗帘，光线太暗，萧语珩看不清他的脸。

冯晋骁没有起身，只低头看她：“接着睡吧，离天亮还早。”

“你怎么了？”手指在他眉眼上轻轻划过，她竟然还安慰，“我没事，你别担心。”

她眼里的温柔撕碎了冯晋骁的心，撑在床边的手指用力得指甲都泛了白，强烈的情绪波动令他脆弱到难以自持：“珩珩，我——”竟然难以说完整句。

女孩子的脸在昏暗中显得苍白，她用那双清澈干净的眼睛注视他，然后抽出手来，朝他伸出胳膊：“冯晋骁，你抱抱我，我有点儿冷。”

看着她纤尘不染的眸子，冯晋骁的心从来没有这样柔软过，也从未有此刻这么疼，他侧身躺上床，把小小的她柔柔搂住。

萧语珩心满意足地闭上眼睛：“你身上好暖。”

冯晋骁抱着她缓了好一会儿，才哑哑开口："怕没怕？"

萧语珩想抬头看他，却被他的下巴抵住发顶动弹不了，只好乖乖地把脸贴在他胸口，伴着有力的心跳，笃定地答："没有，知道你一定能救我。"

冯晋骁拥着她，黑暗中他眼睛里的情绪纤毫毕现。

萧语珩在半醒半醒间，隐约听见他说："对不起。"

接下来两天，萧语珩被留院观察。对于把例假推迟当作怀孕的误会，她羞恼过后，更觉庆幸。幸好只是虚惊一场，如果真是怀孕，在经历了绑架被困，小产的可能性几乎是百分之百，那样的结果，她无法再承受一次。

直到出院那天，冯晋骁的脸色还是不好，萧语珩看出他心事重重，在他收拾好了东西准备去办出院手续时撒着娇说："你是在怪我没提和林立认识吗？我只是觉得他仅仅是个无足轻重的人啊。以后每天见了什么人，说了什么话，我保证一字不漏地报告，冯队，你不要生气了好不好？还是你怪我，没确定怀孕就大呼小叫？"

冯晋骁因她最后一句话面色凝重，伸手搂紧了她："不是。"

萧语珩半真半假地哎哟了一声，冯晋骁果然不板着脸了，立即问她哪里不舒服，要叫医生过来。萧语珩不说话，只看着他笑。冯晋骁无奈地拍她脑袋一下："不许吓我。"

萧语珩跪坐在床上，用温柔的视线看他青紫未消的右脸："那你不要生气了啊。"

"我没有跟你生气。我是在气自己，没有好好对你。"冯晋骁伸手，轻轻地把她额前的碎发拂向一侧，"这回可以让我去办出院手续了吧？"

萧语珩搂住他脖子，亲亲他右脸："好吧，快去快回。"

临走时，有位小护士语气轻快地和萧语珩告别："再见了语珩，回家好好休息。"

不等萧语珩回应，冯晋骁接口道："建议你把再见改成恭喜出院。"

萧语珩和无辜的小护士对视一眼，都笑了。

晚饭决定回家吃，冯晋骁亲自下厨。听着身后渐近的脚步声，他把火关小，然后就有人扑上来，抱住他的腰："你这独门绝活儿什么时候练成的啊？怎么我都不知道？"

冯晋骁回头，刚洗了澡的萧语珩穿着他的T恤，两条光裸的腿暴露在空气里，匀称修长。他把一只手覆在腰间她的手背上："那时候在A市吃腻了外面的东西，就试着自己做了。"

见他舀了一勺汤，她立即要求："给我尝尝。"

冯晋骁先尝了一口，才又舀一勺，吹完递到她嘴边："小心烫。"

萧语珩就着他的手喝完，轻声欢呼："好喝，冯队你真棒。"

冯晋骁没说话，只是抱着她。

晚饭萧语珩吃得很香，冯晋骁慢慢喝着汤，看着她眉目间的心满意足，心里波涛汹涌。

吃完她抢着洗碗，冯晋骁不让，萧语珩就像个小孩似的跟在他身后，亦步亦趋，直到客厅电话响了，她才跑出去接，然后就站在阳台前，久久未动。

女孩的身影陷在晕黄的灯光中，纤瘦而单薄，冯晋骁几乎没有勇气直视。他一步一步走过去，靠近了，伸手将她抱在怀里，搂紧。

萧语珩放松了身体依偎着他。

窗外万家灯火的璀璨，远不及此刻相拥的沉默，温暖动人。

只是，谁的心在掀着巨浪？

过了一会儿，冯晋骁确认："他打来的？"

萧语珩没回答，转过身摸他右脸："还疼不疼？"

冯晋骁伤在脸上，那么明显，萧语珩怎么会没看见。他不说，她也心知肚明，能伤到他的，没几人，萧语珩早已猜到肯定是顾南亭的杰作。本以为是因为她此次遇险，顾南亭气极之下才动手，没想到源头竟要追溯到三年前。

冯晋骁低头，一枚亲吻落在她眉间。

清冷的夜色里，男人的黑眸幽深似海："知道你真的退学了，我又回来过一趟，你却已经跟顾南亭出国了。我连夜飞去了古城，在我们住过的客栈房间里一遍遍打你的手机，我不知道要说什么，只是在那一刻很想念你。我坐在音乐火塘里，总觉得，应该是两个人在那里。我抬头就能看见你，伸手就能摸到你。”

“我把叶语诺送到医院折返回来你就不见了，我去顾家别墅，萧姨说你没回去，我打顾南亭的电话他拒接。我就差把G市翻过来了，都找不到你，整整一个星期。我始终不明白究竟哪里做错了，竟然让你一点儿转圜余地都没有，非分手不可。”

冯晋骁与她额头相抵，隔着一个眼睫的距离：“珩珩，你瞒得我好苦。”

从来没有想过，日出东方，冯晋骁站在海拔2400多米的客栈阳台上，思念自己。

当时她坚持分手，可当漂洋过海，独自站在异国街头，想他想得呼吸都觉艰难，萧语珩不是没有后悔过，也曾无数次动过联系他的念头，每一次都在按下最后一个数字前放弃。她把手机中冯晋骁的名字删除了，可那11个数字却像生了根一样刻进骨子里，铭记于心。

忘不了，成了最痛苦的煎熬。

可是，因为误以为他对自己是虚情假意，她再没有勇气，把思念宣之于口。

“我不是个称职的父亲，可你也不该让我蒙在鼓里。”手指被无形的力量牵动，冯晋骁轻抚上萧语珩平坦的小腹。

如果，如果三年前那天他在自己身边，也像现在这样轻抚，疼痛会不会有所缓解？萧语珩无从得知，只在这一刻，眼泪抑制不住地涌出眼眶，打在冯晋骁手背上。

心脏倏地紧缩，被扼住呼吸的感觉，让面前这个身经百战的男人很疼。

一时间，房间里非常安静，彼此的心跳声清晰可闻。

冯晋骁以指腹摸她的脸，轻轻地抹去上面的泪：“珩珩，告诉我。”恳求的语气。

萧语珩回以微笑，倔强，坚强，良久。

“那段时间你很忙，将近两个月没回来看我，电话也少，每次我打过去，你不是在开会就是在执行任务，或者太晚了没说几句就睡着了。我的例假一向很准，那个月却迟了一个多星期。我很害怕，想告诉你，又担心弄错了给你添麻烦，就悄悄跑到离家和学校都很远的药店买了试纸，结果我真的怀孕了。”

原本是件喜事，可此时此刻，“怀孕”这两个字令冯晋骁弧度硬朗的下巴陡然抽紧，甚至是他的手都在微微颤抖。

难怪顾南亭说：你失去的，不仅仅是和珩珩分开的三年时间。

我失去的——

冯晋骁的胸口剧烈起伏，视线牢牢地锁住萧语珩的腹部，如鲠在喉。

“我不知道该怎么办，一面隐隐开心觉得能为你生一个漂亮的宝宝好幸福，想着我们永远都不会分开了，一面很慌，怕你不喜欢不高兴不要他。虽然我知道那时还没毕业，他来得不是时候，可如果你真的让我拿掉，我又会怪你。”

在这样的矛盾中宝宝就两个月了。萧语珩开始有反应，吐得很厉害，整个人病怏怏的。周末回家几次在餐桌上险些呕出来，在萧素关切的目光下，她笑嘻嘻地说鱼没做好腥味太重呛到她了。鱼当然没问题，顾南亭尝完以为她又是因为被鱼刺卡过逃避吃鱼才那么说，挑了刺夹给她让她吃。

萧语珩清楚地记得，顾南亭边细心地帮她挑鱼刺边沉着脸责备：“瘦得没样了还挑食！”

她不敢回嘴，只能在桌下伸腿踢他。

顾南亭不理，径自说：“吃不完不许下桌！”

那晚，萧语珩在自己的房间里吐得一塌糊涂，虚弱无力地靠在床头给冯晋骁打电话，可惜没人接听。一个小时后他回过来，竟还责备：“不是告诉你要是晚了我没打电话来就是有任务，你就早点儿睡，怎么又不听话？”

萧语珩好委屈，又懊恼打扰了他，小声说：“我就睡了。”

冯晋骁默了一瞬，轻叹：“等忙完手上这个案子，就回去看你，你乖乖的。”

“要多久啊？”萧语珩钻进被子里，“我好想你。”

冯晋骁其实想说“我也想你”，话到嘴边就成了：“我知道。”

冯晋骁所不知道的是，这个回答让满腹心事的萧语珩很失落。换作以往，萧语珩稍有异样冯晋骁就能有所觉察，可那段时间实在太忙，疲惫让他忽略了她的情绪变化，所以那天的最后，只匆匆交代："最多一个星期我就回去了，你听话。"就挂了。

"你说一个星期就回来，我想，7天还是可以等的吧，就决定当面告诉你。就算是不要他，总也要你陪我去医院啊，要不我多害怕。可是，过了半个月，你还是没回来。"

那年她才刚满20岁，那种情况下是多么需要冯晋骁在身边。可他，在哪儿？

冯晋骁觉得胸间有个缺口开始溃堤，有什么东西汹涌而至，他无法抵挡更无力抵挡。如同失去了触摸萧语珩腹部的勇气，冯晋骁转而握住她的手，那冷如冰的触感让他的心越来越凉。

萧语珩却比以往任何时候都坚强，手心翻转，回握住他的手。

"我准备去A市找你，却在出发前接到她的电话。那段时间我孕吐的症状太强烈，我不愿意让你以外的人知道，所以不想过去，担心她看出来。可是——"叶语诺在电话里说："晋骁今天回来，你不想见他吗？"

她天真地以为，叶语诺的邀约是给她见冯晋骁创造机会。

欣然前往。

万万没想到——

叶语诺比以往任何一次都要冷漠。她站在二楼，居高临下地看着萧语珩，以倨傲的姿态践踏着她的尊严："死缠烂打的滋味好吗？如果不是了解你的智商，我简直怀疑古城的相遇根本就是你设计的。怎么，顾南亭终于厌烦你了，索性把你塞进冯家，为的是让我不好过？"

叶语诺脸上的敌意太明显，萧语珩想忽略都难，她捏紧拳头，强自镇定："我听不懂你在说什么。不是说冯晋骁回来吗，在哪儿呢？"

"你可真贱。"叶语诺冷笑，"如果我没猜错，晋骁肯定没有告诉你我和他的关系。"

"什么关系？"萧语珩的表情僵在脸上，声线不稳，"你不是他大嫂吗？"

叶语诺不回答，只是看着萧语珩，笑容里的嘲讽之意让她很慌。

"你们……"

叶语诺还觉得不够，盯着她苍白的脸："不然你以为他为什么接受你？”

和冯晋骁之间，一直是萧语珩主动。起初，他以她太小为由拒绝过，后来，后来忽然就默许了他们的关系。想到这里，萧语珩的眼圈就红了，却还倔强地昂着头：“你胡说！他才不是因为你，他喜欢我。”

叶语诺像是听到了世间最好笑的笑话，空旷的房间，萧语珩听见她的笑声久久回荡。等她笑够了，拿那双美丽却充满敌意的眼睛盯着她：“就凭你，拿什么乞求到他的爱情？萧语珩，你不过就是一个影子！我的影子！”

然而，击垮萧语珩的不是这些一面之词，而是叶语诺一个看似随意的动作。当她把手覆在突起的肚子上，低眸自语：“不知道晋骁喜欢男孩还是女孩儿。”

直戳命门。

萧语珩手撑在楼梯扶手上，干呕不已。

叶语诺反应了几秒，才奔过去扯住萧语珩的头发：“……你，不会是……”

萧语珩头晕得看不清她的脸，只因头发被扯疼了下意识推了她一下，然后虚弱地说：“我不信，我去问他。”就要站起来离开。

叶语诺跌坐在台阶上失神，直到猛地听见外面的车声，她恍然惊醒，站起来一把扯住萧语珩的手，凑到她耳边鬼魅似的说：“萧语珩，你做梦！”然后倏地展手，用力一推。

只觉得眼前一花，整个已经身体不受控制向下跌去，萧语珩下意识伸手护住小腹，却还是觉得那里坠坠的痛感比身上每一处磕到台阶的皮肤都要疼。

疼，疼死了。

却还尝试站起来。

叶语诺永远都不会知道那个在她眼里柔柔弱弱的妹妹在那一刻是有多艰强，更无从得知萧语珩当时脑中只有一个念头：腹中那个和她，和冯晋骁骨肉相连的小生命不能失去。

那一刻，她不仅仅是萧语珩，她还是一个妈妈。

终于，她挣扎着站起来。

冯晋骁就在这时推门进来。

“……冯晋骁。”她神情一松，缓缓地朝他伸出手，然而，冯晋骁投射过来的目光似有重量一般，压得萧语珩喘不过气。

萧语珩的瞳孔在缩紧，然后，她看着冯晋骁快步走过来，就在她以为他是过来扶她时，他却在她旁边弯下身抱起痛苦呻吟的叶语诺。

明明摔倒的是她，怎么——

当冯晋骁转身往外走，当叶语诺用胳膊揽着他颈项，软软地唤了声“晋骁”后朝她微笑。萧语珩才明白，冯晋骁先前那一眼注视的压迫感从何而来。

原来，他以为是她令叶语诺摔倒。

先前支撑她的力量瞬间散尽，萧语珩颓然跪倒。感觉有液体顺着大腿滑下来，她在疼痛中给顾南亭打电话：“哥哥——”开口，已泣不成声。

时隔三年，萧语珩终于有勇气问冯晋骁一句：“是因为她，才答应的吗？”

冯晋骁觉得自己的心脏像被人狠狠地抓了一把，连同眼里的疼也被她无声滑落的泪水点燃，满溢得整个房间都充斥着潮湿忧伤的味道。

“不是。”或许，在经历过那些沉重的过往之后所有言语都会显得很苍白。然而这一次，冯晋骁没有吝啬于表达，握住萧语珩冰冷的手指抵在自己胸口，他一字一句地告诉她：“因为是你。”

只因为是你。

原来，他的爱情并不如叶语诺所说，是我祈求来的。

萧语珩笑了：“我真傻，非要分手一次才肯相信你。可我当时真的气坏了嘛，虽然她没明说你们恋爱过，可我看见她摸着肚子叫你晋骁，就失去判断了。而且你当时看我那一眼，让我觉得你怀疑是我推倒了她。冯晋骁你说，在那种情况下，要我怎么和你继续？”

“你还在替她遮掩。”冯晋骁身上陡然现出的戾气以及那双如同被血浸染的眼睛都在昭示，他有多肯定叶语诺导演的不仅仅是一场误会：“好好的，怎么突然就……”他问，“她推了你是吗？”

然后再制造一个自己是受害人的假现场，之后还假意为萧语珩求情：“不是珩珩推我的，是我自己不小心。既然图图没事，晋骁，你也别怪她。”

冯晋骁觉得自己蠢不可及。他否认不了，真的有那么一瞬，他以为是她们姐妹发生了争执，萧语珩不小心推倒了叶语诺，造成了图图的早产。

我是没怪你，可我，怀疑你了——冯晋骁根本收敛不住外露的肃杀之气，“为什么不说？即使不相信我，也不该那么轻易放过她。你的善良，只会让她变本加厉。”

萧语珩抓住他的手不放。

或许是他身上的戾气太重被她洞悉了想法，冯晋骁也无心遮掩：“别怕，死不了人。但至少让我为你，为我们没出世的孩子做点儿什么。”

冯晋骁的目光黝黑得怕人，萧语珩苍白着脸，被他散发出来的气势所威慑，却还是伸出手温柔地抚摸他抽跳的额角：“爸爸告诉我，她珍藏的笔记本里夹着一张被撕过又重新粘在一起的和妈妈的照片，她嫁给姐夫后，那是她从家里带走的唯一东西。如果有一天她失去了什么，我不希望和我有关。不是我有多善良，这是我的自私，无论如何，我不想背负她的终身幸福，我承受不起。”

那我们就该承受分离，承受失去孩子的痛吗？

凭什么？！

可面对萧语珩恳求的目光，冯晋骁无法再说什么，半晌：“你先睡，我到书房待会儿。”

冯晋骁一根接一根地抽烟，浑身的力气都像是被抽尽了，眼底的疼痛充斥了整个房间。萧语珩在卧室等了很久，终于忍不住过去，看着他强自压抑的背影，觉得很心疼，走上前伸手抱住他，把脸轻轻地贴在他背脊上，轻轻蹭了蹭：“我没关系的，你别难过。”

怎么会没关系？怎么能不难过？那失去的，是他们的孩子啊。

冯晋骁掐灭了烟合上眼，须臾后睁开，展手把萧语珩搂到胸前，下巴搭在她肩窝，侧脸相贴，心脏相叠：“是不是很疼？”

他的声音有些哑，萧语珩舍不得多说一个字加剧他的难过。她在他的臂弯里转过身来，用胳膊搂住他脖子：“我的身体恢复得很好，你别担心。”随即又露出一个安抚温存的笑，“而且，只要是你搂着我睡，我都不会做梦。”

他在这一刻才意识到，自己的臂弯是令她觉得最温暖、安全的港湾。

冯晋骁心口疼得让他直不起腰，他甚至没有勇气多看一眼萧语珩此时的表情，把她紧紧拥住，脸埋在她颈窝，许久：“你不原谅我，应该。”

萧语珩心酸地回抱他：“如果我确认怀孕就告诉你，就不会发生这些事了。误解、隐瞒、分手、退学，是我不对，对不起。”

难怪那天会在没确认怀孕的情况下就给他打电话，难怪在电话里那么异常，是怕再经历一次啊。冯晋骁心疼到难以成言，唯有手臂圈紧的动作在向萧语珩传递一个信息：他有多难过，多自责。

等萧语珩枕着他的胳膊疲惫地睡去，冯晋骁的眼睛透过窗帘缝隙投射进来的月光灼灼地盯着萧语珩的眉眼，那种专注，如同世间万物都与他无关。

深夜，外面静得只听得到树叶被风吹动的沙沙声。房间里，怀中的萧语珩轻轻地动一动，冯晋骁就力道适中地轻拍几下她的背，然后调整自己的睡姿，让她在自己怀里躺得更舒适，掌心隔着睡裙覆在她小腹上。

凌晨时分，萧语珩忽然醒了，才有了起身的动作肩膀就被按住了，黑暗中冯晋骁的声音近在耳畔：“干什么？”

萧语珩的睡意淡了几分，伸手握住搂在她腰间的大手：“喝水。”

冯晋骁起身：“我去。”

再躺下时萧语珩背对着他，低声软语：“冯晋骁，你睡会儿。”

他说好。

过了一会儿，萧语珩提醒：“我明天想回家看看妈妈。”

他说知道了。

第二天萧语珩早早就醒了，冯晋骁站在阳台上，听到卧室的声响，他分开窗帘进来：“不多睡会儿吗，还早。”

萧语珩张手要他抱抱：“你不在，睡不好。”

听着她娇娇的声音，冯晋骁的语气和心一样柔软，声音低低地哄：“要不要我再陪你躺会儿？”

萧语珩搂着他脖子，撒娇：“不要，饿。”

冯晋骁抱了抱她：“马上就给你喂食。”

吃完早餐，冯晋骁主动提及送她回顾家：“回去住两天，陪陪萧姨。”

“那你送我。不过晚上我要回来的，你去接我好不好？”

冯晋骁不回答。

萧语珩轻轻晃了晃他：“好不好啊？”

“好。”

到了顾家别墅外，趁冯晋骁倾身过来给她解安全带的机会，萧语珩抓住他的手要他保证：“冯晋骁，就这样吧。”已经改变不了的事实，念念不忘也是于事无补。

他都懂，可是——

冯晋骁眸色深深地看她：“谢谢你还愿意回到我身边。”然后捧起她的脸，深深地吻住她的唇，既没答应说不动叶语诺也没反驳什么。

回去的路上，冯晋骁给冯晋庭打电话，那边接通后先问：“珩珩怎么样了？我昨天下午去医院，医生说她出院了。”

冯晋骁不答，只说：“在家吗？我20分钟后到。”

“什么事这么急？”冯晋骁从没在早上回去过，那边的冯晋庭看了下时间，建议：“我上午有个会，要不然你直接过去办公室——”

冯晋骁打断他，声音有如金石：“找你打架，办公室方便吗？”

叶语诺领着图图下楼时就见原本已经出门的冯晋庭神色清淡地坐在沙发上。

“怎么回来了，忘了东西吗？”显然先前冯晋庭已经出门。

图图颠颠地跑过去，抱住冯晋庭的大腿，要爸爸抱。

冯晋庭把儿子抱到怀里，吩咐司机：“先送他们娘俩儿，再回来接我。”

叶语诺发觉他的刻意回避，上前一步握住他的手：“老公——”

冯晋庭看着她紧张的脸色，微微地笑：“最近太忙，好几天没看着老爷子了，我等他散步回来说几句话再走。”

图图伸出肉肉的小胳膊搂住他脖子：“要爸爸。”

叶语诺把图图接过来放在地上：“妈妈不是告诉过你吗，爸爸有很重要的工作要做，你要听话，不能让爸爸更忙了。”

图图伸手抱住冯晋庭的腿，仰着小脸问：“那爸爸什么时候才能不忙？”

冯晋庭在儿子面前蹲下来，给小家伙整理原本就很平整的衣领："爸爸答应图图，只要有时间就去接你，好不好？"

图图龇牙笑，搂着爸爸的脖子蹭啊蹭的。冯晋庭温柔地摸了摸儿子的头，才把他的小手递给叶语诺："让妈妈送你去幼儿园。"

叶语诺觉察出丈夫有心事，可她其实也习惯了，身为海航的负责人，需要他考虑的问题实在太多，也就没多说什么，打算晚上有机会再问。

冯晋庭低头看她，嗓音沉缓："去吧。"然后俯身轻吻她侧脸。

叶语诺嘴角上扬，牵起儿子的手："和爸爸说再见。"

在大院门口看见冯晋骁的车迎面驶过来，叶语诺没来由得心一慌，还没来得及把冯晋庭早上的反常和冯晋骁的到来联系起来时，大切已经停了下来。冯晋庭的司机当然认得冯晋骁，见他下车走过来，他立即降下车窗："冯队。"后座的图图高兴地喊着："小叔。"

前者未予理会，至于后者，冯晋骁听见了，他的眼角不受控制地抽跳了一下，终是没有回应。绕到副驾，他看着叶语诺："下来说几句话。"

冯晋骁的声线密实，冷酷，叶语诺有那么一瞬想要拒绝，却不得不在他的视线压力下推开车门下来。司机见两人一前一后走向花坛，边安抚不明所以的图图，边拿出手机打电话。

确认距离足够司机什么都听不见，冯晋骁停下来，回身看向叶语诺惊怕的脸色，所有的修养都见了鬼："什么原因让你那么恨她？父母离婚她一个6岁的孩子能阻止得了吗？萧姨选择抚养她是她的错吗？她得到长辈的喜爱、顾南亭的照拂是她的福气，你嫉妒到要下狠手杀了我的孩子吗？你伸手推她的时候有没有想过，她身上流着和你一样的血？她是你妹妹，叶语诺！"

他字字诛心，叶语诺无所遁形，脸色霎时惨白一片。

"怎么不否认了？你不是说什么都没做过吗？"最后一句几乎是低吼出来。

冯晋骁狠狠闭了下眼睛，紧握成拳的双手昭示着他强自压抑的愤怒："谁给你的信心让你以为我一辈子都不会知道？还是你觉得等哪天我和她男婚女嫁再无瓜葛时，知道也晚了？你该庆幸不是那样，否则我真的会杀了你！"

叶语诺被他血红的眼睛逼视得后退。

“要是我能未卜先知算到认识你会是今天的结果，7年前我绝不会去抓那个抢劫犯！和珩珩之间，从前是她主动多些，可你怎么知道我心里不喜欢她黏我的？反倒是你，主动投怀送抱，我冯晋骁也不稀罕。”

“够了！”叶语诺身体都在颤抖，“冯晋骁，我是你大嫂。”

“这就觉得难听了？”冯晋骁抬手捏住她下巴，力气大得像是要捏碎她那张丑陋的脸，“那你怎么就能在我女朋友面前轻巧地安一个罪名给我？看她好欺负，还是看我太蠢？”

叶语诺挣扎却挣脱不了，脸上疼得表情都扭曲了。

“你不会以为我之所以没对大哥，也没对珩珩提起和你认识，是对你心存念想吧？那我今天就明明白白地告诉你，和你那点儿一日之雅的交情，我是觉得根本不值一提。”

话至此，冯晋骁几乎控制不住自己，他的脸色暗沉得可怕：“只是我没想到会这样埋下隐患，让你有可乘之机伤害她，而我竟然成了你的帮凶，和你联手，杀了自己的孩子！”

“晋骁！”伴随着一声厉喝，冯晋庭疾步而来，甩开他的手，把叶语诺拦在身后，“有什么话回去说。”

冯晋骁深呼吸，抬手指向叶语诺：“她做了什么你是不是都知道？是不是？”最后三个字，几乎是吼出来的。

面对他的质问，冯晋庭居然没有否认。

心中的猜测被证实，冯晋骁痛苦地蹙眉，抬手揉着太阳穴原地转了一个圈。他霍然抬手挥出一拳，直直砸向冯晋庭：“你儿子的生日是我孩子的忌日，你他妈知不知道？！”

像是料到冯晋骁会动手，在他一身寒气转过来的瞬间，冯晋庭反手把叶语诺推离自己身边。叶语诺的惊叫声中，冯晋庭结结实实挨了一拳，被打倒在地。

冯晋骁是真的动怒了，即便面对的是自己血脉相连的大哥，手下也毫不留情，一拳挥过去震得冯晋庭的半边肩膀顿时失去了知觉。幸好他推叶语诺时微动了下身体，否则这一拳很有可能就直接砸在他脸上了，想不见血都难。

冯晋骁被他对叶语诺的维护逼得怒气更盛，眼中浮现出阴郁的光来。冯晋骁挽高衬衫袖子："不要以为不还手，我就会客气。"说着就要再次挥拳过来。

冯晋骁是受过特训的特警之首，从18岁踏进警校大门，4年警校训练，8年实战磨炼，拳头有多重可想而知。眼见冯晋庭被打倒在地，叶语诺冲过去要拦："冯晋骁，你住手！他是你大哥！冯晋骁！"

冯晋骁完全不理会，拎起冯晋庭的衣领，愤恨地吼："冯晋庭，还手！"

冯晋庭抹一把被揍得沁出血丝的嘴角："不用客气，来吧。"心甘情愿领受。

冯晋骁眼底血红一片。

叶语诺急得眼泪都下来了，她以带着哭腔的声音喊："是我推她的，都是我做的，我恨她总是轻而易举得到一切我用尽全力追求的。冯晋骁你有气冲我来！"

这时，一辆跑车飞驰进大院，尖锐的急刹声中，萧熠率先从车上跳下来，冲上前一把扯住冯晋骁："冯晋骁你疯了是不是？你看清楚，这是你大哥！"

冯晋骁像是失去了理智，甩脱他，痛苦嘶吼："珩珩小产的时候，怎么没人说一声，那是我冯晋骁的孩子！"

没想到才去了A市几天，回来这边就天翻地覆了。饶是在车上听萧语珩大概说了原委，萧熠还是因为震惊停滞了动作。

静止的几秒间，萧语珩跑过来拉住冯晋骁："你冷静——"

却阻止不了。

盛怒之中的冯晋骁展手把她推给萧熠，一拳挥向冯晋庭："这一拳是为珩珩打的，冲她一声声喊你姐夫，你却狠得下心对她承受的伤害一言不发。"紧接着又是重重的第二拳，"这一拳是为我没出世的孩子，冲他本该叫你一声大伯，你却对他的离开一言不发。"

胸腔和肋骨均在隐隐地痛，冯晋庭退了两步才勉强站直身体，但他依旧不躲不闪，艰难地走上前，准备迎接下一拳。

见他背脊都弯了下去，却没有半分想要护住身体的举动，饶是愤怒如冯晋骁，也终是不忍心再狠狠打下去，他挥出第三拳，落在冯晋庭肩膀上，开口时嗓音带着难以形容的沙哑和艰涩：“这一拳是为我自己打的，冲我对你的敬重和信任，冲我在你儿子出生时置自己的女人于不顾送你妻子去医院，你却眼见着我和我所爱的人分手一言不发。”

最后收手时，回身一个动作把叶语诺逼退几步，目光里的锋芒纤毫毕现：“你记住，他挨的每一拳，都是替你受的。”冯晋骁的衬衫扣子因动作幅度过大被扯松，紊乱的呼吸也未平复，视线却冷如寒冰，“至于你，我杀了你的心都有！”

叶语诺跑过去扶冯晋庭。

被碰到伤处，冯晋庭疼得吸气。他激烈地咳嗽，全身的骨头仿佛都被拆了一般疼，借助叶语诺的力量勉强站稳，开口时气若游丝：“晋骁——”他喉结滚动，有什么东西压在心口堵得喘不过气来，终究没能说出一句完整的话。

不知道是不愿意面对他，还是不忍心看他被自己打得满身是伤，冯晋骁蓦地转过身去：“道歉的话一句都不用说，我无法原谅。”

“冯晋骁，你们的孩子是因为我没的，和晋庭一点关系都没有，他并不知情。”叶语诺用尽全身力气支撑着丈夫，“萧语珩，你说句话——”

“最后警告你一次，再敢对她有任何包括言语上的伤害，我绝不客气。”握紧萧语珩手腕，冯晋骁给众人一个冷硬的背影，“还有，从今天起，我和你们什么都不是！”

“你说什么混账话！”随着一声底气十足的厉喝，冯家老爷子步伐稳健地走过来，“什么叫你和他们什么都不是？那是你亲哥！”目光从一身狼狈的长孙冯晋庭身上扫过，老爷子盯着冯晋骁的背脊，“我看你们是不想活了！嫌人丢得不够是吗？都给我滚回家！”

冯晋骁像是没听见，拉着萧语珩就走。

“冯晋骁，”老爷子见小孙子连自己的话都敢不听，怒气上涌，“你给我说清楚再走！”

“问冯晋庭。”只留下这一句，冯晋骁头也没回地走了。

冯家书房里，老爷子端坐桌后，盯着冯晋庭夫妇，语有不善：“你们俩谁说？”

没料到事情会闹到爷爷这里。回来的路上，冯晋庭就在斟酌如何解释，然而，事情发展到这一步，隐瞒是不可能的，但除了知道萧语珩小产过，他并不清楚细节。

不必冯晋庭开口替她掩饰什么，叶语诺直接承认：“图图出生那天，我推了萧语珩一把，她从台阶上摔下来，小产了。我恨她夺走了本该也是属于我的东西，”望着冯晋庭肿起来的侧脸，她强忍住眼泪，“我不希望她嫁进冯家。”

在他因有了曾孙图图而欢喜时，他却同时失去了另一个，老爷子险些被气得背过气去。他指着冯晋庭，半天没说出话来。最后，他狠狠打了冯晋庭一个耳光，骂道：“滚出去！”

离开书房，冯晋庭拒绝叶语诺搀扶，径自扶着楼梯扶手下楼。

望着他的背影，叶语诺意识到，她的幸福正在越走越远。在冯晋庭走到门口时，她终于忍不住问：“你什么时候知道的？”

冯晋庭的手按在门把上，良久，他才回答：“一年前爸生日那天。”

一年前？叶语诺想起来，那天确实在叶亿家碰上了萧语珩，那是她把萧语珩推下楼导致她小产后两人第一次见面。当时，她颇有些得意地说：“我不可能让你嫁进冯家。我想要的，和我要舍弃的，都不会属于你。萧语珩，在我因摔倒早产生下图图，在你决定向冯晋骁隐瞒自己小产的那天起，你已经失去了先机。”

萧语珩不再像20岁时慌不择路，她冷冷地说：“你有没有摔倒，我又是怎么小产的，或许会成为永远的秘密。但你记住，人在做，天在看，为了图图，我劝你多积点儿德。”

然后短手短脚的图图就从屋里慢悠悠地跑出来，手里拿着萧语珩落下的围脖：“小姨。”

那天是自图图出生以来，萧语珩第一次见孩子，听见他拿糯糯的小声音喊小姨，萧语珩差点儿哭出来，多一分钟都待不下去。她借口公司有事和叶亿告辞，却在门口遇上冯晋庭。

原来他都听见了。叶语诺眼眸里含着泪：“那你怎么……”

我没问，是不愿意你说谎骗我。既然已经不能挽回什么，我多希望，你在看到他们历经误会和分离之后还能在一起而放手。可是，你做了什么？我又做了什么？

“晋骁在一个星期前就给爸妈打了电话，他有意在年底前把珩珩娶进门。爷爷自然是赞成这门婚事的，催爸妈回来去顾家提亲，把事情定下来。”

叶语诺笑：“你是在告诉我，我该离开了是吗？”

冯晋庭看见她眼角的泪光，一言不发地转身离开。

冯晋骁以警队有工作要处理把萧语珩送到萧熠车上就走了。萧语珩本来有话要说，被萧熠拦下了：“让他静静。”

萧语珩眼里有泪意：“如果我知道绕了一圈后还是回到原点，我一定不会说分手。”然后她又笑了，哭哭笑笑间，萧熠听她说：“他能这么难过，不枉我从未对自己的认真付出后悔。”

傍晚，冯晋骁独自坐在训练场中央，任初秋的第一场雨打湿了身上的作训服，回想和萧语珩相识相恋到最后分手，从起初的甜蜜到如坠深渊，终于，心比湿透的身体冷得更彻底。

那一年，他们还不是恋人。

冯晋骁在A市的特警队工作，萧语珩在G市备战高考。

由于执行任务，冯晋骁连轴转了48小时才回宿舍，就看见坐在门口睡着的萧语珩。小姑娘手里抱个盒子，装着给他带来的生日蛋糕。

对自己的生日从来都没有概念，她居然会记得。冯晋骁因这份惦念动容。

萧语珩着了凉，住了两天院，冯晋骁理所当然地得照顾她。25岁的男人高大挺拔，俊朗帅气，每每出入病房，总能引得女医生和护士的关注。反观萧语珩，发育得像个15岁的小丫头，又听她称呼冯晋骁哥哥，周围的人误以为他们是兄妹。

有女医生委婉地打听冯晋骁有没有女朋友，萧语珩神秘兮兮，又故意吞吞吐吐地小声说："我哥哥他，不喜欢女生的。千万别往外说啊，他会不高兴。"

冯晋骁当时就站在病房门口，闻言只是若无其事地拎着袋子进来，用惯常冷淡的语气说："酸奶在里面，要喝自己拿。"对她的恶趣味视而不见。

萧语珩立刻爬起来去拿酸奶，边用吸管喝得嗞嗞响，边说："哥哥，把你男朋友介绍给我一个吧，我该练习谈恋爱了。"

冯晋骁在她床边施施然坐下，淡定从容地慷慨表示："好，挑个你喜欢的。"

女医生瞬间变脸，匆匆离开病房。

然后萧语珩就闷闷不乐，盘腿坐在病床上，垂着头连喝了三盒酸奶。等她伸手去拿第四盒时，小爪子被冯晋骁打开："闹什么别扭？拿这玩意儿当饭吃？"

萧语珩噘嘴，小媳妇似的看着他。

冯晋骁捏捏她脸："我都没和你算胡说八道的账，反倒摆脸色给我看了是不是？"

萧语珩直视他眼睛："如果我说，我挑你，行不行啊？"

"什么？"冯晋骁听懂了，微微尴尬地板脸训她，"还没成年就想谈恋爱，小小年纪不学好。"

她也不生气，只梗着小脖子反驳："可等我长大了，你肯定被别的女人拐走了。"

冯晋骁没好气："以为我是你吗，任谁都能拐走？"

说者无心，听者有意。萧语珩高兴地扑进他怀里，"那你说话算数，我长大之前你不能被别的女人拐走，等我和你谈恋爱。"

我说什么了就算数？冯晋骁有点儿蒙。可怀里那种好得不得了的感觉让他说不出拒绝的话。他不说话，萧语珩当他默认，兴奋地在他怀里扭来扭去。

某人被娇若春花的小姑娘磨得险些内伤。

后来冯晋骁亲自把萧语珩送回家，面对萧素，他很抱歉：“她没去过A市，我接她去玩两天。事先没跟您商量，是我欠考虑了。”

萧素面上并没有表现出来，只客气地说：“珩珩还小，不懂事，给你添麻烦了，晋骁。”

“您说哪里话，我应该的。”他所谓的应该是指萧语珩是冯晋庭的小姨子这层关系，萧语珩却理解成另一层意思，她踮脚在他耳边说：“等我考上大学，我就长大了哦。”

当着萧素的面，冯晋骁一本正经：“好好备考，不许胡思乱想。”老脸却罕见地红了。

再见面，亭亭玉立的姑娘扬着手中的录取通知书，站在宿舍门口朝他笑。

冯晋骁皱眉：“不会又是偷跑出来的吧？”

萧语珩跳过来：“这回没有，我和妈妈打过招呼。不过，”她抱着他胳膊撒娇地摇了摇，“不过，我骗她说去同学家玩两天。”见他脸色缓和，她咬了咬唇，期待地看他，“可以兑现承诺了吗？”

累得眼冒金星的冯晋骁掏出钥匙开门：“什么承诺？”

萧语珩堵在门口不让他进去：“你答应我等我考上大学就和我谈恋爱的。”

冯晋骁轻巧地把人拎开，“别闹，我累死了，自己玩会儿，我睡醒了送你回去。”然后扔下她进了卧室，倒头就睡。

等他睡醒，萧语珩早已不见人影。

他坐在餐桌前食不知味。

到底还是不放心，冯晋骁往顾家打了个电话，是萧素接的，说萧语珩休息了。他以高考成绩为话题和萧素聊了两句，就挂了。

之后整整两个月，萧语珩都没打电话来。以为和她的联系就到此为止了，可终究舍不得删除通讯录中署名“小麻烦”的号码，甚至总习惯性地拿出手机查看是否有萧语珩的信息或来电。

失望而不自知。

直到萧熠出现，才打破了僵局。

那天，正是傍晚太阳刚落山的时候，难得不用加班的冯晋骁驱车回宿舍，路过时代广场等红灯时，就见穿着牛仔裤T恤、扎着马尾的萧语珩挽着一个男人的胳膊，侧着头，一脸笑意地和身旁的女孩子说着什么。其间，男人含笑轻抚她发顶，姿态亲昵，极尽宠爱。

不是顾南亭。

这才多久，就喜欢上了别人？

那个瞬间，冯晋骁不想承认心里极度不舒服，如同心爱的东西被抢走。在后车持续不断的喇叭声催促下，他几乎准备一走了之，却在下一秒把车违章停在路边，径自朝萧语珩而去。

面前的男人还是那么英俊帅气，瘦削修长的身形把小小的自己笼罩在一片阴影里，萧语珩脸上惊喜之色很快被拘谨取代，似乎不知怎样面对这场不期而遇，才算恰如其分。

片刻的迟疑过后，她低低地叫了一声："晋骁哥哥。"

从来看见他，眼角眉梢皆是欢喜和愉悦。唯有这次，三分疏远，七分委屈。

压抑着胸臆间涌起的不快，冯晋骁深深地看她一眼，才把视线投射到被她挽着手臂的男人身上。此刻，那人已收敛了笑意，英俊的面孔带着贵族式的优雅与冷淡，安静地与他对视。

如同一场沉默的较量。谁先打破，谁就落了下风。

最终，竟是对方先开口："冯晋骁，冯警官？听珩珩提起过你。"轻描淡写的语气。

倒成了别人茶余饭后的谈资。冯晋骁微一点头算是回应，转首对萧语珩说："来了A市怎么也没说一声，和我见外？"责备的口吻，怎么听都别有深意。

不像自己。

向来把情绪控制得很好的冯晋骁，话一出口就觉不妥。

萧语珩垂眸，透出几分违心地回答："你那么忙，我不想打扰你工作。”安静得失去了生机一般，和那个喜欢赖在冯晋骁房间不走的女孩大相径庭。

是啊，我那么忙，却恨不得每天查看手机一百遍，生怕错过你的一条短信，一个电话。

冯晋骁沉默。

喧闹的广场似在一瞬间变得安静，两人面对面站着，气氛紧绷到尴尬。

这时，在场的另一个女孩子建议：“珩珩不是说饿了吗，不如我们先吃晚饭吧。冯警官要不要一起？”

如此邀请，一般只是礼貌的客套，该拒绝。可冯晋骁却用目光锁定了萧语珩：“我去的话，方便吗？”有着试探的意味，似乎又不容反驳。

仿佛洞悉了当事人的心思，不及萧语珩回答，男子未语先笑。随后，不知是刻意还是无意，他展臂搂住萧语珩的肩膀：“既然是珩珩的救命恩人，有什么不方便？”

既然如此，冯晋骁不再推辞。

去往餐厅的路上，冯晋骁的视线始终不曾离开搭在萧语珩肩头的那只手。

如果是顾南亭，冯晋骁应该不会觉得不舒服。到底还是没有忍住，在餐厅门口，他上前一步，扣住萧语珩垂在身侧的手，以命令的口吻说：“你跟我来。”

揽着萧语珩的男子不松手，似笑非笑：“冯警官有话也不必急在一时，不如先到里面坐下。”

冯晋骁不是个有耐心的人，闻言抬眼与男子对视：“怎么，不放心？”语气里有明显的挑衅意味。

男子唇角上扬的弧度渐大：“不可以吗？”话语间，就要拂开冯晋骁的手。

凭冯晋骁的身手当然不可能让男子得逞，可他也不会贸然出手，只准备格开男子的手把萧语珩揽到自己身侧，换个地方问她几句话，结果，随行的那个女孩子忽然出手，动作极快地按住男子的手，微微带笑地提示："萧哥，还是问问珩珩的意思。"

冯晋骁才知，面前的男人是萧语珩的表哥，萧熠。

至于说话的女孩子，不是别人，正是警校尚未毕业的赫饶。

晚餐当然还是一起。只不过，在萧熠名下的星级酒店里，却是冯晋骁埋单。

见他眉头都没皱一下，萧熠笑得有几分得意："让冯警官破费了。"

冯晋骁的表情早已放松下来，不是初见面那会儿紧绷着，闻言深深看一眼整顿饭下来没怎么搭理他的萧语珩，回应了三个字："应该的。"应该什么，只怕他自己当时未必清楚，只是被可怕的潜意识出卖，脱口而出。

萧熠倒也识趣，不准备再阻止冯晋骁先前提出来的和萧语珩单独聊几句的要求。他把自己的公寓地址报给冯晋骁："11点前把我小妹毫发不损地送过去。否则，事就大了。"

萧熠面上是似笑非笑的神情，话语中警告的意味却很明显。冯晋骁听出来了，可看在对方是萧语珩亲表哥的面子上，他忍了："多谢。"反正连顾南亭以拳相向，他也没真正发作。

诚意欠奉。可谁让自家小妹芳心暗许了。萧熠把手搭在萧语珩肩膀上："去和你救命恩人叙个旧吧，表哥在家等你。"见她嘟嘴，一副不情愿又不舍拒绝的小模样，故意说，"要是你累了的话，改天更好。"

萧语珩望向冯晋骁。

晚风扑面而来，站在凉爽的秋夜时，逆光而立的冯晋骁朝她伸出手："改天可不行。"

冯晋骁忘了萧熠当时的反应，只记得当萧语珩抬眸和他对视片刻后，缓慢又坚定地把微凉的手递到他掌心时，他不安了整晚的心终于回落原位。

事后回想起那一幕，冯晋骁陡然意识到当时有多害怕萧语珩拒绝。如果那时萧语珩没有上前一步，他们之间，很有可能就只能退回到淡如水的君子之交，甚至是陌生人。

陌生人？疏远到可怕的关系。

离开前，他向萧熠保证："11点，把人给你送回去。"

再次来到冯晋骁的公寓，萧语珩显得有几分拘谨，见她小淑女一样乖乖地坐在沙发上，冯晋骁皱眉："又不是第一次来，找不到哪儿是哪儿了吗？想喝什么，自己去冰箱拿。"

冯晋骁从书房出来见她老老实实地坐在原处，转身去餐厅的冰箱里取出一瓶饮料摆在她手边的茶几上："有点儿凉，等会儿再喝。"

萧语珩哦了一声，想了想又问："你不是只喝水和啤酒吗？"

冯晋骁不答，只把手里的两本书递给她。萧语珩接过来一看，正是自己跑了几家书店没有找到的播音专业用书："你怎么会有这两本书？"语气中透出兴奋之意。

那亮晶晶的目光和爱不释手的样子让冯晋骁微微笑起来："从朋友那要来的。等你实习时让他带你，他是这个行业的资深人士。"

"真的呀？"萧语珩眉眼弯弯地笑起来，随即又犹豫了，"还是不要麻烦你了……"

话没说完就被冯晋骁打断了，他问："怎么这么见外了？是因为……"

"不是的，不是因为你拒绝了我。"萧语珩急急反驳，下一秒又像是在斟酌措辞一样停顿下来，过了一会儿才以隐含哭腔的声音继续，"你已经不喜欢我了，我不想再惹你讨厌。"

冯晋骁一愣："说什么呢？！我什么时候讨厌你了？"

"在古城，你是为了破案才帮我的吧。"委屈和难过使得萧语珩小嘴一扁，眼泪啪嗒一声掉下来，"你其实只是利用我的，是吗？"

冯晋骁意外："谁和你说的？顾南亭？"

萧语珩第一次拒绝他的碰触，奋力甩开他的手，固执地追问："是不是啊？"

她已经有了判断，否则不可能悄无声息地在他的生活中消失了那么久。然而此时此刻的表现，又那么不甘心。或许是，伤心？

依冯晋骁的个性，断不会和一个不相干的人多解释一句，可面前的人是萧语珩，就不想她误会了。按捺住胸间异动的情绪，冯晋骁不容她躲闪地抬手捏住她小下巴，让她看着自己："我说不是，你信吗？"

萧语珩吸了吸鼻子，怯怯地确认了一遍："真的没有骗我吗？"

以指腹温柔地抹去她脸上的眼泪，冯晋骁坚定地点头。

"那，那你是不是因为姐姐不喜欢我？"

"大嫂？"

"自从你知道我是她妹妹，好像对我冷淡了呢。"

冯晋骁哭笑不得："明明是你先不理我的吧？"

"我以为你也像她一样不喜欢我，我哪还敢缠着你啊。"

冯晋骁嗔道："没少缠。"

萧语珩破涕为笑，下一秒像个孩子似的扑进冯晋骁怀里："我就知道你也喜欢我，你为了保护我都受伤了。晋骁哥哥，你别担心，无论我长多大，都会像现在这样喜欢你，直到永远。"

柔和的灯光下，女孩梨花带雨的笑容，成为男人眼中最美的风景。

既然你也喜欢我，就这样吧。

冯晋骁伸手拥住了她："别总这么山河剧变的，吓我一跳。"全然宠溺的语气，半推半就地默许了恋爱关系。

事后和冯晋庭通电话顺便把这事说了，冯晋庭倒是不反对："年龄不是问题，关键是你喜欢。而且，珩珩也不算太小。就是，你要多等几年了。"

冯晋骁还是别扭："我总觉得和她在一起，有拐骗未成年少女的嫌疑。"

冯晋庭在电话那端笑话他："那你就等她再大点儿被别的男人拐走好了，那时候看你后悔。"

冯晋骁就笑了，简单又笃定地回答了三个字："她不会。"

笃定，不过是倚仗萧语珩的喜欢。

从确立恋爱关系那天起，萧语珩就不再叫冯晋骁"晋骁哥哥"，说："叫哥哥怎么谈恋爱，你想乱伦啊。"

冯晋骁笑着揉乱她头发：“知道乱伦就好，免得哪天一不留神被拐跑了。”那笑容里的别有深意萧语珩是不懂的，更何况是话外之音，她就更听不出来了，否则她不会说：“确实得看住了，每次送我回学校，都有女生私下里打听你。”

“打听什么啊？”冯晋骁倒有几分好奇。

萧语珩撇嘴：“打听什么我都只告诉她们你喜欢男生。”

冯晋骁捏捏她水嫩的脸蛋：“怎么找了这么个爱吃醋的小母老虎当女朋友呢。”

“女朋友”三个字令萧语珩快乐地跳到冯晋骁身上，手脚并用地扒住他：“我就是爱吃醋，谁让她们觊觎你美色。冯晋骁，你敢红杏出墙的话，我就把你照片发同志网站上去。”

“哪里？”冯晋骁没反应过来。

“同性恋网站！”

冯晋骁顺势抱住她，在她小屁股上掐一下：“最近没收拾你，皮痒了是吧？”

萧语珩搂住他脖子，笑声明朗。

大二下学期的暑假，萧语珩和同学约好去古城旅行。

冯晋骁自然明白她意在自己，为了给她个惊喜，他借口出差。小姑娘上机前打电话抱怨：“坏人那么多，也不是一天两天能抓完的，可女朋友就一个，你不陪不怕别人陪啊？我要是在丽江古城艳遇个帅哥，就没你什么事了。”

冯晋骁失笑：“那我可得谢谢人家把你个小作精接收了。”

那端的小人儿生气了：“你怎么那么讨厌啊，一点儿都不在乎人家。”

我如果不在乎，就不必为了腾出时间陪你连续加班一个星期，身在古城的冯晋骁苦笑。然而，当小家伙在出口看见他，像快乐的小鸟一样尖叫着扑进他怀里，所有的疲惫都不值一提，连同那颗心，都是满的。

可对于爱情，他是真的不擅表达，所以——

冯晋骁搂住她，语带笑意："重了不少，看来学校的伙食还不错。"

萧语珩抱紧他的腰，仰着小脸笑："你好像瘦了，不会是想我想的吧？"

冯晋骁腾出一只手理理她跑乱的刘海："是啊，每天想你有没有长高一点儿。"然后像家长询问孩子功课一样问她，"试考得怎么样，有没有挂科？"

"我那么聪明，当然不会挂科了。"然后捶他一下，"久别重逢呢，快说想我。"

冯晋骁不着痕迹地转移话题："你同学在看呢。"

萧语珩把脸埋在他胸口："让她们嫉妒去吧。"

那晚萧语珩随冯晋骁入住古城客栈。在她的强烈要求下，冯晋骁不得不找客栈老板调换了温馨的家庭套房来住。

晚餐后回到房间，萧语珩踢掉凉鞋扑向久违的大床，兴奋地在上面游来游去，因为动作幅度太大，裙子都卷了起来，露出里面白色的小内裤，惹得随后进门的冯晋骁轻咳了一声，走过去在她小屁股上拍了一下："注意形象。"顺手把裙子抻平，遮住无限春光。

萧语珩滚到床里侧，咯咯地笑："你就是想耍流氓。"

修长高大的身躯随之压下，冯晋骁俯在她头顶上方，似笑非笑："我订两间房，你偏要退一间。小姑娘，到底是谁想耍流氓啊？"说着低下头，在那张想念已久的唇上轻轻地啄，右手则隔着薄薄的衣料在她腰上似有若无地盘旋。

灯光柔和，家具精巧，星光透过房顶的观景窗倾泻而下，流水般洒在男人硬朗英挺的眉目上，萧语珩如同被施了定身咒，一动不动地盯着他英俊的脸，眼睛异常地亮。

冯晋骁被她眼底的痴迷取悦了，黑眸里笑意更甚："怎么不说话了？"

因为，萧语珩伸出胳膊搂住他脖颈，又抬高了头，要吻他。

左手在她背脊上一收，轻巧地把人抱进怀里，冯晋骁反客为主，重重地回吻。

一吻过后，小姑娘目光迷离，气喘吁吁，两颊更是如红霞晕染，男人的衬衫则被她不规矩的小手扯得半敞，露出里面精瘦的小麦色胸膛。

冯晋骁的唇在她耳边流连，缓了缓声音依旧不稳："等你毕业的。"

却有人不听。

小姑娘垂眸，手上继续解着他衬衫扣子的动作，因为太紧张，手有点儿抖。她的手指纤细柔软，似有若无地触到他的肌肤，冯晋骁从身体到心，慢慢酥麻起来。

按住那只颤抖的小手，他承诺："我等你。"

我可以等，等你长大。

小姑娘固执地挣开他的手，坚持解完最后一颗，边脱衬衫边把脸贴在男人坚实的胸膛上，声音低得险些听不见："不用等啊，我愿意。"

头顶是闪烁的星光，耳边有她温柔的邀请，冯晋骁的呼吸忽然就急了。数秒沉默后，他因长年训练略显粗糙的手指抚上萧语珩柔裸的背："你没后悔的机会了。"

风浪静止，冯晋骁抱着她去洗澡，再躺回来时拉起被子遮好怀里人，手放在沉睡的人脸上轻轻地摸，唇边笑意胜过午后暖阳，双眸亮过头顶的星光。

萧语珩睡到半夜忽然醒了，房间里太黑，她一时分不清身在何处，迷迷糊糊地想要坐起来，才一动，酸疼感立即从腰腿上传来，与此同时横过来一只手把她揽回去。

冯晋骁的声音透着浓浓的睡意，懒懒地性感极了："怎么了？"

萧语珩一愣，待先前的缠绵在眼前回放，她害羞地把脸埋在他怀里，隔了一会儿，还拉高被子把脑袋蒙住了。

冯晋骁把她的小脑袋从被子里挖出来，问："是饿了吗？"

萧语珩摇头，小脸贴在他胸口，在他有力的心跳声鼓励下，怯怯地伸手抱住他线条流畅的身体，轻轻地唤了一声："冯晋骁。"

"嗯。"唇在她额际印下一吻，关切地问，"还疼不疼？"

萧语珩羞得像只小猫一样在他怀里蜷起来。

冯晋骁失笑，把她抓回怀里搂好："好了好了，不碰你，乖乖的别动。"

萧语珩任由他抱着，仰头看房顶的观景窗，星光闪耀中，她小心翼翼地开口："冯晋骁，等我毕业了，你就娶我好不好？"

这个傻姑娘，难道不知道有些话该由男人来说吗？

冯晋骁单手撑着身体离开她些许，用手指拢了拢她乱糟糟的长发，温柔而细致地流连了一遍她的五官，低下头，在上面印下轻吻，然后承诺了一个字："好。"

次日，海拔4000多米的雪山上，萧语珩大声喊："冯晋骁，我很爱很爱，很爱很爱你。"

那么张扬明朗的表达，温柔了冯晋骁的爱情。

紧紧地把他的小姑娘抱住，他无声回应："我也爱你，我的珩珩。"

那时，冯晋骁笃定，萧语珩赋予的这份坚定的爱情，他足以负得起责。

却没想到，再见竟是天翻地覆。

那天，在把叶语诺送到医院后，冯晋骁边往冯家大宅返边打萧语珩的电话，结果手机关机，家里不见人影，顾家她也没回去。冯晋骁完全没想到萧语珩那时在救护车上，情况比叶语诺更危险，只断定她一定是和顾南亭在一起。这样的认知，让他烦躁，还隐隐心慌。

随后一周，世界平静如常，内心兵荒马乱，冯晋骁很恼火他的小女朋友失踪了，而他身为堂堂特警，居然找不到任何蛛丝马迹。

偏偏叶语诺还火上浇油地打来电话："珩珩似乎误会了我们的关系，一气之下推的，也是我自己不小心，反正也没摔坏，图图平安就好。晋骁，你别怪她。还有，对不起，我不知道你没告诉她。"

有什么可误会？我又没睡了你。冯晋骁更生气了，一句话都不想说，直接挂断。

警队有任务，他已不能再在G市停留，可就在他到达机场时，消失了整整7天的人终于打来电话，客气地问："冯晋骁，你现在有时间吗？"

他人已经站在安检处，却回答：“有。”然后折返回市区。

那一天，天气晴好，阳光明烈如古城初遇的那个下午。

萧语珩缓慢地一步步走到他面前，微微地笑。冯晋骁眼底的思念和焦虑很明显，语气却因她7天的杳无音信显得有点儿冷：“一个电话都没有，去哪儿了？”

萧语珩不答，只把怀抱着的盒子递过去：“这是你送给我的吉祥铃。”

冯晋骁下意识去接，听到她的话，伸出的手倏地僵住，目光盯着她苍白无血色的小脸：“什么意思？”

萧语珩倔强地把盒子放在他手上，退后一步：“分手礼物！”

“啪”的一声，盒子掉在地上。

萧语珩心底对他的那些执念伴随着落地的吉祥铃碎得拾不起，接下来出口的话简单到绝情：“冯晋骁，我想我们分开了。”

“分开？”冯晋骁像是听到了天大的笑话，而他也真的笑了，“你是在和我说分手吗？”

“对。”萧语珩淡淡地抬眼看他，“我来，就是要和你说分手的。”

面前的女孩子看上去一点儿生机都没有，脸色苍白，人也瘦了一圈。冯晋骁明明很心疼，却因她的话给不出好脸色：“我和她什么事都没有，没和你说，是觉得不值一提。因为是临时决定回来，不确定有没有时间见你，才没事先告诉你。当时你也在场，她是什么情况你比我清楚，不该先送她去医院吗，还是你觉得——”

萧语珩用4个字打断了他：“说完了吗？”

“你不相信我？”冯晋骁自认解释得真实又合情理，可听在萧语珩耳里却是……

是不值一提还是没必要让我知道？没时间见我还回了那里，虽然那是你家，可那个时间，除了她，还有谁在？当时只有我在场，她还摔倒在地，罪魁祸首除了我还能是谁？

萧语珩也笑了，疏远冷淡的笑意里是全然的不信任：“我很奇怪，怎么你忽然就答应我的追求了。是因为她吗？面对一个成了自己大嫂的女人，你难不难过？”

她话里带刺，刺得冯晋骁极不舒服，他语有不耐：“我有什么可难过？”

“那就要问你自己了。”萧语珩转身背对他，“我的一厢情愿到此为止了。”

冯晋骁从没觉得一个人的背影可以那么冷漠，可他还是不相信，就因为自己隐瞒了认识叶语诺在先，萧语珩就要分手。

小题大做。

警队有任务，冯晋骁必须要在当天返回A市。冯晋庭给他安排好，上机前他给萧语珩发短信，还在愤愤不平：“不要孩子气了，在一起这么久，感情都是闹假的吗？我是没说和叶认识，可这有什么关系吗？认不认识她都是我大嫂，是亲戚。我们都冷静冷静，有什么事过几天我回来再说。不过，分手的话就不要再说了，我不会同意的。还有，图图平安，抽时间去看看吧，毕竟你是他小姨。”

萧语珩没有回复。

再见面图图已经满月。

听萧熠说她要退学，冯晋骁气得够呛。他匆匆赶回G市，半是责备半是劝解：“你有气冲我发，打我骂我都行，退什么学啊？你不是小孩了，别那么任性行不行？谈恋爱哪有不吵架的，你看谁吵个架就分手就退学啊？”

自觉好话说尽，她还是铁了心似的不发一言，冯晋骁终于控制不住地吼：“你想我怎么样你说，只要你肯继续学业，我都依你。分手是吗，我同意了！”

萧语珩这才开口，语气平静得像是在谈论天气：“谈恋爱是你情我愿的事，需要双方同意才能开始，分手就不用征求你的意见了吧？从我提出分手时起，我们就没关系了，所以我要退学是我个人的事，不用你管。”

她三句话不离分手，冯晋骁怒从心起：“萧语珩，你最好见好就收，我不是非你不可。”

萧语珩却在微笑：“是吗，那正好啊，分手吧。”

当时两人都站在雨里，冯晋骁分不清她脸上的是雨水还是泪水，只看见她移开和他对视的目光，缓慢地转过身去，然后说："从前两不相欠，以后互不相扰。冯晋骁，唯愿今生，不再见。"

唯愿今生，不再见。

这最后的告别，狠心得让冯晋骁有些恨她。

假如那一刻冯晋骁压下心火把姿态放低，再耐心地解释一遍，然后温柔地抱住她，告诉她："我喜欢的是你啊，即便之前遇见过别人。"或者霸道地宣告，"不再见可不行，我不同意分手你休想离开我。"故事的结局或许会有所不同。

他万万不该口不择言："两不相欠，互不相扰？萧语珩，我是不是有必要提醒你，我们睡过了！还是这份亲密在你眼里，全然无所谓？"

除了故作无所谓，要她怎样有所谓？萧语珩倏地转过身，他眼睛陡然涌起的悔意终是敌不过她自认被羞辱的怒意："无所谓又怎样？总不会比你睡了她再来睡我让我更觉得恶心。"

"萧语珩！"冯晋骁怒不可遏，他的手倏地举起。

眼见巴掌朝自己挥过来，萧语珩不避不闪，静待挨打的姿态竟有几分决绝的意味。

顷刻间安静得一片死寂。

终于，那只手在距离她脸颊寸许的地方生生停住。

冯晋骁愣住，显然也被自己的举动吓到了，僵在半空的手一动不动。

怎么就失了心智？！

震惊过后试图抓住她，吐字艰难："我，没有。"却被甩脱手。

萧语珩以一种似慢实快的速度倒退："我会时刻提醒自己：伤害过后，再无原谅。"

冯晋骁从来都不知道她可以跑那么快，等他如梦初醒般的嘶喊："珩珩！"

萧语珩的身影早已隐没在人群，伤心的眼泪飞散在空气中，无迹可寻。

怎么不能放下身段挽留？怎么那么混蛋地竟然要打她？

今时今日，冯晋骁才明白，他一抬手，巴掌就已落在了萧语珩心里。

三年后的今天，大雨滂沱中，有个男人，悔不当初。

远远看着那个坚不可摧的男人垮下去的肩膀，那种自骨子里透出的孤寂和绝望，让赫饶抑制不住地难过。她终于看不下去，急步跑过去：“师父。”

雨势渐大，天与地都像是要融为一本，冯晋骁却恍然未闻，雕像一般呆坐在原地。

赫饶抓住他胳膊：“分开过才更知道在一起的好，不管之前错了什么，她还在你身边。师父，珩珩需要你！”

她最需要我的时候，我却不在。

冯晋骁仰面直对暴雨，痛苦嘶吼：“啊——”

碎裂的声音划破长空，穿透人心。

赫饶的眼泪混着雨水掉下来。

一百天的魔鬼训练都熬过来了，可眼前的一幕，柴宇却扛不住了。他猛地转过身去，仰头。这时，一辆跑车在陆成远的引领下出现在训练场门口，急刹过后，萧语珩推开车门。脚下的平底鞋在下车的瞬间被泥水沾湿，可她根本不在意，跑向冯晋骁。

赫饶适时退开。

当意识到有人在头顶上方为他撑起了伞，冯晋骁茫然抬头，棱角分明的面孔上分不清是雨水还是泪水，良久，他的目光才恢复了焦距，开口时声音哑得有几分不真实：“我根本不配你这么爱我。”

萧语珩绕到他身前，蹲下：“我也曾觉得你不配我的认真付出。可是，我在最好的年纪遇见你，把最好的爱情给你，如果最后不是和你在一起，才是辜负自己。”说着把伞递过去给他，手紧紧地握住了他的手，“在那一场分离里，错的不只是你。冯晋骁，如果你是爱我的，就为我坚强，我的下半辈子，需要你为我遮风挡雨。”

从来都是他的手温暖她的手，这一刻，萧语珩掌心的温热好像怎么都无法到达他心里，冯晋骁哽咽：“为什么？”

为什么爱我？

为什么还爱我？！

她的笑容那么暖，和记忆里分毫不差：“我不知道啊，心倾向你，我管不住。”

冯晋骁的眼神又空了，萧语珩感受不到他的情绪，只清晰地听到他说：“我不该责怪和迁怒任何人，伤害你的，从来都只是我。”

他眼眸里的愧疚沉重得令萧语珩不忍直视，她道：“我是被伤害过，可我承受的，因为迟了三年被你知道，已经全部加注到了你身上。我现在有你心疼，可你呢？我不心疼的话，谁来心疼？冯晋骁，每段爱情都有因果，我们所经历的，无非是多了些坎坷，比起在一起的结局，这些过程真的不值一提。”

那么疼的伤，她说不值一提。

那么混的他，她说她来心疼。

以指尖描摹她精致的眉眼，冯晋骁忽然感觉到前所未有的恐惧，只差一点点，他就把面前这个美好的女孩子推离出自己的世界，远到再也触碰不到。

她居然还在。

她还在。

冯晋骁试着想给她一个微笑，用以感谢她在经历伤害之后还愿意留在自己身边，却发现太难。他抬手，狠狠给了自己一巴掌，重得如千斤巨石砸在萧语珩心里。她来不及阻止，他的眼泪直接就掉了下来：“我曾那么笃定你不会离开我，不过是仗着你先把喜欢说出口。我以为即便我不说什么，也永远不会失去你。直到那天，我差点儿动手打了你，我就预感到我们再不能继续。我很后悔，直觉认为无论我说什么你都不可能原谅我。可我真的不想失去你，我打电话，你不接，我去找你，才知道你出国了。那一刻，你还能站在我触手可及的地方，就成了奢望。”抓住萧语珩的手用力按在自己胸口，“珩珩，我错了。”

爱情，她记得，他也从未忘记。只不过直到今天他才懂得：有萧语珩的地方，才有温暖；有萧语珩的地方，才是终点。一千多天的距离，冯晋骁像是走了一辈子，那么累，那么疼，又那么悔。

他的脆弱让她动容，萧语珩也落下泪来，坚定地握住他的手："冯晋骁，我爱你。"

眼泪混夹着雨水砸在萧语珩手背上，冯晋骁伸手把她搂进怀里，抱紧："对不起——"

一声"对不起"里蕴含的歉意，沉重到耗尽了冯晋骁所有的勇气。可是，因为这辈子，全世界，我的眼里只看得见你，我的心里只容得下你，在失而复得之后，即便你不原谅我，我也不可能放你走。

"珩珩，别再离开我。"

仿佛连天气都感应到冯晋骁的悔意和决心，在他起身把萧语珩横抱起来时，前一刻还瓢泼般的大雨忽然就小了，温柔的雨丝环绕下，冯晋骁把他心爱的女人抱离训练场。

然后，他听见远处传来下属们的欢呼声。

赫饶站在雨里，目送他们离开，再转头看向那个自己爱了多年的男人，潮湿的眼里竟有了笑意。

那自笑容背后流露出的疲惫，灼痛了萧熠的心。

冯晋骁何其幸，有那么勇敢的萧语珩真心以待。

他呢，是否还有机会？

这一夜冯晋骁始终处于半睡半醒的状态，恍惚间似乎总能隐隐地听到婴儿的哭声，等再睁眼时，就会下意识地确认萧语珩在不在身边。如此反复，辗转难眠。

终于明白从前那么贪睡的萧语珩为何总是睡不安稳。是不是连在梦里，她心里的伤口都在疼？冯晋骁贴过去，嘴唇贴在她耳边低声承诺："以前都是我不好，以后不会了。"

你给了我世间最好的爱情，而你，是我最爱的人。怎能对你不好？

仿佛听见了他的誓言，萧语珩轻哼着翻了个身，像孩子一样钻进冯晋骁怀里紧紧贴着，睡得无知无觉。

冯晋骁搂紧她，只剩劫后余生。

清晨第一缕阳光透过窗帘暖暖地投射进来，冯晋骁闭眼留恋了片刻怀里的温软，才给萧语珩掖了掖被角，轻手轻脚地起身，却在下床的瞬间，被本该熟睡的人抱住了腰。

萧语珩从他腰侧伸出头来，声音里透着浓浓的睡意："又这么早？"

冯晋骁回头，正对着一双困倦的，又满是笑意的眼眸："吵醒你了？"

抱着他腰的手明显更紧了些，萧语珩撒娇："再陪我睡会儿。"

冯晋骁不禁伸手抚了抚她睡得乱乱的长发，语气是无法抑制的温柔："弄点儿吃的给你喂食，然后还得去队里。白天的时间你自己安排，晚上我回来接你。"

萧语珩笑得俏皮："接我约会吗？有烛光晚餐吗？"

"只有一个我，要不要？"

毫不犹豫地举手："要。"

宠爱地刮了她的脸颊："乖。"

萧语珩看着他，那双墨黑色的眼眸深处，是她能够感受到的认真专注。

她笑，如同6年前初遇时的明媚如春。

冯晋骁用掌心摩挲她的脸，嘱咐道："案子要收网了，这段期间外出必须有我陪，或者顾南亭，萧熠和赫饶当然也可以，就是不能落单。"为免给她造成压力，他又安抚，"不管是林立还是沈俊，金钱和自由的诱惑力永远是第一位，不到万不得已他们不会冒以命换命的险，所以你不会有事。而且，有我。"

"我不怕。"萧语珩用脸蹭他手心，"我就是担心你。"

"别怕，我有把握。"

萧语珩绕到前面搂住他脖子："你专心查案，不要为我分心，也不用刻意对我好，我不喜欢我们彼此都小心翼翼。"说完温顺不已地将头靠在他肩膀上。

冯晋骁扯过薄被裹住她："没有刻意。从开始在一起，心里就是想这么对你的，只是那时候你比较主动热情，我能想到的你都自己要了去，"被萧语珩推了一下，他凑过去亲亲她表示安抚，"后来把你欺负跑了，就没机会了。现在攒了三年，当然得好好对你。"

一句"好好对你"已是最好的表白。萧语珩把脸埋在他怀里，轻轻地问："你什么时候对我有感觉的？如果不是觉得你不喜欢我，我不会跑掉的。"

冯晋骁认真想了想："不确定了。可能在你被玻璃扎伤腿眼泪汪汪地叫我哥哥的时候，或者是，"他低下头，脸贴着萧语珩的，轻笑，"你不小心在我面前走光的时候——"

萧语珩瞬间奓毛，挣开他的手，瞪着亮亮的大眼睛质问他："冯晋骁你个大骗子，是谁说什么都没看见的？！"边说边用小拳头把他胸口捶得咚咚响，忘了整个人早已被他看遍。

冯晋骁也不觉得疼，捉住她不安分的小手放在唇边吻了吻："我不那么说的话你还能理我吗？再把我拉入黑名单，我不就没机会了。"

萧语珩气鼓鼓地看他，那双满是笑意的眼眸里，有爱和迷恋的东西隐隐流动，让她一时说不出话。冯晋骁专注地盯着她看，面前的女孩子乱了发的样子格外可爱，他忍不住伸手，捧住她的脸，吻住她的唇。

温柔的，动情的，克制的，唯独没有欲望。

之后，萧语珩紧贴在他胸口处一动不动，冯晋骁轻轻拍着她的背柔声哄，直到她昏昏欲睡，才把她抱躺在床上盖好被子，轻手轻脚地出了门。没过多久，他的早餐还没准备好，萧语珩就起来了，应该是饿了，从卧室出来直奔厨房而来，见餐桌上有面包，拿起一片叼在嘴里，眼睛亮亮地看冯晋骁："烤箱里是什么，好香。"

冯晋骁嘴角噙着笑："蛋糕马上就好。"

门铃在这里响起来。

"我去。"萧语珩小跑过去。

来人竟是冯爷爷，身后站着位年轻人。看见"衣衫不整"的她，手里抱着个箱子的小伙子很懂事地垂下眼帘。

冯晋骁见是爷爷，微不可察地皱了下眉，伸手把萧语珩叼在嘴里吃了一半的面包片拿下来，提醒套着他T恤露着两条光洁长腿的小女友："去把衣服穿上。"

萧语珩才意识到自己的衣衫不整，她"哎呀"了一声，转身跑进卧室，都忘了和爷爷打招呼。听到房门"砰"的一声关上，面不改色的冯爷爷吩咐身后人："把东西放下到楼下等我。"

来就来呗，带什么礼物。冯晋骁把箱子接过来，还挺沉："什么？"

老爷子看都不看他，径自进屋："水果。"又补充一句，"珩珩爱吃的。"

冯晋骁默默地把箱子放在玄关上。

祖孙二人坐在客厅的沙发上，短暂的沉默过后，爷爷率先开口："你打算怎么收场？"

冯晋骁明白他问的是自己和冯晋庭之间："错在我，和任何人无关。"

"你知道就好。"对于袒护妻子的长孙，他当然是气的，可面对眼前这个连自己女人都护不好的小孙子，他更气："那是他妻子，他怎么护都在情理之中，他置之不理，反而成了无情无义。倒是你这个被称为神探的冯大队长，又是怎么照顾女朋友的？相比之下，你比他更不可原谅！"

"你认识珩珩的时候24，是个成年男人，可你给她的却是一份连毛头小子都不如的感情，否则她怎么会在出了那么大的事情后选择离开你。冯晋骁，你确实该好好反省一下。"

字字诛心，戳中要害，冯晋骁无言以对。

萧语珩听到爷爷中气十足的责骂声，顾不得仔细整理自己就从卧室跑出来，坐到冯晋骁身边，挽住他胳膊："爷爷你别怪他，我也有错，如果我——"

"你当然有错！"老爷子训孙子正在气头上，闻言矛头就指向了萧语珩，"人不大，心眼更小！别说他还没和你姐姐谈过恋爱，就算他们在一起过又能怎么样？你认识他的时候他多大了？你爷爷我像他那么大的时候，他爹都满地跑了，你难道还要求他连段过去都没有吗？别人说几句，就对他失去了信任，谈什么爱！”

萧语珩被训得连头都不敢抬，下意识往冯晋骁身边靠，那位则不满地说：“您有气冲我来，骂她干什么。”

老爷子的拐杖顿时就招呼过去了：“你还有脸顶嘴，现在才知道心疼，早干什么去了！”

冯晋骁也不躲，任由拐杖重重地敲在肩膀上。

萧语珩吓了一跳：“爷爷你别打他啊。”

老爷子大清早专程过来就是教训孙子的，怎么可能就这么轻易饶了冯晋骁：“打他是轻的，我那小曾孙命都没了。”说着拐杖又朝冯晋骁的胳膊去了，边要揍边骂，“谈个恋爱，搞得两家人鸡犬不宁，一个书不念了跑去当空姐，一个疯了似的不要命地训练，足足折腾了三年，我看你们是想气死我老头子。”

冯晋骁倒不在乎被揍一顿，可萧语珩哪里忍心看他挨打，边向爷爷求饶边要伸手护他。冯晋骁忙拉她起来，收了胳膊把她抱住，转身护在怀里。下一秒，老爷子的拐杖不偏不倚地直敲在他背上，然后是胳膊。

几声闷响，冯晋骁都忍不住皱了眉，可想而知老爷子的力道有多大。

那声响直直砸在萧语珩心里，她挣脱不了冯晋骁的手臂，心疼得哭起来：“求求你了爷爷，别打他，我们再也不敢了。”

老爷子又狠狠赏了冯晋骁背脊一下才停手，他撂下狠话：“再折腾，看我不打死你们。”最后又用拐杖敲敲冯晋骁的胳膊，“我和你爹娘通过电话了，他们会尽快回来。顾家那边怎么安排，你自己看着办。”说完起身就走了。

萧语珩边抹眼泪边脱冯晋骁的衬衫，看见他肿起来的肩膀、胳膊和背上的红印子，心疼死了，以带着哭腔的声音孩子气地埋怨：“再也不要理他了，下手这么重，坏老头！”

冯晋骁把哭得梨花带雨的小姑娘搂在怀里，笑了笑：“他是心疼你。”

也是心疼我，知道我心里的自责和愧疚无处宣泄。

三年前的秘密揭晓，叶语诺在当天搬出了冯家。冯晋庭对此什么都没说，只是在书房里坐了很久，然后去幼儿园接儿子。小家伙见是爸爸来，高兴得什么都忘了，直到在外面吃完晚饭回到家，才开始找妈妈。

冯晋庭对孩子解释："妈妈出差了，要过几天才回来。"

图图想了想，不相信："可妈妈以前都不出差的，她说爸爸很忙，她要照顾图图。"

他确实是忙的，所以孩子从来都是叶语诺带，而她的工作也因为家庭原因有特殊的安排，她没在外场过过夜。她是个好妈妈，作为他的妻子，她也没有什么不好。只是——

孩子见他不说话，以为说错话了，改口问："那妈妈明天回来吗？"

冯晋庭不知该如何回答。

最后还是冯老爷子安抚了图图。等小家伙睡了，冯晋庭主动来到书房。

"发生过那样的事，晋骁容不了她是常理。但她是你妻子，到底要怎么处理，还得你做决定。"冯老爷子看看他脸上的伤，眉头皱了皱，"她对晋骁那点儿心思，你早就知道是吗？"

冯晋庭眼前闪过6年前婚礼上，他的新婚妻子望向弟弟那一眼："是，我知道。"

老爷子没说话，等他解释。

"7年前中南航空公开招聘空姐，小诺报了名。成为空姐必然是她的梦想，但中南航空显然不是她的最佳选择。接近顾南亭无非有两个目的，抢走珩珩在乎的人作为对珩珩的报复，证明自己不比珩珩差。

"可顾南亭是什么人？从他懂事开始顾长铭就在教他如何谋人谋事，今时今日，业内谁不忌惮他？小诺怎么可能是对手？我猜想，海选那天顾南亭看见她，应该已经明白了她的用意。也或者，因为她和珩珩的关系，顾南亭始终对她存有戒心。所以在最初，小诺站在顾南亭面前，已是敌对。

"那年中南航空通过三个月的集训和选拔，录用了很多人。可惜，一直与顾南亭来往甚密，各项考核都拿优的一位应聘者竟然落选了。当时无论是媒界还是业内关注的不是中南航空招聘了多少CC，而是年轻的顾总裁与那位落选者的结局。”

而那个落选者，就是叶语诺。

相比顾南亭的身份和地位，无论叶语诺怀着怎样的心机接近他，只要不是他想要的，就无法优雅落幕。当他无心继续游戏，任凭媒体如何卖力，也挖不到任何有价值的消息。于是很快地，媒体就把一个落选者视为年轻总裁的一段风流韵事而遗忘。

半年后，当那个被中南航空判出局的女人出现在海航年终酒会上时，冯晋庭半分惊讶都没有。看她肃然端坐，面容沉凝，任凭酒会觥筹交错，只低眉波动手中杯盏，静如秋水，一无波澜，冯晋庭不知该拿安之若素评价她的泰然处之，还是用意兴索然归纳她外露太多的情绪。

却没机会关注太多。

酒会的最后，冯海宣布退休，由长子冯晋庭接任海航总裁位置。

冯晋庭顿时成为众人焦点，被一群人簇拥。而这位极具亲和力的年轻总裁，免不了与前来恭贺的诸位言笑晏晏，等到周围终于没有人了，手中的香槟酒杯也空了一轮。

走出大厅，来到外接露台上，不期然地看到叶语诺。

星光掩映的夜幕下，眼前的女人没了先前的安宁，干呕不已的样子糟糕到狼狈。

才向侍者要来一杯温水，恰逢此时叶语诺站直了身体，冯晋庭在她踉跄时用有力的胳膊扶住她的腰身。叶语诺缓了两秒，侧首，醉意深浓的眸子对上一双似曾相识的眼眸。

冯晋庭把杯子递到她嘴边：“喝一口。”

叶语诺就着他的手乖乖地喝完整杯，就在冯晋庭考虑是否需要侍者再送来一杯水时，她却已经乖巧地伏在他怀里，轻声细语地喃喃了一声：“……冯晋骁。”

冯晋庭执杯的手在半空中僵住。

然后，叶语诺被安置到了休息室。

冯晋庭给冯晋骁打电话，询问他感情近况。那端的冯晋骁略感意外："我忙得快分不清白天黑夜了，哪有空儿交什么劳什子女朋友。你特意打电话就问这事？"

冯晋庭懂了，他话锋一转："我是问你，答应老爷子出席酒会又不露面是几个意思？"

冯晋骁笑得漫不经心："怎么，需要我去见证你明星一样的气度？"

对于这个无心商界的弟弟，冯晋庭无奈："别忘了，海航你也有责任。"

"所以你要卖力，营业额没老冯做得高，我可不念兄弟之情拆你台了啊。"

冯晋庭失笑："快滚吧你。"

冯晋骁也笑起来："才当了总裁就对我招之即来，挥之则去呀，好歹人家也是警官啊。"挂断前，他敛了笑，语气认真，"辛苦你了，大哥。"

次日，年轻有为的冯总裁上了头条，报纸刊登出来的照片，一张是他站在台上，唇边隐约带笑，手上酒杯微举。身后暗黑的背景让他恰如其分地融于深深夜色，最是温柔。

相形之下，那辆他专属的座驾似乎就显得黯然失色了。

可是，总归有原因，座驾才有幸登上头条吧。

叶语诺就是那个原因。

她被那辆座驾送回家，但送她回家的人，不是冯晋庭。

再次相遇是在调度席。

叶语诺去拿航班表，冯晋庭负手站在不远处，身旁的助理似乎是在汇报什么。他静静地负手而立，时而点头，时而交代一句。

叶语诺走过去，在几乎要擦身而过的瞬间，与其他人一样恭敬地称呼了一声："冯总。"

冯晋庭面色不改，神色不动，微微点头表示回应。

叶语诺拿完航班表转身，却被叫住。

她回头，发现除了调度席的工作人员，周围的人不知何时都走了。

冯晋庭问得坦然："需要我澄清一下吗？"

"什么？"如果那一刻叶语诺是伪装的，她的演技就真的太好了。而她轻蹙眉心的真实表情，让冯晋庭可以肯定，她还没有看过报道。

冯晋庭微微一笑："有时间的话，不妨看看今天的报纸。"

隔天在电梯中遇见，她说："没有给我带来困扰。"

冯晋庭还是那样温润的神色，浅浅微笑："那就好。"

回想多年前一次次的不期而遇，冯晋庭的神色没有丝毫异样："三个月后，我出了车祸入院，她照顾我半个月，然后她就成了我女朋友。再过半年，您为我们主持了婚礼。"冯晋庭望向爷爷，"至于晋骁，是她最初爱上的人。"他显得那么平静，似乎那个最初爱上自己弟弟的女人不是他妻子。

老爷子直看他眼睛，半晌："报道只是你的顺水推舟吧？说说重点我听听。"

果然姜还是老的辣，一针见血。

冯晋庭轻笑。

老爷子瞪他一眼，没好气："你倒是笑得出来。"

冯晋庭也不辩解，他停顿了一会儿，似是在回想什么，然后缓缓继续："我刚进海航实习的时候，出过一次小意外——"

那个加班到深夜的晚上，他撞倒了一个女孩。其实到现在为止，冯晋庭依然不确定，叶语诺究竟是被他的车剐倒，还是被急刹车的声音吓倒。总之，在那个弯道，他转动方向盘那一刻，突然从黑暗中出现的叶语诺倒在了他车前。

车子还没停稳，他已跳下车跑过去："怎么样，伤到哪里了？"询问的同时，并没急着伸手去扶，既怕她真的伤到哪里不宜立刻移动，又担心唐突了对方。

叶语诺反应了一会儿，随即挣扎着要站起来，又腿软地跌回原地。

冯晋庭弯下身要抱她："我送你去医院。"

却被推开。

冯晋庭见她吃力地扶着车前盖站起来，缓慢地一步一步离开。看着她的瘦弱的背影，冯晋庭来不及思考，拉开车门翻出纸笔写下一串号码，然后追地去，连同一沓现金塞进她手里："如果有什么不适，随时打给我。"不容拒绝。

叶语诺停下脚步，抬眸。

那瞬间的对视，让冯晋庭清晰地感受到她眼眸深处的情绪，一种让他感同身受的绝望。

第二天，冯晋庭收到一条提示手机交费的信息，他正不解，又收到一条陌生号码发来的信息：没有不适，钱给你充话费了。

那个憔悴但是倔强的叶语诺在冯晋庭心里根深蒂固。

任何事情，都有答案，除了爱情。

那场邂逅，触动了冯晋庭的爱情。于是，在明知道叶语诺钟情于冯晋骁的情况下，他还是坚持娶了她，只因面对他的求婚，她含着眼泪，微笑地答："好啊。"

那就这样吧。或许，在我身边，不悲不喜、不惊不扰地生活，才是你的幸福。哪怕关于你的家庭，你的妹妹，你都视为秘密一般的守着，不予我知，我亦甘愿。

那天的最后，冯老爷子什么都没说，只挥挥手让他出去。

冯晋庭似是松了口气，他说："谢谢爷爷。"

然而，同样的话冯晋庭却无法对弟弟再说一遍。他对叶语诺的包容，是出于爱。而冯晋骁对叶语诺的恨，则是出于对萧语珩的爱。同样都是爱情，谁有立场让谁退让？

这一次，冯晋庭是真的觉得为难了。

最后决定，先去见叶亿。

其实，在发现叶语诺和萧语珩的姐妹关系紧张后，冯晋庭曾找叶亿聊过，得知两姐妹从小很亲密，就理所当然地以为是父母的离婚导致了两人后来的疏远。可是这一次，在冯晋庭委婉地提出，能否请萧素出面，缓和一下姐妹二人的关系时，叶亿不再像6年前那样沉默。

“为了我，为了小诺，素素已经够委曲求全了，我不能再要求她什么。”叶亿的脸色很难看，连声音似乎都在颤抖，“能把一个自己丈夫出轨和别的女人所生的孩子视如己出，这世间，唯有素素。”

冯晋庭愕然，他几乎以为自己出现了幻听？

叶亿看着女婿震惊的表情，痛苦地闭了闭眼睛。

“我和素素离婚时，小诺已经懂事了，当她知道素素带走了珩珩，而她要和我一起生活时，起初她只是闷闷不乐，后来，在我开始每周看望珩珩，而素素一直没来看她时，她把藏起来的素素没有带走的东西全烧了，也是从那个时候开始，她拒绝承认珩珩是她妹妹。”

布满皱纹的脸上浮现出痛苦的神色，叶亿的声音细听之下都有几分颤抖：“可我没有脸告诉她，她是我背叛婚姻和她以为是她继母的女人所生。”

那个待人冷漠，唯独对他热情周到的叶语诺的继母？

泰山崩于前都面不改色的冯晋庭当场石化。

叶亿脸上的表情苦涩到无地自容：“第一次，素素原谅了我，还因自己的身体不易受孕生怕不能为我生个一儿半女答应把小诺接回家抚养，只要我断了和你岳母的联系.”

可事实是叶亿终究是让萧素失望了。

他不仅没和叶语诺的妈妈断了联系，反而多年如一日地厮混在一起。男人啊，总以为可以坐享齐人之福，却没想到，那个口口声声说爱他不会破坏他家庭的女人在等了多年都等不到叶亿离婚的情况下，把一盒录影带悄悄地送去给了萧素。

那画面里赤身纠缠在一起的男女，让萧素的天轰然倒塌。满腹真心地照顾丈夫和别的女人所生的女儿十几年，只换来这样的结果。萧素在多少个瞬间动过轻生的念头，可懵懂可爱的小语珩却在半夜醒来为她擦眼泪，怯怯地问她：“妈妈你怎么哭了，是因为珩珩惹你生气了吗？我没有和姐姐争东西啊，妈妈告诉我要让着姐姐，我都记着呢。”

为了萧语珩，萧素发誓要让自己过得更好。她提出离婚，除了女儿，连一件衣服都没从叶家带走。直到叶亿再婚，那个温柔的、纤弱的、无依无靠的单身妈妈还在抗拒顾长铭：“我可以给我女儿最好的照顾，不需要任何人。”

一年后，小语珩被同学欺负，被骂没有爸爸，淋雨发了高烧，萧素抱着女儿在人满为患的医院走廊里打点滴时，终于忍不住掉下泪来。是那个因一念之差险些和她终身错过的男人为她擦去眼泪：“素素，你有权利选择坚强，可珩珩还这么小，她不该承受这些。”也是他，在遭遇车祸的瞬间用身体护住了她们母女。

所以，萧语珩在没有任何人提示和教导的情况下，第一次情真意切地喊顾长铭爸爸，萧素温柔地为顾长铭拭去眼角的泪意，含笑对丈夫说：“她应该的。”

随着年纪的增长，悔恨交加的叶亿庆幸顾长铭是一个长情的人，最终用真心把萧素护在自己的羽翼之下，视萧语珩为己出。只可惜，他的大女儿变得越来越偏激。

叶亿不愿承认，他现在的妻子，那个他倾尽全部身家换来的女人和家庭，早已不是自己最初想要的。可是，一步错，步步错，今时今日，他连后悔的资格都没有了。

叶亿沉沉地叹了口气：“小诺保留了一张和素素的合影，那是她留下的唯一一样和素素有关的东西。”

也正是这张照片，毁了她和李蔓的母女之情。

当李蔓自认为很努力地修复和女儿的感情时，她无意间在叶语诺的房间发现了那张合影。照片有明显搓揉过的痕迹，很旧，然后又被展平妥帖地收藏在抽屉最里面的日记本里，而那页日记中这样写道：

> 妈妈，如果你在这一天想我了，我的生日就很快乐。
>
> 妈妈，为什么不要我？
>
> 我，很想你——

字迹似是被泪水晕染，有些模糊，可李蔓却把每一个字都看得很清楚。她想起叶语诺生日时自己讨好地把礼物送到她面前，她冷漠拒绝的一幕，忽然怒从心起。

日记被撕得支离破碎，照片也在她手中变为碎纸。

这样的结果，当然是叶语诺无法接受的。她不仅失去了对她而言最珍贵的，也是她唯一宝贝的东西，甚至是深埋于心的秘密和脆弱也被发现了。

叶语诺疯了似的冲向李蔓，打了那个给了她生命，却只是为了以此要挟叶亿离婚的女人。

至于李蔓，从前恨的是萧素，那一刻起，她连同自己的女儿也恨了起来。

难怪她在叶语诺面前冷漠得真如同继母。冯晋庭眼前忽然出现叶语诺绝望的眼神，他几乎可以肯定：多年前那一晚，他和叶语诺初见，就是她和李蔓大打出手之后离家。

“即便她们娘俩闹那么僵，我也始终没有把真相告诉小诺，是害怕这个真相相比被素素抛弃更让她接受不了——”

就在这时，颤抖的声音打断了他。

“不——可——能！”一字一句。

冯晋庭倏地回头，视线所及是叶语诺惨白如纸的脸。

终究，还是以最残忍的方式让她知道了。

叶亿无颜以对，老泪纵横：“我啊，该死！”

冷漠刻薄的继母竟是自己的亲生母亲，而她一直憎恨的妈妈，却是尽心尽力抚养她多年的养母！那个她又爱又恨的萧素，那个她叫了十几年妈妈，又用十多年时间压抑下再唤一声妈妈的女人——叶语诺颓然跪倒，哭得撕心裂肺。

她从来都是以骄傲清高的一面示人，何曾像现在这样狼狈。冯晋庭心疼得无以复加，却觉得任何言语都无济于事。他走过去，给了妻子一个宽厚而温暖的怀抱。用行动告诉她：还有我，陪你承担。

这份承担，是个女人都无法拒绝。

这份承担，足以让任何艰难退步。

可是，这份承担，却不是叶语诺要得起的。

她造成的，不仅仅是一场令冯晋骁和萧语珩分开三年的误会，她的所作所为，不是简单做错一件事，而是，害了一条人命。

如同天倾地覆，那条人命是不惜代价也挽救不了的。

三年来，被噩梦缠身的除了萧语珩，还有一个人也时常会因梦里婴儿的啼哭声而惊醒。叶语诺始终忘不了发现萧语珩怀孕时，那个瞬间在脑海中形成的恶毒计划，那个简单的伸手动作那么轻易地要了一个尚未成形的孩子的命。

即便如此，三年里，叶语诺也从未像这一刻一样，觉得双手沾满了血。

当天夜里，她吞食了大量安眠药。幸好冯晋庭发现及时，才把她从鬼门关救了回来。可她终是被自己的身世，被自己犯下的弥天大错击垮。她开始不言不语不食不睡，任凭冯晋庭说什么，都全无反应，甚至是图图一声声地叫妈妈，她都无动于衷。

萧语珩获悉时，这样的情况已经持续了5天。她匆匆赶来，在昏暗的房间里找到叶语诺，那个昔日里骄傲的光彩照人的女人，此时抱膝缩坐在角落，长发凌乱，目光茫然，憔悴如同女鬼。

粗鲁地扯开了窗帘，萧语珩把叶语诺拽到阳光下。

“这是你对我新一轮的报复吗？用你的痛苦让我、我们更痛苦？叶语诺，你这样究竟是惩罚自己，还是惩罚我们？”

明媚的阳光刺得叶语诺睁不开眼，她下意识抬手往眼睛上遮。

萧语珩不允许。

也不知道她哪里来的力气，居然用一只手就把叶语诺的双手控住了：“为什么逼自己伪装得那么辛苦？为什么不肯诚实一点儿面对自己的心？就算妈妈只是你的养母，那些年她对你的好你都不记得了吗？做了母女十几年，你以为她对你付出的感情都是假的吗？多少次我看见她拿出你小学一年级时和她拍的照片，可你烧了她的所有东西。你烧的，仅仅是几样她用过的东西吗？你是在用火灼烧她的心。”

回想萧素的隐忍，萧语珩的眼泪先掉下来："她告诉我，少去爸爸那边，因为姐姐的新妈妈看见我会不高兴，那样的话，姐姐就会不快乐。即便不是亲生，她也在为你着想。叶语诺，你一味责怪她抛弃的同时，有争取过她的爱吗？这么多年，你怎么从没有主动去看她一次？如果你去了，她会把你拒之门外吗？"

这哪里是劝解，简直是雪上加霜。

叶语诺疯了一样挣扎，像是要把眼前的人撕碎。萧语珩躲闪不及，被推得猛地退后，后腰不偏不倚地磕在桌角上。钻心似的疼，她额际瞬间沁出细汗，跌坐在地毯上，半天没站起来。

就在冯晋骁忍不住要进入房间时，听见萧语珩说："上一次你推得我小产，现在还要再来一次吗？"他陡然僵住。

冯晋庭倏地看过来。

冯晋骁反应了片刻，才朝冯晋庭摇了摇头。

冯晋庭狠狠闭了下眼睛，那种如释重负让冯晋骁原谅了他的一言不发。

房间里的萧语珩慢慢扶着腰站起来，一步步走向窗前瑟瑟发抖的叶语诺："你害我没了和冯晋骁的第一个孩子，你现在变成这样，我该开心的，可我居然一点儿开心的感觉都没有。"行至近前，她抓住叶语诺的手抵在胸口，"因为即便你不是妈妈的亲生女儿，我们依然是血脉相连的姐妹。当年我之所以隐瞒小产，原因之一是我不愿意承认被自己的姐姐抛弃了。因为是你，因为图图，我才能忍住不说，换成别人，你且看看，我一定不会阻止我哥毁了她。"

最后，萧语珩说："今天，就冲你对自己的无法原谅，叶语诺，我原谅你了。你听见了吗，我说既往不咎。只要你能感知多年来我的妈妈对你这个养女的念念不忘。"

从房间里走出来，萧语珩像是打了一场仗，累得几近脱力。被冯晋骁扶住的瞬间，她把全部的重量倚过去，转首向冯晋庭："要是她还不好的话，你就告诉她我劝你跟她离婚。顺便提醒她，我不是三年前那个软弱的任由她期负的萧语珩了。如果她再这样自我厌弃下去，我对她的报复就成功了。”

冯晋骁扶着萧语珩走到楼梯转弯处，终于听见身后传来痛哭声。萧语珩的脚步明显顿了一下，然后什么都没说，重新起步。下楼上了车，她才伸出胳膊搂住冯晋骁的脖子。

“从我们和好那天起，我就料到你早晚会知道。我不止一次想，真相越晚揭晓，她承受的就越多。那些我所承受的苦，我必须要让她加倍还回来。在她面前，我不再像从前那样软弱，那是我吃准了我们的和好让她害怕。今时今日，她有多幸福，就有多害怕失去这份幸福。可是，再一想到图图，我又开始矛盾。我不确定，如果有一天她受到惩罚，我又能不能真正快乐。”伴着冯晋骁沉稳有力的心跳，萧语珩哽咽，“直到，直到看见你那么难过，我才发现自己也很残忍。知道她居然自杀，我吓死了。冯晋骁，要是她死了，我也是凶手吧，我真的没有想过把她逼到这一步，我只是恨她，恨她害我失去了宝宝……”然后，泣不成声。

这是萧语珩身为母亲的难过。之前之所以压抑，是不想冯晋骁太过自责。可她心里，比谁都难过。否则上一次，她不会在没有确定是否怀孕的情况下，就急急告诉了他。因为她还有个心结，如果当年发现怀孕第一时间告诉冯晋骁，叶语诺就没有机会自编自演那一出戏，他们的孩子，或许就能平安降生。

三年来，萧语珩始终不能原谅的，其实是她自己。

她的眼泪，浸湿了冯晋骁的心。轻轻地抱住她，他温柔地抚摸她的头发：“是我不好，如果那时候我能控制住，你就不用承受这些。珩珩，相信我，最坏的都已经过去了，以后，我们会有个全世界最可爱的孩子，会健康聪明，会与人为善，会顺遂平安，会幸福无忧。”

会和我们俩，成为最幸福的一家人。

CHAPTER 7 草木之遇，钻石之缘

爱情最圆满的结局，是我和你在一起，不分不离。

故事最完美的落幕，是他们成就了钻石之缘，让我们开始相信爱。

风雨过后，生活又恢复原有的平静。

冯老爷子提出回乡下老宅住一阵儿，等冯晋骁和萧语珩的婚事定下来再回来。冯晋庭心知肚明老人家这是回避，为了让他把叶语诺接回来。

感激的话如鲠在喉，冯晋庭什么都说不出来。

冯老爷子走后，叶语诺主动回了冯家。她整个人瘦了一圈，脸色依旧很不好，明显的黑眼圈证明她睡眠很差。见到冯晋庭，她微微一笑："去洗个手就可以开饭了。"

这是冯晋庭最向往的家庭生活，他忙碌一天下班回家，有妻子温柔以待。

可这一次，叶语诺像以往每次吃饭的时候一样，给冯晋庭盛汤，问他："好喝吗？"

冯晋庭低下头，喝一口，在她期待的目光中摇头。

叶语诺笑着点了点头，眼里迅速凝起雾气。

冯晋庭看看桌上精致的四菜一汤，都是他平时爱吃的，他柔声说："如果这是你以妻子的名义为我做的最后一顿晚餐，我吃不下。"

叶语诺在他对面坐下，语气平稳，没有波澜："以前我一直不明白，妈妈为什么不要我。我明明比珩珩听话，比她懂事，然后我又自我安慰，我是姐姐，应该让着她，可那是我妈妈啊，我好舍不得。"她笑了笑，"终于有一天，妈妈也结婚了，珩珩有了新爸爸，还有了哥哥，我觉得我这个姐姐变得可有可无了。"

"有一天我无意间听到爸爸和那个女人说话，发现是那个女人破坏了爸爸和妈妈的婚姻。本来我都快接受她了，那天之后，我开始和她作对。

我不吃她煮的饭，不穿她给我买的衣服，拒绝她以我家长的名义参加家长会，连她送我的生日礼物也拒收。我告诉她，只有我妈妈最懂我喜欢什么。后来，她发现了我的日记，撕了我和妈妈的照片，我当着她儿子的面打了她两个耳光，她回敬我后妈的冷漠。”

和李蔓彻底翻脸后，叶语诺在那个家就像个外人，得不到一丝温暖和慰藉。

“我开始恨妈妈和珩珩，恨她们没有了爸爸和我，依然过得那么幸福。我自认足够优秀，去中南航空应聘十拿九稳，我刻意接近顾南亭，自认有资本让他对我倾心，那样我就能成为顾家的一分子，作为儿媳，我一定比萧语珩那个早晚一天会嫁出去的继女更有地位。我想看看听我叫她婆婆时，妈妈的反应。

“我谋划了很久，甚至连拿什么样的微笑去巧遇顾南亭都想到了。可他城府太深，自始至终游戏规则都是他说了算。他冷眼旁观我自编自导自演到最后，才告诉我，他根本没入戏。”

得知自己被淘汰出局，叶语诺冲上了22楼总裁办公室。顾南亭姿态随意地坐在宽大的皮椅里，气度华贵：“我本没必要对你解释。不过，看在珩珩叫你声姐，多说几句也无妨。心机和小聪明都需要智慧。但为达目的不择手段的心机，比耍点儿小聪明随机应变要令人讨厌得多。我愿意包容珩珩偶尔的小聪明，比如她赖床不想上学时会装肚子疼，又怕我担心，在我给老师打完请假电话后立马活蹦乱跳，却懒得陪你玩心机游戏。”

“叶语诺，”他语气薄冷，“你还不够资格。”

“你既然知道，为什么不阻止媒体——”

“不是你，也会是别人。”顾南亭微笑，“在中南航空女主人的位置空缺的情况下，我的感情生活是媒体永恒的话题。你觉得我有必要那么较真吗？”

“你就不担心珩珩误会吗？”

叶语诺的本意是让萧语珩误会他是个风流之人有损他兄长的形象，没想到他的回答竟然是——

“那最好了。”

就这样一锤定音，叶语诺棋差一招，完败退场。

再一次输给懵懂无知的萧语珩，叶语诺颓然不已。就是在那段最灰心丧气的日子里遇上冯晋骁。那天细雨绵绵，叶语诺精神萎靡地走在街上，漫无目的。红灯，她站在马路边上等，忽然被人用力一扯，等她反应过来时，原本提在手上的包不翼而飞。

叶语诺茫然四顾，有人看她，有人在不远处和那个抢了她包的人缠斗在一起，然后身形挺拔的男人缓步而来：“小姐，麻烦你和我走一趟。”

叶语诺抬眸，目光跌进男人幽深如海的眼瞳里。

是冯晋骁。

“可他只是个警察，距离我要报复珩珩而为自己设立的目标太远。”叶语诺垂下长睫，“而且对于我的表白，他也拒绝了，我又怎么会自讨没趣。”

之后叶语诺成为了海航的空姐。当时海航还是冯父当家做主，她全然不知冯晋庭是谁，更想不到那个自己眼中的小警察是海航集团的二少爷。同年年底就遇上了冯晋庭，那个和冯晋骁有着相似眉眼的温润男人。遗憾的是，叶语诺当时并未发现面前的男人和几年前那个晚上给她留电话和现金的是同一人。

得知冯晋庭和冯晋骁是亲兄弟，她挣扎过，可最终报复萧语珩和顾南亭的心理占了上风，于是，她选择了冯晋庭。确切地说是接受，因为冯晋骁从没给过她选择的机会，他的态度自始至终都是那么不留余地：“叶小姐不是我喜欢的类型。”

却没想到，他喜欢的类型居然是萧语珩。

那个令她厌恶的妹妹不仅让她在顾南亭面前难堪，还以她的天真无知轻而易举地抢走了冯晋骁，甚至是自己的丈夫，都夸奖她，喜爱她。

如果叶语诺不那么偏激，就会明白冯晋骁不是被谁抢走，他只不过遇上了他的爱情，至于冯晋庭的喜爱，只是因为萧语珩是他妻子的妹妹，是他弟弟喜欢的女孩，爱屋及乌而已。

“萧语珩，你可真是阴魂不散。是不是抢走一切我想要的，你才满意？”因怨恨滋生的戾气几乎要被冯晋庭的温润善良消磨掉，却在萧语珩出现在自己的婚礼上时，喷薄而起。

埋在心里十几年的秘密，也不过三言两语就能讲完。

叶语诺静静地坐着，沉沉叹了口气。

冯晋庭听清了她所说的每一个字每一句话，也懂得了她道出这些秘密要表达的意思。目光停留在那张疲惫尽显的面孔上，他的语气没有波澜：“如果你现在爱的人不是我，我同意终止我们的婚姻关系。小诺，你想清楚回答我。”

随后的一段时间里，冯晋骁依然在为沈俊的案子忙碌。可无论他怎么忙，萧语珩的安危都被摆在首位，而顾南亭成了除冯晋骁之外最适合保护她的人选。

两个男人无声地达成了默契，在冯晋骁无法接机的情况下，顾南亭总能适时出现，顺路接萧语珩回家。除此之外，冯晋骁提示顾南亭，加强机场安检力度，避免沈俊狗急跳墙，把他和中南航空视为攻击目标。

另外还有家里需要安排。叶语诺事件之后，冯晋骁第一次给冯晋庭打电话：“注意图图的出行，可以的话，你最好亲自接送。”

冯晋骁从警多年，向来都是谨慎的，但像这次这么紧张倒是头一回，冯晋庭不免有些担心：“你自己也小心。”

“知道。”说完冯晋骁就沉默了，冯晋庭也不说话。

隔了一会儿，冯晋骁才说：“上次下手有点儿重，对不住。”然后径自挂断。

他就这样挂了。

当耳边传来忙音，冯晋庭无声笑起来。

一个月不到的时间里，警方接二连三端了几处毒品交易点，沈俊终于沉不住气了。

这天早上，冯晋庭莫名心慌，出门前他特意给叶语诺打电话，确认她那边没有异样。他如平常一样交代："晚上不要加班，早点儿回公寓休息。"然后送儿子去幼儿园。

路上，冯晋庭发现刹车失灵。确定刹车无效，他本能地回身看向主驾后的儿童座椅，早上起来就在闹别扭的小家伙此时睡得正香。他深吸一口气，先按住喇叭，让别人注意到自己的异常，然后边试图减挡边给冯晋骁打电话。

冯晋骁刚熬了通宵，人还在警队，听他说刹车失灵，霍地起身："你现在在什么位置？大石桥？大石桥前段。"大脑快速运转呈现大石桥周边的交通图，疾步往楼下跑，"现在车速多少？好，我知道了，北京路口车流量大，试图从大成街下来，然后往东，好，我知道，别挂电话。"话至此，他人已经到了楼下，"赫饶，联系交通大队，5分钟之内封锁大成街往大石桥路口，宾利GA1399刹车失灵，正经过北京路口，试图从大成街口下桥。"

话音落，赫饶已接通交通大队李姓队长手机："特警总队赫饶，李队……"

与此同时，陆成远已经示意突击二队整装待发，随着冯晋骁一个手势，柴宇等6名警员动作迅捷地消失在办公大厅。

那边，冯晋庭却没能从大成街口下桥。平时畅通无阻的大成街下桥口居然肇事，被堵了个水泄不通。开车的陆成远忍不住骂："他妈的！"

恰逢此时，萧语珩打来电话，冯晋骁按掉，赫饶正好结束和交通大队的通话："中和路下桥口已封锁，可以下桥。"

冯晋骁立即告知冯晋庭："继续往前，中和路下桥。"

陆成远闻言果断变道，引领后面的特警防暴车往中和路飞驰而去。

分秒必争。

冯晋庭有惊无险地从中和路下桥，交通大队为他开设绿色通道，把宾利带往车流稀少的五里公路。中途路过收费站，李队提出在路上铺设道钉，以给车胎放气的方法减速，被冯晋骁否决："车速过快容易翻车，上面有孩子。"

可即便有警车护送，待宾利使出五里公路燃油还是无法耗尽的话，车辆还是不会停下来，危险只增不减，李队建议："要不这样，我们想办法先把孩子移出来——"

冯晋骁同意这个方案，但他说："我来转移孩子。"

这时，冯晋庭在那端说："晋骁，我手机要没电了。"

冯晋骁的声音比以往任何时候都镇定，他迅速交代："我在你后面500米，一会儿我会靠过去，把图图抱出来。"

以宾利现在的时速，这非常艰难。

可是，冯晋庭一秒的停顿都没有，他说："好。"

一个字，等同于把儿子的命交给了弟弟。

这份信任有多重，冯晋骁懂了。他挂断电话，对陆成远说："提速！"说话的同时已脱下外套，以便一会儿换车时减少阻力。

陆成远踩住油门儿，全速朝宾利而去。

五里公路是四车道，李队之前让失控的宾利开在最外侧的超车道上，此时为方便冯晋骁转移孩子，他使用高音喇叭喊话，让所有经过的车辆减速到里侧行车道，配合让道。

在倒镜中看到大切驶近，冯晋庭原本要在交通大队引领下变到靠近最外面的行车道上，却听见冯晋骁拿高音喇叭朝他喊："保持在超车道行驶，车门解锁。"

冯晋庭以为他该在主驾一侧行动，毕竟图图在主驾后面。但按冯晋骁现在说的做，他根本没办法开车门，却还是依冯晋骁所言继续在超车道行驶，把车门解锁。

要从大切换到宾利上，两车车门都要打开，还必须错开，且横向距离要分毫不差，否则冯晋骁没办法两脚踏两车，这就要求两车的车速都要拿捏得十分准确。眼前宾利的车速基本不受控制，只能是大切配合宾利的速度。

难度太大。

大切持续提速中，与宾利并驾齐驱，冯晋骁喊道："我再往前一点儿，你用宾利先下了我的车门。"少了一个车门的阻碍，难度相对减小。

冯晋庭瞬间明白过来冯晋骁为何不让他到行车道了，那样的话，要下的车门就是宾利左后车门，那一侧正好是儿童座椅的位置，一旦有闪失图图就会受伤。于是，冯晋骁采取下大切车门的办法，再从外面打开宾利的车门，换过来抱出图图。

大切终于超过去，当左后车门打开，冯晋庭扶稳方向盘，以宾利车头右前方撞向大切大开的车门。

“喀”的一声，大切车门瞬间被撞得变了形，与此同时，陆成远猛地向右打方向，以防挂在车身上半毁的车门剐擦到宾利。

冯晋骁此时已移到后座，阵阵风啸声中，上身仅着黑色T恤的男人两脚就把大切残掉的车门彻底下掉。陆成远控制着车速，保持与宾利齐头。

冯晋骁左脚踏在大切之中，左手抓住车内扶手，右脚搭向宾利后车身，用脚尖钩开了车门，左手适时伸过去，在车门被渐渐拉开时，右脚精准地踏进宾利车里，然后眨眼之间，宾利车门大开，冯晋骁收右脚，侧身坐进宾利车里。

整套动作下来，迅捷而利落。

这一幕差点闪瞎了李队的眼，然后他颤抖着声音喊：“五里公路出口堵车，冯队，三分钟之内必须让宾利停下来。”

陆成远暴怒：“你他妈早怎么不说？”

图图已经被吓醒了，哭得嗓子都哑了。冯晋骁一面解孩子的安全带一面哄：“图图乖，你不哭的话，小叔带你玩个刺激的。”把孩子单手抱在怀里，他额头有汗珠滚落：“图图被接过去你就拉手刹，不用管我。”

冯晋庭神色不动：“你小心。”

“你也一样。”话语间，冯晋骁右边身子已探出宾利。

李队高喊：“冯队，快让宾利停下来。”

这时，大切车内的赫饶已从冯晋骁右手里接过图图。

像是料到冯晋骁准备留在宾利里，眼角余光瞥见图图安全转移到大切上，冯晋庭厉喝：“你也给我过去！”

这时，宾利忽然不受控制，冯晋庭扶不稳方向盘，车子一个飘移，险些把半边身子还在外面的冯晋骁甩下去。

赫饶一惊："师父！"

图图哭得更厉害。

陆成远迅速调整方向盘，尽可能地减少和宾利的横向距离，以便冯晋骁跨过来，又随时准备向右带方向盘，避免宾利再次失控。

李队再次喊道："冯队，让宾利停下，快。"

冯晋骁抬眼，前方隐隐可见车龙，不再犹豫地把右脚踏向大切，他边喊："拉手刹！"左手已松开宾利的扶手，右手搭住大切车门框，抠住。

冯晋庭随即拉起手刹。

宾利此时的速度太快，车子瞬间发生漂移。

冯晋骁保持着站在大切门边的姿势，大半个身子悬在空中，眼睛一瞬不离地盯着宾利左侧车头撞击到防护栏，然后因惯性，车子左侧持续撞击，摩擦隔离栏将近20米才终于停下来。

大切尚未停稳，冯晋骁已跳下车去，冲过去拉开宾利副驾车门，急问："你怎么样？"

冯晋庭缓慢地动了动身体，看向他，眉头紧锁："还得赔你辆车，损失惨重啊。"

冯晋骁笑骂："神经病。"

冯晋庭却嘶一声："胳膊不会骨折了吧？"

120和119随后赶到，现场交由交通大队处理。

冯晋庭的小臂有擦伤，医护人员才帮他处理好，冯晋骁的手机就响了，是萧熠，说中南航空一架飞往A市的航班上有位乘客称行李里携带炸弹，现下中南航空的所有航班正准备重新进行安检。冯晋骁才想起来先前萧语珩的那通电话，立即和冯晋庭上了特警防暴车，直奔机场。

除了中南航空，海航也有一班飞机发生同样的事件，所以冯晋骁到达机场时，整个机场都在进行安检，航班大面积延误，安检处、候机厅，到处都是被滞留的乘客。

"不是已经检查过了吗，为什么还要再检……耽误了我们多少时间你们知道吗？退票！赔钱……你们这是什么航空公司，说有炸弹就信啊？你们的所谓安保、安检都是摆设，糊弄人的啊……有什么？炸弹？”

场面比预想的还混乱。

恰逢此时楼意琳神色慌张地往安检口跑，陆成远一把拦住：“往哪儿去啊这是？挤一堆人看不见啊？凑什么热闹！”

萧语珩遭遇绑架事件后，两人已经化干戈为玉帛，尤其眼下这情况，楼意琳也不和他计较了，反而像见了亲人解放军似的抓住他手：“你们可算来了，再不来这场面都快控制不住了。也不知道是真有炸弹还是开玩笑，你说要是开玩笑，也太坑爹了吧。”

要是真的，连妈都坑了。陆成远对这姑娘的逻辑思维不敢恭维，他话锋一转，替某人问：“我嫂子呢？”

楼意琳直接回答冯晋骁：“和萧哥去顾总办公室了。”

说曹操曹操到，萧熠疾步而来，把事件的经过言简意赅地向冯晋骁复述了一遍。

原来，萧熠和萧语珩同一航班飞A市，当时飞机已经在滑行了，前排一名乘客忽然要求停机。萧语珩上前安抚，那人边称看见有人行李里装了炸弹要下机，边用力推了萧语珩一把，幸好萧熠及时伸手捞住了她。

听他说萧语珩的后脑险些磕在座椅扶手上，冯晋骁神色一凛，随即安排赫饶和陆成远各带一队人，分别负责中南航空和海航的隐患排查及安全保障。柴宇本来是要跟着赫饶的，陆成远却命令：“这有头儿和赫组长就够了，你跟我走。”带着他随冯晋庭往海航工作区走去。

赫饶则向反方向的中南航空办公区去了。

冯晋骁带了两名警员，和萧熠上了那架被指有炸弹的飞机。

混乱的场面很快被控制，排查工作有条不紊地进行。

等机场安检恢复正常，被滞留的乘客陆续登机，已经是下午了。无论中南航空还是海航，包括整个机场，炸弹的影子都没有。

虚惊一场。

临走前，冯晋骁对冯晋庭和顾南亭交代：“即刻起，我就安排人手在机场，负责安保工作。你们的车窗换成防弹玻璃。”又看向萧熠，“安全起见，你也是。”

与冯晋庭对视一眼，顾南亭问：“又和那个林什么还是沈什么的有关？”回想上次萧语珩遇险，他抬手指指冯晋骁，火气暴涨：“你最好别让她出事。”

目送顾南亭离去，冯晋庭拍拍弟弟的肩膀表示安慰。

冯晋骁苦笑。

回市区的路上，冯晋骁接到一个陌生号码的来电，他接通，那边却不说话。等了几秒，他神色陡然一变，倾身拍拍驾驶位的萧熠示意停车。

站在车来车往的公路上，他率先开口：“怎么，接下来的环节是沉默是金？”

那端轻笑，笑意里冷意深浓：“怎么样冯队，游戏刺激吗？”

“这是你最后的疯狂，沈俊！”一声“沈俊”寒意凛凛，见后座的萧语珩醒了，冯晋骁收敛了身上外露太多的戾气，面无波澜地伸手帮她开车门。

沈俊低沉阴冷的声音透过话筒传进冯晋骁耳里：“这次只是警告，你要是不在乎赔上几条人命，我更不介意。冯晋骁你记住，下次你不会这么幸运。”

冯晋骁站在风口一侧，替萧语珩拉高了衣领，温柔地问：“冷不冷？”

萧语珩试图从他脸上看出些什么，失败了，于是撒了个小娇：“居然敢挂我电话，不怕我作你啊。”

冯晋骁捏捏她小下巴，笑了：“怎么作啊，不给吃饭还是不让上床，嗯？”

萧语珩挥拳捶他两下，然后伸手抱住他的腰，把脸埋在他胸口：“以后别再做那么危险的事了，我害怕。”显然已经知道了他换车转移图图的经过。

冯晋骁抱紧她，说："好。"硬朗的侧脸线条在午后的阳光下形成刀削似的剪影。

接下来一周，整个G市因接连发生持械抢劫案变得风声鹤唳。尽管受害人只是不同程度受伤，但还是令警方陷入被动。然而，以冯晋骁为首的特别突击队却在私下里为干掉心狠手辣的毒枭沈俊，做最后的等待。

终于，第8天时，冯晋骁等的电话来了。

那边极静，罗强的声音却还是压得很低，他语速略快："13号凌晨两点，中山码头，他亲自出面交易。"

终于砍掉了他的左膀右臂，逼得他必须露面了。

冯晋骁没有马上回应，似是在判断消息的真实性。

罗强沉不住气地问："你在怀疑什么？"

冯晋骁轻笑："我在想，你居然这么快就获得了他的信任。"

罗强沉默了两秒："刘同找的杀手里有一个是我哥的小弟，所以你女朋友被绑之前，我，告诉了沈俊。"

所以沈俊特意去中南航空向萧语珩告别，只要萧语珩答应他的约会，就能避险；所以在把刘同引去地洞之前警方获得的线索也是罗强在沈俊的指示下给的；所以沈俊才有充足的时间偷龙转凤，把萧语珩从105236号集装箱转移到了那个冷藏集装箱；所以那枚炸弹，是沈俊给他的见面礼。

"所以，你明知道刘同要对我女朋友下手，却选择了闭口不言。"冯晋骁冷声，"罗强，你胆子不小。"

"有你在，难道还会救不了萧语珩吗？她受点儿苦，我就能获得沈俊的信任，总好过我大费周章地折腾。"

冯晋骁无意和他逞口舌之能，只说："你别忘了，我冯晋骁是什么人就行。"然后挂断。

或许是领悟了冯晋骁的警告之意，罗强在11号深夜再次打来电话，说沈俊临时改变主意，把交易地点改在了5号地铁站，交易时间提前到12号凌晨两点。那里与中山码头分别位于G市的城南和城北。

预料到了地点的改变，也猜到时间未必是真的，所以警队方面早就做好了准备，随时可以行动，但是——

当时，G市阴雨连绵，整座城市被浸润在潮湿的空气里，有种窒息的感觉。而萧语珩，还因飞机机械故障被滞留在临城。

后悔没有阻止她上机的，除了冯晋骁，还有顾南亭。

当塔台终于收到萧语珩执飞的航班能够起飞的消息时，已是深夜12点整。

顾南亭给冯晋骁发信息："2点30分落地，我在机场等。"

冯晋骁的回复很快到，他说："拜托。"

然而，事情的变化还不仅如此。

兵分两路埋伏在5号地铁站和中山码头的冯晋骁与陆城远都扑了空，尤其是守在5号地铁站的陆成远，连毒贩的影都没见着，于他，世界太平。冯晋骁那边倒是大动干戈，毒品交易虽然推迟了半小时，却确实存在，而且现身现场的还是两年来他们追踪的重犯。

激烈的交火，大获全胜，零伤亡。唯一令人费解的就是，落网的毒贩中没有沈俊。

又是一招金蝉脱壳。他屡试不爽。

这时，作为机动的赫饶传来消息：罗强现身，试图走水路出城。

冯晋骁沉声："拿下！"

罗强被赫饶追捕，绕来绕去也逃不出城，慌不择路之下居然潜进了一家酒吧。赫饶边带人冲进酒吧边给萧熠打电话："萧哥，罗强刚刚进入'皇后'。"

对于在机场挟持过萧语珩的男人，萧熠记忆犹新。于是，罗强很不幸地和皇后酒吧的幕后老板萧熠遭遇了。

几番对峙下来，萧熠虽没占到便宜，倒也不落下风。罗强预感到大事不妙，杀机顿起。在萧熠以一记直拳向他逼近时，他假意不敌退后，手中握紧暗藏在袖子中的的匕首，伺机一击致命。

危急时分出现的依旧是赫饶。在匕首距离萧熠心脏寸许时，她霍地上前，展手一推。萧熠有惊无险，赫饶顺势把罗强接手了，不过10招儿，把人制伏。

匕首比在他颈间，赫饶问："沈俊在哪儿？"

罗强不回答。

赫饶一抬腿，膝盖直击向罗强腹部："我再问你一遍，沈俊在哪儿？"

罗强沉默。

就在赫饶欲再动手时，萧熠扣住她手腕。

他不急不缓地掏出手机，边翻找着什么边以漫不经心地口吻说："你既不想和沈俊同流合污，又不愿坐牢，无非就是为了这娘儿俩。"话语间，手机递到罗强面前。

手机里正在播放一段视频，画面中神色慌张的女人抱着一个小女孩，缩在只有一张大床的屋子里，小女孩的眉眼酷似罗强。

罗强神色陡然一变："你怎么她们了？"她们，是他这个世上唯一的亲人，他的妻女。

"请她们做个客。你配合的话，她们很快就能回家，否则，后果怎么样我不保证。"

罗强故作镇定，直看向赫饶："你是警察，他不会。"

萧熠无辜地耸耸肩："那就试试看我会不会。"说完举起手机，冷酷地说，"她老公不相信，做给他看。"

很快地，视频画面切换，小女孩被一名壮汉扯离女人的怀抱，孩子撕心裂肺的哭声中，另一个黑衣男人边解腰带边向缩在床上的女人靠近。

罗强瞬间明白他为什么把"做"字咬得那么重。他疯了一样扑向萧熠："你他妈敢动她我杀了你。"却被柴宇控住，靠近不得。

萧熠不言语，只冷眼看他。

罗强不停地骂，直到画面中女人的上衣被撕开，他嘶吼着妥协："他去顾家了。"

不可能。

冯晋骁接到赫饶电话时命令："全力赶往机场。"

稳稳行驶的卡宴里，缩在副驾席上昏昏欲睡的萧语珩被突来的手机铃声惊得睡意全无。顾南亭似乎有些懊恼没把手机调成静音，微微蹙了下眉，目光触及来电显示，他以耳机接通电话。

是冯晋骁，他语带匆忙："她下机了吗？"

顾南亭瞥一眼身侧睡眼蒙眬的萧语珩，惜字如金地"嗯"了一声。

冯晋骁立即确认他所在的位置。

顾南亭有不好的预感，神色微变："朝阳东路中段，高德桥——"

不等他说完就被冯晋骁打断了："不要上桥！"

却已经晚了。

作为回顾家别墅的必经之路，顾南亭在接通电话前已经把卡宴驶上了桥。

那边冯晋骁迅速反应，在保持和顾南亭通话的同时，已经开始做行动部署："突击一组保护现场，二组立即赶往朝阳东路高德桥接应赫饶！"显然赫饶是在路上。

然后是对顾南亭道："我没判断错的话，沈俊会在你下桥前出现。"

到底还是走到了这一步。顾南亭咬牙切齿地叫了一声："冯晋骁！"

"你想拆我骨头的话也等你们脱险了再说。"冯晋骁忽略他的怒意，语速虽快，语气却坚稳异常，"撑10分钟，我马上到。"

如无障碍，一路把油门儿踩到底，10分钟下得了高德桥。然而，真这么简单，冯晋骁就不会在赫饶往这儿赶的同时追加一个突击小组了。所以，中途遇阻，根本是注定的。

凌晨3点，路面开阔，视线极佳的高德桥上，车流稀少。已处于下桥阶段的卡宴，只需要三分钟，三分钟而已，就能安全下桥。忽然，一辆银灰色瑞风和一辆黑色Jeep疯牛野马般自对向驶上桥，直逼卡宴而来。

正常下桥是不可能了。车速丝毫未降，顾南亭手速极快地猛打方向盘，卡宴在禁示跨越的标线提示下直接调头，与此同时，他对一脸迷惑的萧语珩命令道："坐到我后面去！"

伴随轮胎抓地的尖锐声响，卡宴在高德桥上划出一道完美的弧线，由于掉头突然，速度又快，惊得对向恰逢此时驶近的一辆跑车险些撞上钢筋防护栏。

顾南亭当然也看见了跑车被逼停，却没时间对车主表示歉意，更无心理会对方是不是会在下一刻咒骂他，只是踩住油门儿全速行驶，速度之快让人隔着车窗都能把外面的阵阵风啸听得一清二楚。

与此同时，萧语珩已经跌跌撞撞地从副驾位置移到了后座，她很清楚这个时候不能分顾南亭的心，只是用双手紧抓住驾驶位的靠背，提示："小心啊！"手劲大到骨节都已泛白。

顾南亭不说话，持续加速，与前车的距离很快就被拉近，可是——

前面那辆该死的传祺却对喇叭声充耳不闻，而且，不仅没有避让的意思，反而占据了两条车道曲线行驶，使得卡宴无法超车。

倒车镜里，瑞风和Jeep在一点点靠近。顾南亭忽然记起6年前他从国外赶去古城那一夜，飞机上，只要他闭上眼，萧语珩惊惧的面孔就会不停闪现，内心深处涌起的不安比自己任机长时遭遇飞机失去动力的危急情况强烈百倍。

正是那一次，顾南亭终于确认了萧语珩于他的意义，那种超出兄妹之情的情感令他肃然一惊。可是，也是那一次，他发现那个爱笑爱撒娇的小姑娘居然心有所属。或许对于爱情，她还懵懂无知，可她看冯晋骁时，眼睛里满溢的崇拜和爱意，已是纤毫毕现。

顾南亭以为他可以轻易放下，毕竟，亲情相比爱情，更能长久。可随着萧语珩越来越依恋冯晋骁，他发现他容不得别的男人像对待妹妹那样宠着她。

所以，当萧语珩在电话里虚弱无力地说"哥哥，救我"时，身在签约现场的他，连一句交代都没留下，冲出了会议室。

刺耳的救护车鸣笛声持续不断。他用自己温暖干燥的手握住她的手，低沉的嗓音在一片嘈杂声中有着安抚人心的力量："珩珩别怕，我在这儿。"

她却连回握的力气都没有，气若游丝："我，疼——"

她不知道，那一刻，他比她更疼。

俯身在她额头印下一吻，顾南亭温柔地说："哥哥在。"

站在急救室外的时间里，他靠着墙，从没觉得等待如此难挨。

手术室门开启，他快步迎上去，医生却残忍地说："孩子没保住。"

顾南亭一时蒙住。

大脑在瞬间停滞，只有心脏裂开一道缝子，挣扎而出的画面问他：那个你视如明珠的小公主，那个娇俏甜美、纯净无瑕的小姑娘，是现在这个怀了别的男人孩子的萧语珩吗？

清醒过后，他杀冯晋骁的心都有。

这还不够，萧语珩醒来后竟然还问他："我是不是很贱？"

顾南亭气得恨不得抽她："你敢再说一句自轻自贱的话，我就把你从楼上扔下去！"

萧语珩用让顾南亭觉得陌生的成熟又安静的目光看着他，缓缓地说："如果让他知道我还怀过他的孩子，可能连他都会觉得我贱。"

可你还是拼尽全力想要保住这个孩子，否则不会在我赶到前，自己叫来了救护车。或者你依然在维护冯晋骁，否则不会绝口不提你是如何在冯家出的意外。

顾南亭展手一挥，"啪"的一声，玻璃杯碎落在地。

萧语珩不理会他的怒意，缓缓地说："我宁可不要他，也不要做别人的替身。"

"是叶语诺和你说了什么？"

"等我好了，就去和他说分手。哥哥，我要先说分手，那样就不算被他抛弃。"

她越平静，顾南亭越愤怒："我去问他。"

她没力气阻拦，只闭上眼睛，嗓音沙哑地说："……给我留点儿尊严。"

然而，尊严这东西，在爱情面前往往不堪一击。

时隔3年，当萧语珩固执地要为自己的爱情做主时，顾南亭再没一丝奢望。

就这样吧，以兄长的身份，与她，一辈子。

那么现在，作为哥哥，护她平安，是顾南亭此时唯一的信念。他速度不减地向前车驶去，边低喝萧语珩：“坐稳！”边用百万座驾的车头右侧撞向那辆分不清楚状况的传祺，逼它让路。

然后，不无意外地，撞击声响起之时，卡宴的车身猛然一晃。

如此极端又疯狂的方式或许只有顾南亭有胆量尝试，尽管有了足够的心理准备，但萧语珩还是被吓出一身冷汗，抑制不住的叫声中，她的身体因惯性使然重重地撞到驾驶位的座椅上，而冯晋骁的电话就在这时打进她掉在车上的手机里。

萧语珩弯身取过手机，接通：“冯晋骁——”声音不自觉就带了哭腔，是面对危险时情不自禁表现出的依赖。

听见她的声音，那端的男人回应：“别怕，赫饶已经上桥，我随后就到。”

低沉坚稳的语气有力地安抚了萧语珩，她回身盯着向卡宴逼近的Jeep，哽咽：“好。”

然而，在救援的人赶到之前，顾南亭只能孤军作战。

哪怕是一分钟，都是生死攸关。

传祺在被卡宴擦刮碰触之后终于让路了，打滑冲向右侧最里的车道，幸好对方司机反应够快，及时踩了刹车，即便方向盘有些失控，到底还是在撞上防护栏的前一秒停住。

有惊无险。

至于被“追尾”的损失，惊魂未定的传祺司机一时间无从计较。他只是透过车窗看见卡宴与Jeep一前一后飞驰而过，随后紧追而上的瑞风车窗里一个黑衣人探出半个身子，然后就听“砰砰砰”几声枪响。

当子弹呼啸着射向卡宴，顾南亭的手似乎比大脑更先做出了判断，方向盘猛地向右，再向左，车身飘移般闪躲的瞬间，他朝后座的萧语珩喝道：“趴下！”

下一秒，Jeep里也有杀手探出头来，与瑞风一左一右，同时射击。

“砰砰砰”子弹穿过空气，一枚接一枚，密集地射过来。

幸好车窗都是防弹玻璃，可后面的两个轮胎却没能幸免于难，几乎是在同一时间被爆掉。

被迫停车。

顾南亭气得狠砸了下方向盘。可是，就在沈俊下车时，突然响起的警鸣声令情势突变。

赶到现场的赫饶和柴宇分别从萧熠的跑车车窗探出身体，在超出120迈的行驶速度中朝着Jeep和瑞风射击，跑车后尾随而来的特警防暴车，则是赶来增援的突击二组。

这时，耳麦里响起冯晋骁凝肃冷寒的指令：“要活的！”

赫饶与突击二组异口同声地回应：“明白！”

沈俊怎么都没有想到警方的速度如此之快。他本以控制了罗强的妻女，罗强一定会按照他的方法行事，即便分散不了警方太多的注意力，也能为他出城争取多一些的时间。意料之外的是，冯晋骁在行动前救出了那对母女，还把杀手录制用来要挟罗强的视频发给了萧熠，还交代：“这个东西在我手里没用，只贩毒一条，足够治沈俊的罪，必要时，也许你可以出面帮我们一把。”

至于怎么帮，冯晋骁无从说起，萧熠也不多问。

沈俊当然不知道，那个他曾经只差一步加入的，被称之为毒品王国的集团就是毁在身为卧底的萧熠手里。所以无须冯晋骁言明，萧熠亦能把握时机助他一臂之力。

此时此刻，沈俊终于被逼上了绝路。他面前有两条路：要么束手就擒；要么以命相搏。

他选择后者，哪怕是以卵击石。

于是接下来，沈俊示意两车杀手全部下车，借着车身的掩护向警方还击。激烈交火中，他在手下掩护中孤身一人接近卡宴。敏锐的顾南亭当然不会让他轻易得手，他表面看来似乎是在静待警方救援，实际上却是一面以手势示意萧语珩随时准备从右侧下车，一面以手扶住卡宴车门内扣手，在沈俊靠近的一刹那，他猛地推门而出，一脚踢向来人腰际，沈俊躲闪不及中招儿后，他又上前一步迅猛有力地挥出去一拳。

沈俊对顾南亭也是做过调查，清楚他身手不错。他不敢掉以轻心，抬臂格挡，然后身形一闪移到了后座车门前，右手抠住车门外把手欲开，左手抬起再落下，以枪托重重砸在顾南亭肩颈，随即枪在手间一转，枪口就对准了顾南亭的头。

从卡宴右侧下车的萧语珩回身时正好看见这一幕，脸上仅剩不多的血色瞬间消退得一干二净，刹那间，她声音凄厉地叫喊着："不要！"

却根本无法阻止刺痛耳膜的枪响——砰！

时间停驻，世界静止。

唯有撕心裂肺的尖叫声回旋在整个夜空："哥！"

然而，萧语珩眼底霎时变成血红色，顾南亭竟然安然无恙地站在原地，反而是沈俊的枪脱手掉在地上，他冷漠阴沉的脸上显出狰狞痛苦的神色，他无力垂落的左手滴出鲜红的血。

萧语珩肃然一惊，她猛地转身，就见身穿深色特警服、脚踏军靴的男人屹立于至少50米开外的特警防暴车前，隔着那么远的一段距离，萧语珩却像是能看到他暗沉黝黑的眼眸里迸射出的慑人光芒。

是冯晋骁。

萧语珩脚下一软跪倒在地，她用手捂住脸，纤瘦的肩膀剧烈颤抖。

警匪之间的交火不知在什么时候停了，四周除了警鸣声，似乎再听不到其他声响。沈俊的目光从被警方制伏的杀手落定在大步走过来的冯晋骁身上，自知大势已去，他略微弯唇，露出一种无所畏惧的冷笑。

无非一死。

走上这条路时就已料到。

冯晋骁在沈俊沉默且冷漠的注视下收枪，行至萧语珩面前，以有力的手臂把她拉起来，搂在怀里用力抱了抱，就把人交给赫饶扶着，缓慢又坚定地走向沈俊。

清冷的月光混着昏黄的路灯投射在冯晋骁脸上，那面孔上的冷峻肃杀以及眼眸里涌起的锐利锋芒，透出愠怒与狠绝。沈俊眯眼，森冷的杀气似从骨子里扩散出来，向四周漫溢。

顾南亭在两人沉默的对峙下缓缓退后。

沈俊率先打破了沉默，他语带讥讽地说："冯大队长终于肯露面了。"

冯晋骁的神情仿佛岩石般深沉："这对你而言，叫大祸临头。"

沈俊也不反驳，自嘲一笑："没想到事隔6年，到底还是栽到你手上了。"

"什么叫自食其果，在你身上得到了最佳演绎。"冯晋骁摘下黑色半指作战手套，语气中隐有几分不耐，"动手吧，我的弟兄等着收队回家睡觉。"

沈俊端着受伤的左手："就算是赢了，冯大队也是胜之不武。"

"和我谈公平？你不配！"冯晋骁眉宇间透出狠戾，"对待你这种人，只需要以暴制暴。"话音未落，他发起进攻，一记侧踢毫不留情地招呼在沈俊被子弹击中的左臂上。

堂堂特警总队负责人，赫赫有名的冯大队，居然专攻其弱点。

沈俊被踢得踉跄了两步，半边身子当即就被震麻。疼痛中，他真正领教了特别突击队冯姓队长最狠厉绝情的一面。明知此生到此为止，但沈俊竟觉得，遇上这样的"克星"，荣幸。

冯晋骁丝毫不为这份荣幸所动，有着丰富实战经验的他依然保持"主动出击"的风格，一记侧踢之后，疾劲的腿风朝着沈俊胸口而来。

沈俊生平头一回遇到这么厉害的对手，濒临死亡居然还有些兴奋。他连退两步，避开冯晋骁的腿，紧接着他也一个侧踹朝冯晋骁胸口招呼过去，显然是要以彼之道还施彼身。冯晋骁闪身的同时一个后摆腿直踢向沈俊太阳穴，动作迅猛。

沈俊收腿不及，只能以双手格挡，可怜他左手才受了枪伤，根本无力承受冯晋骁重重的一踢，不仅感觉双手发麻，整个身体都被一股力量逼得向后跌去，连退数步。

冯晋骁不给他喘息的机会，随即反转身，化摆为扫，一个来势凶猛的边腿再次扫向沈俊太阳穴。沈俊无力硬接，弯腰低头躲开。冯晋骁步步紧逼，又是一个边腿，不过这次的目标却不是沈俊的太阳穴，而是运足了劲，直接朝他的腰部踢去，腿风疾劲。

沈俊见状立即往前弓背弯腰，让冯晋骁这一脚从他头顶扫过。随后，他以左脚支撑身体，右脚一个后摆直逼冯晋骁面门。冯晋骁倒有些佩服沈俊的反应能力，不过，他还是不费力气地后仰身体避开，紧接着右脚迅速地向上勾起，向沈俊下巴踢去。

沈俊避无可避，尽管已经尽量偏头，但嘴角还是沁出了血。沈俊向来对自己的身手有信心，此时面对冯晋骁却似乎失去了反击能力。他恼怒地抬头，眼眸里闪烁着森冷的光，凝聚了全部的力气和绝对的杀气，一个飞腿直向冯晋骁的脸踢来，势不可当。

冯晋骁的目光在沈俊因中枪而颤抖的手上扫了一眼，放弃了进攻他左臂的念头，向后退步的同时，改用右手扣住他脚踝，猛地用力向后一拉，直接就把重心不稳的沈俊摔倒在地。

然后，冯晋骁默然而立，似乎是在等待沈俊站起来，又像是借助习习夜风散去一身杀气。片刻，他抬手示意。转瞬间，沈俊就被训练有素的特警制伏。

“我想知道，你既然能冒险放了罗强，以他为饵诱我入局，为什么又不完全按照他提供的线索行事？只是因为他事先没告诉你刘同动了绑架萧语珩的想法？”

“他惧我，是因为我警察的身份，我放他，是因为有足够的把握随时抓他。只是我大意了，没有想到他居然敢摆我一道。”冯晋骁停步，却没有转身，“所以，你才有机会抓他妻女。”

沈俊苍凉一笑：“如果我们易地而处，冯晋骁，你比我狠。”

易地而处？这种假设不成立。可说到狠，不是天生，而是被你们这些亡命徒逼出来的。

冯晋骁回头，目光如出鞘的军刀一样锋利，他说：“过奖。”

被押上警车前，沈俊转身看萧语珩，沉默的目光有旁人读不懂的深意。

冯晋骁不发话，柴宇就任由他静立不动。片刻，沈俊的神色稍有缓和：“我今晚过来，是有样东西想给你。”他说着，低头看向自己胸口。

冯晋骁抬眼示意，柴宇顺着沈俊的目光伸手掏出他外套内袋里的一个女式钱包。

萧语珩看着那个玫粉色的钱包，一怔。

与她的视线在半空中相遇，沈俊不禁想起6年前在古城深巷遇见的女孩。

女孩的声音低柔清脆，犹如石子入水的声音，涟漪过后是平静，“请问出城该怎么走啊，我迷路了。”

他应声回头，就看见那个身穿长裙、头戴草编帽的女孩子，她似乎是走热了，脸蛋红扑扑的，而她的眼睛，清澈见底，明亮动人。

不自觉就柔和了语气，他指指身后的巷子：“逆水而上。”

女孩的眼睛亮晶晶：“真的是顺水而进，逆水而出吗？无论我从哪条巷子走？”

他眼里难得有了笑意：“没错，顺水进城，逆水出城。”

女孩笑起来，露出一排洁白整齐的牙齿：“那我就放心了，谢谢你啊。”她本来已经要转身走了，却忽然发现他的异样，“你的手怎么了？受伤了吗？需不需要帮助啊？”

他保持着端胳膊的姿势不动，眼里的笑意因她细心的发现更暖了：“你要怎么帮我呢？”

女孩摸了摸帽檐：“送你去医院啊。”

“你找得到路吗？”

她摇头，然后眼睛一亮：“你一定找得到，你带路就好了呀。”

孩子气的表情似乎是在求表扬，他失笑：“谢谢了，不用。”

“这样啊，那你记得自己去看医生，再见。”她笑盈盈地跑走了，脚步轻快。

他莫名地产生了叫住女孩的念头，可当时有很重要的事情等着他去办，只能放弃。当女孩轻盈的身影消失在视线之内时，他转身欲朝相反的方向走。

感觉到脚下踩到了什么，低头，是一个玫粉色的钱包。他俯身捡起来，回望女孩跑走的方向，除了各色游客外，哪里还有她的身影？

谁知就在当晚，在音乐火塘里，居然又遇见了。她那么快乐地唱着歌，唱着那首《一瞬间》。可惜，当时警方的专案组正在满世界地找他，他无法现身。

算了，一个尚未成年的女孩罢了，能活着，什么样的女人没有。但鬼使神差地，就是想在踏上逃亡路前，见她一面。当时就在想，如果罗永把她带来，他就原谅罗永的背叛，然后再把钱包还给她，从此，相忘于江湖。

结果却是，独自上路。

而钱包，他保留至今。

理智一次次地提醒他，不要沾染她，却怎么都控制不了心里那份念念不忘。于是，6年后再次偶遇，他到底是接近了她。她却全然忘记了古城之遇，甚至是看他的眼神都充满了防备之意。

那也没有想过动她，直到那天为了让她避险以告别之名相约被拒，听她说了那句：“朋友之间的正常交往我男朋友是很支持的。”他恍然记起，她有个无所不能的男朋友。

冯晋骁，我就看看，你是怎么护她平安的。

能救她，是你的本事，也是本分；救不了，我就送你们一起上路。

一念起，就是杀机。

最终，和预期的所差无几。

沈俊依旧在笑，他最后说：“物归原主。”

沈俊案告破，冯晋骁又忙了一阵儿，指导审讯，出席会议，警队考核，恨不能把人一分为二，所以接连几日，别说他的人，连电话都没来一个。萧语珩虽然猜到他在忙工作，面上一如往常，心里却还是控制不住地火冒三丈，心想：才好几天啊，就又不拿她当回事了。

其实冯晋骁倒也不至于那么没长心，毕竟冯队的情商已经有了质的飞跃，况且对于萧语珩，他是放在心尖上了。只不过这段时间对于宝贝女友的上机时间掌握不准，每次电话打过去，恰巧赶上萧语珩在飞，手机关机，这才导致两人没联系上。

不知道是有心还是无意，顾南亭也给萧语珩添堵。一晚，那人在餐桌上看见她，稍显意外，当着顾长铭和萧素的面问：“冯晋骁怎么还没来接你？”

尚不清楚晋骁哥哥与南亭哥哥之间的火药味是如何消散的萧语珩因他的一个“还”字，拿脚在餐桌下踢他，以表不满。

偏偏顾南亭一脸无辜：“怎么了？不是要我堂堂顾总当司机亲自给送过去吧？”腿上又挨了一下，他绷不住笑，“你踢我今晚也没空儿，有约。”

萧语珩“嘁”了一声：“恭喜顾总终于有人约了。”

什么话，他可是货真价实的钻石王老五，以前没约，不过是他没那份心思。顾南亭坏心地把她的头发揉乱，笑言：“有男朋友却没约，你比我伤感。”

萧语珩扑过去打他：“你都伤感30多年了。”

顾南亭边躲边难得地逗她：“干吗呢这是，恼羞成怒啊。”

萧语珩像个孩子似的狡辩：“是你先说我的。”

他们终于又能像从前一样，如同孩子般疯闹在一起。顾长铭轻轻地搂住了萧素，萧素望向丈夫的目光漫溢着温柔和幸福，两人相视而笑。

顾南亭耐心极好地陪萧语珩玩了一会儿，等她心情明显好起来，才拿了车钥匙出门。一路急驰，20分钟后，总裁的车停在了中南航空的员工宿舍楼下。在车里坐了很久，他拨出去一个号码，接通后惜字如金地说了4个字：“我在楼下。”

电话那端的回应竟是出乎意料的拒绝：“我明早有飞行任务，睡了。”然后不给他说话的机会，直接挂断。异常干脆，没有余地。

既然如此，顾南亭去找萧熠喝酒，结果皇后酒吧竟然在停业装修，一问才知，沈俊落网那天，罗强的手下把场子砸了，萧熠却连眼都没眨一下，只吩咐重新装修，对于酒吧的损失，只字未提。对于萧熠与赫饶之间剪不断理还乱的牵扯，顾南亭略有耳闻，他为萧总以百万代价配合警方抓人，感到佩服。

随手拉了张椅子坐在凌乱的演艺厅给萧熠打电话，他调侃：“萧总果然财大气粗，一怒为红颜的气魄，无人可比啊。”

萧熠应该是在外面，隐隐风声中，他没好气：“和警察做兄弟，是我这辈子最错误的决定。”

明知道萧熠指的是冯晋骁，顾南亭却故意曲解他的意思：“失去了一个贺熹，就有赫饶补位，从刑警到特警，萧熠，你的待遇越来越高了。”

“这种待遇不是谁都消受得起。”萧熠不怒反笑，有着自嘲的意味，“作为男人，当你想近一个女人的身都成了难题，你就知道窝囊两个字怎么写了。”

除了知道是冯晋骁的徒弟，顾南亭对赫饶的了解几乎为零，可仅凭这一点，也足以判断赫饶的实力。可萧熠是何许人？能让堂堂萧董承认窝囊，事情太不简单了。顾南亭有点儿火上浇油地问：“怎么，和你动真格的了？”

萧熠揉揉酸疼的肩膀，不愿承认又不得不承认：“大动干戈。”

想来是没占到便宜。莫名地产生了惺惺相惜的感觉，顾南亭一笑：“那就算了，反正你心思也不在人家身上，少招惹为妙。”

原本是可以这样收场的，没有开始，亦没有结局，毕竟感情的事，不是你爱我，我就一定要回报以爱情。可是，怎么会莫名地觉得心有不甘？这种情绪……萧熠一时无语。

这沉默背后蕴含的深意……顾南亭朗声笑：“萧熠，你栽了。”

萧熠不信，他斩钉截铁地反驳：“怎么会？！”

“敢不敢赌？”顾南亭顿时来了兴致，“一年为期，我等着看结局。”

为了贺熹，已经输了一个6年。爱情这东西，萧熠告诫自己不要轻易碰触。可对方是赫饶，他竟然犹豫了。萧语珩说：她爱你，比你爱贺熹久。冯晋骁说：她在我身边三年，唯一一次请假是你走的那天。柴宇在沈俊被捕后说：组长出手救你时，被罗强刺了一刀。

然而10分钟前，赫饶那么平静坦然地说：“我是警察，受伤不足为奇，不是你，也会是为了别人。所以萧总实在不必在意，至于感谢，如果你不表达出来心有不安的话，那我就接受了。不过，我有人照顾，就不劳萧总费心了。”然后当着他的面上了另一个男人的车。

对于萧熠而言，清晰的记忆都是与贺熹有关的，可他偏偏记得，那辆车的主人与赫饶读警校期间常来接她的男人是同一个。

萧熠就笑了：“我也想知道，最后那个人是不是她。”

算是默认了这场没有赌注的赌局。

在顾南亭和萧熠这两个全G市最炙手可热的黄金单身汉定下赌约之时，同一座城市的两边，冯晋骁和萧语珩的时间终于在同一频道上了。

在警队连续奋战了几天的冯晋骁回到家，面对一室冷清，竟有些不习惯。本想收拾下自己直接去顾家接人，进了浴室才觉不对，他愣了几秒，返回卧室拉开衣柜，果然属于萧语珩的衣物全没了。

居然趁他不在家搬走了？冯晋骁就有些火了。

手持电话，站在落地窗前的男人脸色不太好，语气里有抑制不住的火气：“又闹什么别扭？和我赌气吗？萧语珩我问你：我还是不是你男人？！”

萧语珩因他生硬的质问被挑起了火气，负气地说：“你不想是的话，随时可以辞职。”

冯晋骁被噎了个内伤，可话一出口他自己也意识到语气重了，后悔之余又不好立马服软：“没错，那晚是我考虑不周，尽管安排了赫饶做机动，却没算到沈俊速度那么快。但是你应该明白，我比谁都不希望顾南亭出事。”

“因为是你，我怎么样都可以。可那是我哥，冯晋骁你知道吗，只差一秒他就没命了。”眼前回放沈俊持枪指着顾南亭的一幕，萧语珩的眼圈忽然就红了，“这是他现在平安无事，否则我永远都不会原谅你。”

冯晋骁听出她的哽咽，却因她一声不吭搬走控制不住脾气：“可事实是，我并没有让他有一丝一毫的损伤！”

萧语珩瞬间拔高了音量：“那是你应该的！”

电话那端就沉默了。

他不说话，萧语珩也不开口。

良久，冯晋骁沉声说："对不起！"

萧语珩"啪"的一声挂了电话。

该死的沈俊，临死了还给他找事。明明没有杀顾南亭的动机，偏偏要给他添堵。幸好顾南亭平安无事，否则他和萧语珩还能继续吗？冯晋骁在心里把沈俊骂了一百遍不止，转念想到那个神经病捡了钱包不还，给他和萧语珩的相遇作了铺垫后，气消了点儿。

又厚着脸皮把电话打过去，结果大小姐不接，冯晋骁揉揉太阳穴，耐心地编辑短信："是我不对，没考虑周全，你别生气。"半天没回应，他再发去一条："今天晚了，我过去会打扰萧姨休息，明天去接你好不好？你不回复我就当你答应了。"

这招儿果然好使，萧语珩马上回复："不好。"

冯晋骁只好问她："要我怎么做你才肯搬回来？"

隔了不久，萧语珩的回复就来了，她说："不搬，又不是我家。"

这小性子啊，冯晋骁放低姿态："听话，我已经累得没力气哄你了，你不心疼我我都不计较了，还气我。"尽管是短信，竟也能感受到他话语间的缱绻之意。

萧语珩的态度缓和了一些，隔了会儿，她回："你就没气我啊！"

这算是答应了吧。冯晋骁微微一笑："可我比你好讨好，只要你笑一下，我气就消了。"

谁要讨好你！顾家别墅里，欣赏手机里冯警官帅照的某人把脸埋进枕头里，微微嗔道："讨厌。"是讨厌，还是欢喜，听语气便知分晓。

又是明媚的一天，阳光暖暖地投射到身上，舒服得萧语珩忍不住伸了个懒腰。然而，这个幅度有点大的伸懒腰动作忽然停滞了。萧语珩站在二楼阳台上，视线所及之处站着一个身形挺拔的男人。

神清气爽的冯晋骁在静谧温柔的晨光里望着她笑。

应该矜持一下的，却发现太难。萧语珩唇角的笑意一点点蔓延开来，最后，在那人一瞬不离的仰视下，笑开。

冯晋骁用左手指指右手拎的袋子，扬扬下巴。萧语珩跑回浴室对着镜子仔细地照了照，确定很完美后又稳了稳情绪才下楼，冯晋骁已经被萧素迎进门。

萧语珩走到萧素身边，挽着妈妈的胳膊，绷着小脸问他："这么早，来干吗？"明艳的面孔上已流露太多掩遮不住的喜悦，却不自知。

作为母亲，萧素太了解女儿的口是心非，宠爱地轻责："还不是被你作的。"

萧语珩微微脸红，底气不足地说："我哪有。"

萧素笑看向冯晋骁："有或者没有，晋骁最有发言权了。"

冯晋骁把专程驱车去城西买来的萧语珩最爱的早餐递给顾家阿姨，认真地回答："她很懂事。"言语简单，没有丝毫敷衍之意。

面对萧语珩小无赖似的得意扬扬，萧素无奈："晋骁你就惯着她吧。"

冯晋骁微笑："应该的。"

很快地，出去晨练的顾家父子回来了，冯晋骁理所当然地被留下吃早餐。这是6年来，冯晋骁第一次在顾家用餐，萧语珩坐在他旁边，享用着爱心早餐，心里安稳踏实。

席间，冯晋骁神色认真地询问顾长铭和萧素："我爸妈明天的飞机回来，他们想亲自过来拜访。顾叔、萧姨，你们看什么时间方便？"

拜访的目的不言而喻。与萧素对视一眼，顾长铭欣然答应："随时欢迎。"

萧素则嘱咐女儿："珩珩，你记得明天和晋骁一起去接机。"

对于冯家二老，萧语珩早在冯晋庭的婚礼上见过，并不陌生。此时，她却不好意思了，小声说："我明天要飞的啊。"

一直沉默的顾南亭适时开口："我来安排，你飞完今天就休疗养假吧。"

因为警队还有事，冯晋骁不能送萧语珩去机场。坐上顾南亭的总裁车，萧小姐还在愤愤不平："你就是来蹭饭的。"

冯晋骁也不生气，握了她手一下，承诺："晚上去接你。"最后郑重地对顾南亭说，“有劳。”

在冯晋骁为萧语珩关上车门后，顾南亭问：“即便你当时没赶到，也会是别人对吗？”

冯晋骁没有否认：“我不想看到你为她受伤。”

行动前，冯晋骁郑重交代赫饶：让你作机动，是防范着沈俊转移目标。顾南亭的安危是首要的，相比珩珩，沈俊对他才是无所顾忌。”

赫饶承诺：“如你所料沈俊临时改变主意的话，我一定能赶过去。”

就这样，在接到冯晋骁的指令后，赫饶第一次对萧熠提要求：“再快点儿萧哥，我必须在10分钟之内接应到顾南亭。”

所以，冯晋骁抢在沈俊扣动扳机之前开枪时，赫饶已同时瞄准了沈俊。在拥有与冯晋骁不相上下的射击技术的赫饶面前，沈俊根本没有出手的机会。也就是说，即便冯晋骁没能及时赶到，顾南亭依旧会平安无事。

这样的答案也算意料之中，顾南亭微仰了下头，似乎是在压抑什么，然后骂道：“我他妈真心讨厌你这股自信劲儿。”拉开车门坐上驾驶位，在萧语珩不解的目光下扬尘而去。

萧语珩上机后，顾南亭去调度席，中南航空的员工难得偶遇他，纷纷恭敬地向这位冷面boss问好。顾南亭只顾接听电话，对此视而不见。直到迎面走来身穿飞行员制服的程潇，他才抬了下眼。

目光在半空中相遇，程潇姿态从容，嗓音清脆地叫了声：“顾总。”

顾南亭收回目光，径自走过。

同样的，程潇脚下也未作停留。

有那么一瞬间，两人近在咫尺，然后，擦肩而过。

深夜，返回G市的萧语珩才走出机场，手持香槟玫瑰的冯晋骁就迎了上来。同事羡慕声中，忽然有些感慨的萧语珩用仅有两人能听见的音量抱怨某人：“6年才送一束花，还是玫瑰，冯队你好吝啬，好俗气，好没品位啊。”

身为男朋友，冯晋骁也自知失职了。带着歉意和宠爱意味地凝视萧语珩透出疲惫的面孔，用被嫌弃的玫瑰把她的拉杆箱换回来：“我这辈子干得最有品位的事是娶你做老婆。其他的，选择性忽略吧。”

一声“老婆”引得菜菜姑娘尖叫：“原来冯警官是来向我们语珩求婚的啊——”

话音未落，立即就有人附和：“求婚，求婚！在一起，在一起！”

“谁是你老婆啊？”萧语珩的脸瞬间如红霞晕染，假意拒绝的同时不好意思地抬手欲打。

冯晋骁顺势接住她的手，握紧，语带暖意：“除了你，还能是谁？”

回到家，没有预想的烛光晚餐和求婚，萧语珩不免有几分失望。转念一想，凭冯晋骁不解风情的个性，送花已是突破，一面自我安慰知足常乐原谅了冯队，一面开开心心地找花瓶插花。

冯晋骁洗完澡等了半天，期间还柔声提醒了句：“我要睡了啊。”也不见昔日热情的小女友投怀送抱，到底还是没忍住，略有不满地问，“你还睡不睡了？”

萧语珩看都不看他，径自修理着花枝：“睡你的呗，又没人拦着。”多少有些故意的成分。

果然，冯晋骁的耐心是有限的。

“啊——”下一秒，萧语珩腰间一紧，整个人就被抱了起来，随后又被扔到床上，然后160多斤的某人直接压了上来，似笑非笑：“没人暖床，我哪儿睡得着。”

萧语珩闷哼一声，抬手在他背上打了两巴掌：“你要弄死我啊，腰都要断了。”

冯晋骁也不觉得疼，眼里含笑：“我还什么都没干呢，腰怎么会断？”

萧语珩伸腿踢他：“冯晋骁，你流氓！”

长腿一伸压住她的腿，冯晋骁俯低头，在她馨香的颈窝重重地吮了一口：“造反了啊，居然趁我不在家搬走。自己说，是不是该给你长长记性？”

萧语珩被咬疼了，小狮子似的扭来扭去：“留下来便宜你吗？想得美！上次搬得匆忙落了东西，等会儿正好拿走。”言外之意今晚不准备在他这儿过夜了。

那怎么可以？冯晋骁吮出吻痕才罢休，不急不缓地说："你都走不了，怎么拿？"无论是语气，还是神色，都透出一种罕见的邪佞，性感得萧语珩心都酥了，偏偏他还暧昧地补充，"既往不咎，下不为例。再犯，看我不活剥了你，三天下不了床是轻的！"

萧语珩哪里是轻易服软的主儿，牙尖嘴利地反驳："下不了床的人指不定是谁呢！我可是记得，这段时间有人很不行。冯队，你不要逞强啊。"边说边懒懒地伸出胳膊搂住冯晋骁的脖子，恃宠而骄的小样子惹得某人心痒难耐。

自从知道萧语珩小产过，出于对她的心疼，冯晋骁一直压抑着对她的渴望，结果居然被她说成"不行"。这两个字对于男人而言，简直是奇耻大辱，血气方刚的冯晋骁决定给她点儿教训。

把人牢牢控在身下，冯晋骁虎着脸吓她："送花确实不是我强项，不过，以实力说话，我最擅长了。今天就让你见识见识你男人有多行。"

萧语珩不甘心就这么被拿下，推他，推不动。盯着她妩媚生动的脸，冯晋骁的双眸似火般燃烧起来，似乎连呼吸的权利都要剥夺。他以强势的姿态霸占了萧语珩的唇舌，然后吻得越来越急，微带薄茧的手更是急不可耐地伸到了她衣服里。

舌尖被他吮吸住的瞬间，身体像是有自己的意识一样，完全不抗拒他的碰触，甚至渴望他的抚摸。萧语珩攀紧他肩背，热情地回吻。冯晋骁的呼吸重了，手上的力道也愈发大。萧语珩哪里承受得住，当冯晋骁的吻落在她颈间，她嘴角不经意溢出两声轻喘，紧贴着冯晋骁的身体一下一下地蹭。

冯晋骁被她磨得脊背都麻了，可就在他准备更进一步的时候，终于发现了不对劲。他停下动作，手探到萧语珩大腿内侧，果不其然听见她说："哎呀，忘了告诉冯队，我正被大姨妈关照哦。"冯晋骁是真想弄死她。

萧语珩被他一脸的挫败和无奈取悦了，小脸贴着他的脖颈："这可怎么办啊。"

冯晋骁气得放松了身体压住她，无奈："你就作吧，啊！"

萧语珩笑出声来，伸手抱住他。

第二天，冯晋骁醒来时就有萧语珩笑脸以对。那明艳如同17岁的笑容让他觉得整个世界都亮了起来，璀璨如花。亲亲他的宝贝，晨光中的男人微笑："等会儿见了爸妈，乖一点儿。"

萧语珩俏皮地眨眼："晋骁哥哥放心，'内部矛盾内部消化'的道理，我懂的。"

冯晋骁揉揉她睡得乱乱的长发，眼神宠爱至极。

对于萧语珩，冯家二老自然是满意的。等了盼了多年，小儿子总算开窍要把婚事提上议程了，他们很是欣慰。机场大厅里，冯妈妈见到未来儿媳妇来接机，拉住萧语珩的手，眼里有明显的湿意："好孩子，你受苦了。"

为宽老人的心，萧语珩亲热地挽住了准婆婆的胳膊："现在您回来了，冯晋骁可不敢欺负我了，是吧阿姨？"

冯妈妈微微嗔道："怎么还叫阿姨，我以为该听到一声别的称呼。"

萧语珩闻言恨不得连脚趾都羞红了，求助般望向冯晋骁。结果那人不但不帮她，还逗她："害羞什么，早晚都要叫的，先习惯习惯。"

萧语珩恨不得咬冯晋骁一口。

冯妈妈是过来人，见萧语珩不吭声，拉过她的左手看了看，果然，手指上是空的。

"还以为你长进了。"冯妈妈脸色一沉，训斥冯晋骁，"婚都没求，还敢大言不惭地让我们回来会亲家。盲目自信的毛病，和你爸一个德性！"

无辜中枪的冯海立刻责备地看过来，冯晋骁迫于他爹的视线压力，扒扒头发："不是没找到合适的机会嘛，再说了，水到渠成的事——"前一句是实话，至于后面那句——冯队，你娘骂得没错，盲目自信这病，得治了。

当天，萧语珩留在冯家大宅用晚饭，冯晋庭赶在开饭前接了图图回来，唯独叶语诺没露面，对此，冯家没人过问一句。后来，冯海把两个儿子叫进了书房。

书房里，冯父问："你打算怎么做？"

神色无波无澜的冯晋庭坚定地回答：“她是我妻子，我儿子的妈妈，我们没有理由不在一起生活，而且我相信她是爱我的。”随即看向冯晋骁：“事已至此，再多抱歉的话都于事无补，可是晋骁，请允许我代小诺向你和珩珩说一声对不起。”说话的同时，冯晋庭向冯晋骁弯下了腰。

冯晋骁承受不起哥哥这份沉重的歉意。

所以，冯晋庭没能完成这个鞠躬的动作就被他扶住了手肘。

“你对叶语诺有多心疼维护，我对珩珩就有多少，身为人父，孩子对你意味着什么，你比我更懂。”冯晋骁微仰了下头，压下胸中难言的涩意，“我只愿以后在这个家里，不让我的珩珩受委屈。”

血脉相连，冯晋庭那么真切地感同身受弟弟失去孩子的疼。此刻，因为感动于弟弟的谅解，他重重点头：“谢谢。”

“她是经历了一些我们不知道的委屈，甚至是痛苦，但这并不能成为她伤害别人的理由，有些事情终归是她做错了。我也冷静想过，如果当年知道她导致你小产，我必然不能容她在冯家。可是现在，为了大哥，为了图图，”握住萧语珩的手，冯晋骁说，“我们原谅她一次。”

如果化解她和冯晋骁的心结，要以冯晋庭和叶语诺的婚姻为代价，萧语珩宁愿那个秘密被时光掩埋掉。依偎进他怀里，她说：“冯晋骁，谢谢你。”

谢谢你懂我的为难和挣扎，谢谢你在我不知所措时替我拿主意，谢谢你，在我身边。

冯晋骁亲亲她发顶：“以后在一起，我希望照顾好你，不惹你伤心，不对你说‘对不起’，而你，永远都不用对我说感谢。”

萧语珩明明在笑，可眼眸里却清晰地涌起了泪意：“晋骁哥哥，你真好。”

冯晋骁挑眉：“既然我这么好，还不快亲我一下表示奖励。”

萧语珩眉眼弯弯地仰头吻上他的唇。

当一切尘埃落定，中南航空和海航两大国内航空界龙头企业与另外两家航空公司受省台邀请为一档名为“以鹰的飞翔，书写梦想”的关于空姐和飞行员的综艺节目录制。

那一晚，简直是G市的不眠之夜。

出于收视考虑，电视台居然按颁奖盛典的形式来完成这期节目的制作。当晚，除了参与节目录制的主角，还有几大航空公司的高层，甚至是协助冯晋骁完成求婚大业的特别突击队和纯来看热闹的萧熠都要走过红毯，在展板上签名入场。

率先入场的是民航和港行两大航空公司，优雅大方的空姐身着华丽的晚礼服，引起全场第一波掌声。然后是海航，走在前面的自然是一身正装的冯晋庭，与他并肩而行的是他妻子——一袭宝蓝长裙、光彩照人的叶语诺。灯光下，温文尔雅的冯晋庭牵着她的手，微微含笑。

两人身后是海航的精英团队，其中自然少不了程潇所说的英俊帅气的男机师。媒体的关注下，男机师向众人挥手致意，下一秒，中南航空以楼意琳为首的姑娘们的尖叫声顿时引爆全场。

见顾南亭眉心微蹙，程潇语带笑意地附在萧语珩耳边低声说："我说得没错吧，海航的男机师业内最帅。"

言语间，作为特邀嘉宾的冯晋骁、萧熠以及赫饶踏上红毯。

冯晋骁本意是让萧熠携赫饶出场，又担心做得太明显惹毛了徒弟拒绝出席就麻烦了，只好插一脚进来。赫饶深知师父要在这晚向萧语珩求婚，不得不来。

"现在走上红毯的是今晚的三位神秘嘉宾，海航二少冯晋骁先生，萧氏董事长萧熠先生以及他们美丽动人的女伴赫饶女士，感谢三位光临，与我们共襄盛举——"

行至红毯中段，冯晋骁和萧熠像是事先商量好了似的，同时伸出手。赫饶微一怔，随即将左右手分别搭在两人掌心，冯晋骁弯唇，轻轻托着她的手，萧熠则是收拢手指，握紧。

程潇边不顾形象地随楼意琳等人尖叫，边对萧语珩说："你们家冯晋骁世界最帅啊，他腕间的袖扣是你送的吧，我都怀疑他这个动作只是为了向你示爱啊。"

冯晋骁恰在此时回首望过来，萧语珩远远看着一身正装的他，眼角眉梢皆是笑意。

顾南亭的脸色更难看了。

“下面隆重请出航空业最年轻有为的总裁，中南航空掌舵人顾南亭先生！”

主持人的声音再度响起，作为压轴出场的顾南亭现身红毯尽头，他左边是优雅大方的程潇，挽着他右手的则是俏丽动人的萧语珩，一个是业内闻名的女飞，一个是中南航空当家空姐，一个白衣亮丽，一个火红媚气，场景如画，亮煞黑夜。

掌声尖叫声中，程潇不小心被自己绊了一下，就在她以为要当众出丑时，顾南亭已用左手扶住了她，外人看来，完全不着痕迹，可程潇清楚地听见那位冷面总裁低声训斥她：“穿那么高的跟儿，逞强。”

镜头里的程潇依旧在微笑，唯有顾南亭听见她反驳：“我乐意，你管得着吗。”

中南航空是作为压轴入场，他们进入演播大厅后，节目即将开始。

片刻，除冯晋庭和顾南亭依然是一身正装外，空姐及机师们均已换装。海航除客舱部负责人叶语诺着天青蓝色制服外，另外一位空姐穿以中国红为主色的套服。中南航空萧语珩身穿镶蓝边立领白衬衣，配藏蓝色背心及裙子，气质稳重，而颈间蓝条丝巾又平添了几分朝气和活泼。她身旁的蔡婷婷着亮丽的木棉红套装出场。民航与港航的空姐分别以芙蓉红和神秘紫制服亮相，海航男机师与程潇则是统一的白色飞行员制服上场。

当10人同时亮相在舞台上，毫无疑问的“制服诱惑”。

主持人逐一对他们进行介绍时几次被打断，掌声经久不息。

台下的陆成远酸酸地对冯晋骁说：“该穿警服来的，我们棋差一着。”

冯晋骁笑而不语。

台中央，空姐、飞行员们与主持人精彩互动，向观众展现民航乘务员的职业风采；台侧，冯晋庭与顾南亭总能在适当时向大家普及民航知识。猜词语默契大比拼中，顾南亭与萧语珩的兄妹组合最终败给冯晋庭与叶语诺的夫妻档。当顾南亭把“做个面膜”猜成“画饼充饥”，把“瞎子点灯”硬说成“盲人摸象”，冯晋骁都为萧语珩着急。

游戏过后，根据导演组安排，冯晋庭和顾南亭接受主持人现场采访。

女主持优雅落座：“我们今晚的主题是‘以鹰的飞翔，书写梦想’，不必我多说，相信台上的几位已经猜到，我接下来的问题一定是与天空和梦想有关。那么我想先问问顾总和冯总，作为航空公司负责人，你们的梦想是什么？”

顾南亭示意冯晋庭先来。

冯晋庭接过话筒，先儒雅地一笑，才开口：“节目录制之前知道有这个环节，我问导演可不可以说没有梦想。导演说，你这么大一个总裁说没有梦想，让我们情何以堪啊。”现场的观众失笑，他停顿了下，只说了一句话，“梦想于我而言，在我娶到心爱的女人为妻，在她为我生下可爱的儿子时，变得不再有他们重要。”

叶语诺瞬间泪湿，接过萧语珩递来的话筒，她平复了一下，开口时依然哽咽难平：“在我几乎忘了自己最初的梦想是什么的时候，我遇上了晋庭。而我最终的梦想，在他为我承担过错时，变成了他。冯晋庭，我爱你。”

迟了整整6年，他还是等到了这句我爱你。不枉他坚持不悔。

现场热烈的掌声中，冯晋庭紧紧拥抱他的爱人。

话筒到了顾南亭手里，他沉默了足有一分钟，就在女主持快沉不住气以为他忘词时，他淡淡一笑，也只说了一句话：“我没有鹰的翅膀，依然可以像鹰一样飞翔。”

如此志得意满，才是睥视航空界的顾南亭。

掌声由冯晋骁起，许久未落。

这就完了？女主持都快哭了，这和彩排时的台词完全对不上好吗？不是说好了走轻喜路线吗，怎么改为煽情催泪篇和简洁励志篇了？这些个总裁真是太讨厌了啊。

幸好导演很淡定，掌声渐低时，他及时切换了音乐。

然后，现场灯光逐一暗下去，当一束追光把台中央那一圈照得犹如白昼，萧语珩已经站在了那里。现场包括冯晋骁在内，都在黑暗里屏息以待。

前奏结束，萧语珩独特动人的嗓音在演播厅响起：

多么简单的一句话，Happy birthday，多么平凡的一句话，Happy birthday；

从童年到现在，你对我说过16次，在这个夜晚，我只想要对你说；

请你看一看这里，Happy birthday，那属于我们的记忆，Happy birthday；

从无知到长大，一直有你在身边陪伴，在这个夜晚，我希望永远有你。

这时，萧语珩身后的大屏幕已经开始播放电子相册，从顾南亭第一次带她去游乐园，到他考取飞行员执照抱起她快乐地转圈时被抓拍的笑脸，再到萧语珩通过考核正式成为空乘后首次上机，顾长铭为他们拍下的合影，还有……很多很多，他们共同的经历。

不知不觉，已是16年。

16年里，他们带给彼此那么多的美好，是瞬间，也是永恒。

最后，画面定格，顾南亭看着照片中萧语珩的笑脸，想起父亲再婚那天，自己抱着仅有7岁的她，那么开心而真诚地说："从现在开始，我们就是一家人了。"小姑娘咯咯笑着搂紧他的脖子，脆生生地喊他："哥哥。"

萧语珩面向顾南亭的方向，轻轻地说："送你的相册，是每年记忆的累积，上面的照片，是我心中最好的你。哥哥，生日快乐。"

连他自己都忘了，今天，是他32岁生日。

又一束追光亮起，打在顾南亭身上。他起身，10步不到的距离，走了许久。仿佛每一步不是向萧语珩靠近，而是逼迫心的远离。

工作人员将一个大大的蛋糕推上台，上面有一排小字："你是我，最美好的天长地久。"

顾南亭看着，就笑了，抬手刮了下萧语珩的鼻尖，他说："我很喜欢。”

无需昂贵之礼，唯有真心实意。

千金难得。

主持人请他许愿。

顾南亭说：“我的愿望，就是我小妹的祝福。”然后一口气吹熄蜡烛。

激昂澎湃的背景音乐陡然响起，他展手把萧语珩拥进怀里。

瞬间沸腾的现场，没人听见他心底的声音。

再见，我的小姑娘。

冯晋骁放弃了求婚计划。他觉得，这个时刻，该是属于顾南亭的，而这个晚上，是他爱萧语珩的终点。这最后的回忆，理应由他独享。

两天后，同时休假的冯晋骁和萧语珩出现在海航G市飞古城的航班上。对于冯队选择的度假地点，萧语珩既没表示不满，也没表现得多欢喜。上机后，她闭着眼睛歪在头等舱舒服的座椅里昏昏欲睡。

飞机进入平飞状态，冯晋骁哄她起来，把之前特意交代乘务长给他们准备的早餐吃了，才给她盖了薄毯，让她偎在自己怀里休息。

萧语珩睡得不踏实，迷迷糊糊中感觉到冯晋骁似乎离开了，不知过了多久，叶语诺把她叫醒，指指机舱上方。然后，她就听到广播里响起一首耳熟能详的歌声：

> 曾经真的以为人生就这样了，平静的心拒绝再有浪潮，斩了千次的情丝却断不了，百转千折它将我围绕；有人问我你究竟是哪里好，这么多年我还忘不了，春风再美也比不上你的笑，没见过你的人不会明了。
>
> 是鬼迷了心窍也好，是前世的姻缘也好，然而这一切已不再重要，如果你能够重回我怀抱；是命运的安排也好，是你存心的捉弄也好，然而这一切已不再重要，我愿意随你到天涯海角。

是那首她喜欢的老歌《鬼迷心窍》，而那熟悉的声音分明是冯晋骁。

竟然是他。

歌声渐弱，叶语诺的声音响起："女士们，先生们，欢迎您乘坐海航FX1366次航班前往古城，现在的时间是10点15分。6年前，一位先生在同一时间与一个女孩在古城相遇。今天，他有请在座各位在12000米的高空为他们的爱情做一个见证。"

机舱的安静顿时被打破，乘客们好奇地议论起来，以目光四下寻找这位先生和那个女孩。

萧语珩一言不发地坐在原位，咬唇的动作昭示她有多意外，多期待。

紧接着，冯晋骁低沉磁性的嗓音回旋在机舱上空。

"相识那天，我把那串你准备偷走的吉祥铃买下来送给你，那是至今为止我唯一一次送你礼物。或者它根本算不上礼物，因为我告诉你，只是暂时由你保管，它的所有权归我。G市重逢，你身穿白色礼服向我跑来，那一刻，我有瞬间的恍惚，以为那天婚礼的主角是你。

"你独自一人来到我工作的城市，守在门外两天，只为给我送一块生日蛋糕。没多久，你拿着录取通知来兑现我的承诺，因为我的敷衍回避，你泫然欲泣的样子，至今为止，我心疼了6年。

"我在任务中受伤回家休养，本想瞒着你，结果你竟在一个早晨忽然跑来说梦到我生病。当时我没告诉你，你满脸是汗的样子，很美。那时候，19岁的你，是我女朋友。

"再次去到古城，我们一起躺在床上透过观景窗看满天繁星，你说让我等你，等你毕业就嫁给我。如果在此期间我敢拈花惹草给你招来情敌，一定要我好看。珩珩，今天我想告诉你：那一晚，没有一颗星入我的眼，我的眼里，只有比星星更亮的你。

"我当然没能如愿娶到你。当你把那串爱不释手的吉祥铃作为分手礼物还给我时，那一刻，我真恨你，恨你给我的是温柔的开始，却用绝情的分手抹杀了全部过程，不留半分余地。面对你的误解，我非但解释不清，反而打了你。这是我这辈子，做得最浑蛋、最后悔的一件事。

"没有你的三年，我的生活只剩下训练和回忆。每次累躺在床上，我总能想起你曾带着几分羞意地问我：我们会结婚的吧？我说服不了自己接受你以外的任何女人，可我却没有机会再回答一遍。”

话至此，机舱里安静得能听清每一个人的心跳和呼吸声。然后，冯晋骁在众人期待的目光中现身。萧语珩看着他一步步走向自己，觉得此刻身穿白衬衫的他是世界上最英俊的男人。

冯晋骁行至她身前，单膝跪下：“3年，1100百天的空白，我失去了以往的自信，我再不敢说你不会离开我，但我很确定我再离不开你。6年，我终于明白，这世上，对我真心以待的你，不可辜负。以后，我可能还是做不到每年都记得你的生日，或是在情人节送你花，但我愿意在每一个雨雪天接送你上下班；在你累了倦了时，背你上12楼；在你遇到危险的时刻，以生命护你。”

温柔地以指腹抹去萧语珩脸上汹涌而下的泪，冯晋骁喉间几番上下，才平稳了语气：“萧语珩，你还愿意嫁给我吗？”

萧语珩的眼泪噼里啪啦地掉，紧紧抓着冯晋骁的手，泣不成声。

17岁那年遇见，他好脾气地告诉她：“偷东西不对，犯法。”

在她迷迷糊糊走光时，他忍笑说：“我什么都没看见。”

她在音乐火塘被人骚扰，他以最直接也最暴力的方式惩戒对方的无礼。

小别之后，他邀请她参加婚礼，语带笑意：“不用准备礼物，你人来了就行。”

他们的初吻，是她主动，正当她笨拙得不知所措，他已用风衣将她裹紧，加深了那个吻。明明他也动了情，却还取笑：“女孩子不是该表现得矜持一点儿吗？”

恋爱时，他说得最多的话是：“好好的，别让我担心。”

分手后得知她要退学，他连夜从A城赶回来，面对她的坚持，他终是恼了：“萧语珩，你最好见好就收，我不是非你不行。”

三年后再见，他终于放下身段：“如果现在，你还没遇到另一个发誓会永远喜欢的人，就再给我一次机会。”

调去古城前夜，他愤怒地警告：“萧语珩，你敢再离开我一次，看我还要不要你！”

品尝过思念后，他哑着嗓子说：“你不在的这段时间，我很想你。”

得知她小产，他那么后悔地说：“你不原谅我，应该。”

被她闹到无奈，他以宠爱的语气轻责：“你就作吧，啊。”

还有至今为止，他唯一一次说爱：“我生命的悲剧就是爱上你这么个能作的女人。”

点点滴滴，零零碎碎，无论甜蜜或是忧伤，都是我和你在一起。

那些妥帖地存放在记忆深处的与面前的男人有关的痕迹，如同地面上斑驳的墙面，在似水流年里静静伫立。

萧语珩细细回味，温柔笑起。

浸湿掌心的，是她的泪，温暖心口的，是她的爱。

冯晋骁用手轻轻摩挲她的脸：“你不说话，我就当你答应了。”话虽如此，保持的单膝跪地的姿势却是静待她回答的姿态。

终于，萧语珩开口：“我现在23岁，可以拿年轻当资本，我是空姐，从事着别人眼中光鲜亮丽的职业，可我会因为工作需要全妆上岗，皮肤衰老得比同龄人快，我的脾气会因为每天面对形形色色的乘客变得越来越坏，”她努力抑制住眼泪，哽咽继续，“现在的我或许已经是最好的，不可能更好。冯晋骁，你要的，是这个任性能作的我吗？”

“我要的不是17岁阳光灿烂的你，也不是23岁明媚动人的你，我要的只是对我深情不悔的你的心。作为回报，”执起她的手覆在他左胸口，伴随着有力的心跳，他承诺，“我这里的位置，一并给你。从过去到未来，只属于你。”

以心换心。

这世上，最公平又最诱惑的交易。

萧语珩笑中带泪，她说：“好啊，成交。”

眼眶里太酸，似乎只要一眨就会有泪流下来。冯晋骁缓了缓，才把代表对爱情的永恒追求和忠贞的钻戒缓慢而坚定地戴在她的无名指上。

持续不断的掌声中，他把心爱的女孩紧紧地搂在怀里，温柔许诺：“有我在，你永远都不必长大。就依仗我的爱，随心所欲地生活。”

飞机抵达古城，每位从FX1366次航班下机的人都得到了一枝象征爱情的玫瑰。次日清晨，在6年前住过的古城客栈的家庭套房里，萧语珩在缓缓东升的太阳下问冯晋骁："你干吗给大家发玫瑰啊？"

冯晋骁自身后把她搂在怀里，下巴搭在她肩膀上，面不改色地答："它比百合便宜。"

萧语珩无语，目光中的指责之意十分明显，像是在说：你好小气。

冯晋骁挑眉："没办法，谁让我要供老婆上大学呢。"

萧语珩的目光从手上的戒指移到桌上放着的C大播音主持专业的入学通知书上："这辈子，我有过两个梦想，冯晋骁，你知道都是什么吗？"

冯晋骁弯唇笑起："其中一个肯定是嫁给我。"

萧语珩转身，面对面地和他拥抱："成为省台当家主持和嫁给你，是对曾经的我而言最艰难的梦想。三年前分手时，我以为它们都破灭了。之后重新在一起，我知道了得与失之间一步之差的距离。没能完成学业，我并不觉遗憾，因为古城一遇，我把最好的自己给了你，已是梦想成真。冯晋骁，我不想太多，也不要太多，在你身边安稳生活，岁月便得以静好。"

同年年底，冯晋骁迎娶他的新娘。

接亲受阻是意料中事，却没想到阻碍与萧熠有关。

贺熹，那个曾被萧熠爱过6年，又与冯晋骁毕业于同一所警校的女子，应邀携夫厉行出席婚礼。然后，特种兵出身，现已是陆军上校的厉行，为表达夺萧熠所爱的"歉意"，负责堵门。

本不想在大喜之日大动干戈的冯晋骁在持续进不了门的情况下，无奈地对徒弟表示："看着办吧，门算我的。"

赫饶忍住笑意，对着耳麦说："别客气了，攻吧！"

然后，不只是门，窗外也得算他的，因为顾家别墅快被给力的特别突击队伴郎团拆了。

孤军作战的厉行见好就收，在贺熹为他介绍师兄新郎时，笑言："冯队，这你要是生个女儿，我儿子都不敢下手了。"

冯晋骁蹲下身，摸摸厉行脚边那只默默无语的小家伙："确实需要谨慎，我的女儿可不好娶。”

那只短手短脚才会走路的小厉先生歪着脑袋看看他，扭脸抱住爸爸的腿，明确表示：什么女儿，什么娶的，不懂。

婚礼仪式准时开始，身穿婚纱的萧语珩挽着顾南亭的胳膊出场。伴娘楼意琳一袭宝蓝色礼服娇美俏丽，伴郎陆成远全程微笑。

把萧语珩的手交出去时，顾南亭说：“我宠了她十几年，是希望她像公主一样无忧无虑地生活，而不是为了爱在你身边委曲求全。冯晋骁，善待她。”

接过萧语珩的手，冯晋骁承诺：“她是爱情对我最好的馈赠，我定会视若珍宝。”

时光如流水蔓延，小冯小姐出生时，正值春暖花开。

小家伙很懂事地没有太折腾妈妈，萧语珩被推进产房不久，响亮的啼哭声就传了出来。可生孩子实在是太疼了，年轻的妈妈连看女儿一眼的力气都没有，就疼得昏了过去。

冯晋骁俯身轻吻妻子苍白汗湿的脸颊，从护士手中接过体重才5斤6两的小家伙，低沉的嗓音沙哑不已：“欢迎你，我的小公主。”

萧语珩醒过来时，小冯小姐正躺在她身边呼呼大睡。冯晋骁轻轻抚着她的脸，语气愈发温柔：“活泼好动，像你。”

偏头看看身旁熟睡的小脸，萧语珩好想哭，幸福太满，满到控制不住地要溢出来。

冯晋骁眼底也是湿的，他把女儿软软的小手放在萧语珩手里，然后用自己的大手握住她们娘儿俩的：“有你们，我已拥有了这世间最好的。宝贝，我爱你们。”

爱情最圆满的结局，是我和你在一起，不分不离。

故事最完美的落幕，是他们成就了钻石之缘，让我们开始相信爱。

时光不老，只余美好。